夫妇善哉

于婧 译

[日] 织田作之助 著

中国出版集团
现代出版社

目录

夫妇善哉
&
续夫妇善哉

夫妇善哉

一整年讨债的都进进出出。每天都像是年末还款的日子，酱油店、油店、蔬菜店、沙丁鱼店、干货店、木炭店、米店、房东等，都火急火燎地催促着。种吉在巷口炸着牛蒡、莲藕、山芋、鸭儿芹、魔芋、红姜、干鱿鱼、沙丁鱼等，靠着“一分钱天妇罗”营生，他一看到讨债人的身影，就突然低下头假装和面。附近的小孩儿喊道：“大叔，给炸个牛蒡吧。”等了半天，光听到种吉说：“好嘞，有刚炸好的！”可他只是吭哧吭哧地使劲擂着钵子，连清鼻涕流出来了都没察觉。

讨债人见跟种吉没法谈，就直接向巷子深处走去，他找种吉的老婆阿辰交涉去了。阿辰与种吉很不一样，她警惕地注意着讨债人的动作。有时，讨债人会张牙舞爪地很过分，只要他们稍微敲一下坐着的木地板，阿辰就会勃然大怒，毫不客气地说道：“敲人家的木地板，你觉得合适吗？”还说，“那可是一家之神住的地方啊！”

不知是演戏还是过于兴奋的缘故，那声音听上去仿佛带着泪水。这时，对方会大吃一惊，反倒将错就错地说：“你胡说些什么呀，我可什么都没敲啊！”他们就这样你一句我一句地争论着，最后往往是阿辰败下阵来，落得不能让人家空手而归的下场，怀着刀割一般的心情不情愿地递给他们五角或一块。仅有一次，一个讨债人被阿辰当场批评了敲木地板的事情之后，竟窘得哑口无言，并突然低三下四地道起歉来，最后连滚带爬地逃走了——讨债人来过之后，阿辰总会对女儿蝶子这样发牢骚。

在蝶子看来，那样的母亲既丢脸又可怜，并且还有些后悔不该欺瞒母亲诓骗买零食的钱，不该从装卖天妇罗的钱盒子里偷拿硬币。种吉的天妇罗卖的是味道，因此广受欢迎，可也因此吃了亏。连阿辰都觉得，无论是莲藕还是魔芋，都切得太厚了，这样很不划算。可种吉拨了拨算盘说道："本钱才七厘，卖一分怎么可能吃亏呢？"种吉还说，家里没剩几个钱是因为每天的收入都赔给以前的借款了。他的说法也不无道理，不过就连十二岁的蝶子都明白，父亲的算盘里根本没有算进买木炭和酱油的钱。

光靠天妇罗根本无法维持生活，因此每当附近有葬礼的时候，种吉就会去做轿夫。夏天的氏神祭时，身着兜裆布担着神社的大提灯列队游行，一天就能挣到九毛钱。要是穿盔甲的话，还能多拿三毛钱。种吉不在的时候则由阿辰炸天妇罗。阿辰尽可能地节约材料，种吉在祭祀当天路过看到，总会感到脸上无光，盔甲下冒出许多汗来。

因为实在是太穷了，蝶子小学一毕业，就急忙被送到别人家里帮佣去了。那时，河童胡同一家木材店的老板曾捎话说条件可以很好，阿辰着实高兴了一番，可猜透人家最终是要纳妾的意思之后，种吉死活不答应，最后把蝶子送到位于日本桥三丁目的一家二手服装店帮佣。河童胡同早先因传说河童栖息于此而遭人们忌讳，木材店的上一代老板就把分文不值的那块地全都买了下来，还盖了出租屋，现在靠着高得惊人的房租赚了很多钱。人们私下里都说木材店老板就是河童，大概还由于他有好几个小妾，吸取着年轻生命的鲜血的缘故吧。蝶子越来越有女人味儿了，胖乎乎的，脸盘儿小巧精致，木材店老板还真是好眼力。

蝶子在日本桥的二手服装店忍了大半年。冬天的某个清晨，种吉要到黑门市场进货，他特意绕到二手服装店前，走过一看，蝶子正在门口扫地，手都皲裂得出血了。于是他就直接进去找人理论，并把蝶子带回了家。然后，在蝶子的要求下，种吉又把她送去曾根崎新地的茶屋当艺伎实习生。

种吉的手里进来五十块钱，不过还完债就消失得无影无踪了，这是他这辈子第一次也是最后一次拿到这么多钱。种吉本来也没想过要安闲度日，但当他听到十七岁的蝶子说要当艺伎的时候，这个做父亲的着实乱了手脚。种吉说，以艺伎的新人身份初次亮相时，总不能让她边走边发天妇罗，而且贺宴、服装、犒赏别人的钱等开销都很大，虽说雇主承诺会先出这些钱，但这是预借，他是打算以此把蝶子拴住。可是，蝶子的性格就是天生爱热闹，再加上受到环境的影响，吵着非要当艺伎。种吉最终拗不过，只好煞费苦心地为她筹钱。因此，什么“做这种辛苦的工作都是为了父母”之类的俗话在蝶子身上是不适用的。一些不甚风雅的客人偶尔会问起：“当艺伎肯定是有不可告人的原因吧，一定是你父亲……”这时蝶子绝对不会可怜兮兮地主动说什么“父亲爱好赌博，被人家骗了田地”等鬼话，这是由当地的风土人情和蝶子的性格决定的。可是，她也不好真的就哭着对人家说：“他们就是不让我当艺伎，世上还有如此薄情的父母吗？差点儿就闹得被他们断绝关系了。”每当这时，她总是岔开话题说：“我父亲和老爷您一样一表人才。”这种做法虽说很不好，可看上去也可爱动人。蝶子天生有一副好嗓子，无论什么样的酒席，她都会尽情地大喊大叫，喉咙和额头都暴出了青筋，拉门也被震得嗡嗡作响。她的歌声充满魅力，是热闹的酒席不可或缺的艺伎，也就是说，她卖的就是轻浮——可是，她却唯独对一个人说了真话，那就是与她相好的廉价化妆品批发店家的儿子。

此人名叫维康柳吉，三十一岁，有家室，孩子今年都四岁了。他和蝶子刚认识三个月就好上了。柳吉替中风卧床的父亲经营生意，卖的都是些理发店用的香皂、雪花膏、发蜡、化妆水和篦子之类的东西。听说他们家是批发店后，蝶子去理发店刮脸的时候，总会留意店里使用的化妆品商标。一天，路过柳吉位于梅田新道的店铺时，蝶子看到身着短上衣的柳吉正在监督工人们装货。他时而取下夹在耳朵上的笔，唰唰地在账本上飞速写着什么，时而把它叼在嘴里拨弄算盘，样子看上去很是勤快利落。两人的视线一碰到，蝶子便会羞得面红耳赤，而柳吉却一副若无其事的样子不时地暗送秋波。这越发让他看上去是规矩之人。柳吉稍稍有些口吃，说话的时候总是嘴巴朝上地嘟囔着什么，蝶子老早就觉得他的这个动作显得很聪明。

蝶子认定柳吉绝对是一个值得托付的男人，还四处跟人家说。结果，大家私下里都说他们俩的关系一定是女方主动的，对此蝶子定无反驳之言。柳吉喝醉酒后总爱唱净琉璃的高潮部分，那张哭丧的脸再配上歇斯底里的哭腔，大家这么判断也无可厚非。他最喜欢吃的就是夜市上卖的两分钱的味噌炖猪皮，因此还得了个绰号——猪皮先生。

柳吉对一切美食都喜欢，还经常带蝶子去好吃的店。照他的说法，北边没有什么美食，美食都在南边。而且，高级餐馆也不行，说得难听点，在那种地方就是扔钱罢了。倘若真想吃美食，就得跟在他的后面，他还肯定不会走进高级餐馆，最多也只是高津的汤豆腐店，一般吃的净是些花不了几个钱的低档菜。比如，夜市的炖猪肉、酒糟馒头，戎桥筋汤市的泥鳅汤和鲸皮汤，道顿堀相合桥东出云屋的鳗鱼饭，日本桥章鱼梅的章鱼，法善寺的正弁丹吾亭的关东煮，千日前常盘座横寿司舍的铁火卷[1]和醋拌鲷鱼皮，对面达摩屋的什锦饭和酒糟味噌汤。

这些小店从外面看上去都不是应该领艺伎去的地方，开始蝶子也想为什么偏偏来这种地方。柳吉却解释说："怎么样，好吃吧？这么好吃的东西在别处可是吃不到的啊！"

一吃，果然美味无比。

白色的短布袜被胡乱地踩踏，惊得人啊地大叫起来，这反倒刺激了食欲，拿着那种不入流的小吃边走边吃，反倒成了小小的乐趣。在拥挤的客人间猫着腰穿梭前行，也并不给北新地的当红艺伎掉价。首先，柳吉虽然带蝶子吃的都是些便宜东西，可是从腰带、和服、长衬衣，到细绦带、腰包和草屐，他却为蝶子破费了很多，因此没道理说他小气。另外，他还送了蝶子一些雪花膏和篦子之类的小东西，虽说也不值钱，可蝶子还是偷偷地欢喜地用着。父亲至今还在靠一分钱天妇罗辛苦地赚钱，跟随柳吉大人四处游玩的时候，蝶子总会不时地想起父亲那满是油污的双手，跟在柳吉后面走着走着，会逐渐伤感起来。

出云屋共有五家店，新世界两家，千日前一家，道顿堀一家，相合桥东头一家。其中鳗鱼饭做得好吃的是相合桥东头那家。两人一边呼呼吹气，一边心急地往嘴里送着入味的米饭，还说："这真是下酒的好味道。"亲亲热热地吃饱后，他们又到法善寺边上的花月去听春团治的落语[2]，两人不时哈哈大笑，紧握的双手都渗出汗来。

---

① 内包金枪鱼肉的紫菜寿司卷。

② 日本传统曲艺形式之一，与中国传统的单口相声相似。

两人关系越来越深，柳吉来找蝶子的次数也越发频繁，他们有时还会到远处旅行。可是蝶子终究还是知道，柳吉没钱了。

柳吉的父亲即便在因中风卧床不起的时候，也没忘了把银行的存折和印章藏在被子下面，柳吉根本没法下手拿走。总之，他能够自由支配的钱是有限的。靠着从理发店等客户那里收到的款子多少还能维持开销，但眼看着欠的债越来越多，柳吉的脸色也吓得发白了。这期间，蝶子送给柳吉一双男式草履。附送的信上还写道："您好长时间没来了，我很担心。真想跟您说说舌……"把"说说话"写成了"说说舌"，这封只有柳吉看得懂的信不知怎的传到了病人那里。老父亲把柳吉叫到枕边，教育了他好几次，可就是没用。老父亲绝望了，心想现在自己这副身子又不能打他揍他，真是悲哀啊。他气得眼眶里泛出泪水。柳吉年轻的妻子故意把五岁大的女儿抱在膝盖上，脸朝上看。她已暗下决心要回娘家去了，只是强忍着没歇斯底里地叫出来罢了。柳吉很沮丧，心里嘀咕：都怪蝶子这个爱出风头的家伙。可他并没有不领蝶子的情谊，那双草履很是讲究，上面印着戎桥"天狗"的商号，鞋带还是蛇皮做的。

老父亲发话说："你要是以为连锅底下的灰都是自己的东西，可就大错特错了，我要跟你这种私奔之人断绝关系……"父亲非常顽固，就连母亲在世的时候都被他气得大哭，现在若不暂时离家，看样子这件事是不会收场的。柳吉刚出了家门，突然想起有笔东京的款子还没去收呢，粗算了一下有四五百块，这下总算愁云消散了。他马上来到常去的茶屋，叫来蝶子商量道："不如干脆私奔吧。"

第二天，柳吉在梅田站等着，蝶子顶着毒辣辣的太阳大踏步地横穿过站前的广场。她把头发盘了起来，看上去反倒鲜活得不大真实，柳吉突然有了一种不祥的预感。他们马上登上了开往东京的火车。

八月末湿热难耐的天气里他们在东京的大街小巷东奔西走。离月底还有两三天时间，却死皮赖脸地央求人家快些付款，就这样，他们总算筹到了三百块，然后直接去了热海。柳吉想找些专在温泉里陪人作乐的艺伎来玩，被蝶子骂，才考虑起两人今后的去向。他们当然不能长此以往无忧无虑地生活下去，柳吉心底想的是，说是断绝关系，但只要道个歉就能回家。因此柳吉只是一个劲儿地说着“没事儿，没事儿”。蝶子一直觉得连声招呼都不打就从雇主那里跑出来不大好，可柳吉根本没顾及她的心思。艺伎来后，蝶子使出浑身解数，惊艳全场，当地的艺伎都说：“大阪来的艺伎就是没法比呀！”这让蝶子感到些许安慰。

就这样过了两天，中午时分，四周忽然嘎嘎地响起奇怪的声音，紧接着剧烈地摇晃起来，同时响起“地震啦、地震啦”的叫喊声。蝶子倒是抓住了拉门，可又突然瘫倒，然后啊地大叫一声坐到了地上。柳吉紧紧地贴在另一面墙上死也不放手，一句话也不说。那一瞬间，两个人心里都为私奔一事深深地后悔了。

两人在避难列车里也没怎么说话。总算到了梅田站，他们直奔上盐町的种吉家走去。沿途的电线杆子上贴的都是让人惊心动魄的关东大地震的号外。

种吉正借着西下的夕阳炸天妇罗，一看到二人的身影，惊得话也说不出来。那张晒得黝黑的脸上，分不清是汗水还是泪水的东西流了下来。他们站着聊了一会儿，从种吉嘴里得知，雇主事后马上就通知了蝶子失踪的事情，种吉他们想蝶子一定是轻信了坏男人的话被卖掉了，还担心她是否活着，挂念她不知在哪儿干什么，晚上都睡不着。听了“坏男人”几个字，蝶子变了脸，她指着呆站在那只顾啪嗒啪嗒扇扇子的柳吉介绍说，这是她的某某云云。种吉只寒暄了一句“哦，欢迎”就打住话头，他慌慌张张地连柳吉的脸都没仔细看看。

阿辰一看到女儿的脸，就用和服袖子掩住脸，好不容易不哭了，才把两手撑在地上，冲着柳吉问候道：“这次，小女承蒙……”还说，“蝶子的弟弟信一上寻常小学四年级了，今天还没放学。”柳吉不知道该寒暄些什么，只是半口吃地说着天气如何。种吉去买冰水了 。

四铺席大的房间里，银蝇乱舞，密不透风，闷热得仿佛能发出吱吱的声音。种吉把草莓冰水装在箱子里提回来了，大家默默地喝着。末了，蝶子讲了去东京的大致经过，种吉听了大吃一惊地说：“真可怕，东京居然地震了。”这下大家总算有了话题。父母听说他们是乘坐避难列车九死一生地逃回来的，不停同情地说着“辛苦了”。这下，两个年轻人，尤其是柳吉总算安了心。“真不知如何道歉才好。”柳吉流利的说辞让种吉和阿辰诚惶诚恐。

借来母亲的浴衣换上后，蝶子下了决心，一旦跑了就不能再厚颜无耻地回雇主那儿去，她要与同样从家里跑出来的柳吉同甘共苦。蝶子说她不想再当艺伎了，种吉说只要你喜欢怎么样都行，话里流露出对子女的怜爱之情。蝶子向雇主预借的款子不到三百块，种吉决定按月分期偿还。柳吉在这种情况下当然不能沉默，他说不如我去求老爷子吧。种吉却大手一挥地说道：“您要是那样的话我们可过意不去。”对此，柳吉也没有异议，说：“太对不起伯父了，我简直不好意思见您。”接着，阿辰转向柳吉，跟他讲起蝶子的事，说蝶子除了荨麻疹连感冒都没得过，找遍全身也没有一处伤疤，把她养活这么大受的苦可真是……说着说着还哭了起来，柳吉听着却觉得刺耳。

他们在种吉的小房子里无所事事地待了两三天后，在黑门市场的小巷里借了间二楼的屋子过起了日子。楼下住的是手工匠人，做装便当和寿司的木盒子，二楼六铺席大的房间本来是放木盒子的，先付了七块钱月租才借到。很快，他们的日子就没了着落。

柳吉没有工作，挣钱的任务自然落到蝶子头上，她不想再去帮佣，最后只能去做酒席上的临时艺伎。有个名叫阿金的中年女人以前也在北新地一带当过艺伎，现在在高津开了一家店，专门替人联系艺伎工作。所谓临时艺伎，是指在宴会或婚礼等临时雇用的会场上唱歌跳舞的女侍应，给的薪水比真正的艺伎要少得多，因此很受小宴会的欢迎。阿金联系了几个艺伎出身的人，不时派给她们工作，从中抽取佣金，赚了不少钱，还专门装了一部电话。一次宴会，从傍晚到深夜的薪水是六块，除去中介的分成，能赚到三块五毛钱；婚礼的时候能赚到六块，再加上红包和小费之类的，收入还不算差。听了阿金的游说，蝶子也当起了临时艺伎。

提着装三味线的小箱子乘电车来到指定的地方，马上就开始工作，又是端菜又是烫酒。三名临时艺伎围着三四十位客人斟一圈儿酒下来就够累的了，宴会结束之后更是麻烦。常常碰到想借着统一的会费玩个痛快的客人，不是被要求弹曲就是被要求唱歌，片刻都休息不得。一会儿弹浪花节[①]的三味线，一会儿模仿别人说话，正累得筋疲力尽的时候，又被要求跳安来节舞。好在蝶子生性爱热闹，所以也不觉得辛苦，而是尽心尽力地干着。客人都说，干这个比艺伎强吧。蝶子觉得很难过，看着那些说出真实年龄会

---

① 江户末期大阪兴起的一种以三味线伴奏的单人说唱曲艺。

吓人一跳的上了年纪的同行，每当宴会快要结束的时候都会为了多拿些红包学着年轻女子的样子忸怩作态，她就不是滋味。夜深后乘红电车回家，在日本桥一丁目下车，穿过黑门市场——那里除了野狗和捡破烂的在翻着垃圾箱之外没人经过，静得只剩下飘荡在空气中的腥臭味——来到小巷，扑面而来的是一股香气。

那是山椒煮海带的香味。柳吉说，把上等海带细心地切成半寸见方，然后和山椒一起放到锅里，多倒些龟甲万的浓酱油，用松鼠木炭烧的小火咕嘟咕嘟地煮上两天两夜，味道就会好得跟戎桥小仓屋卖的山椒海带一样鲜美。他还说，为了打发时间，从昨天就开始煮了，因为不要让火灭了和时而搅拌一下这两件事很重要，所以今天一步都没出门，就连原本每天都要花掉的一块零花钱都没碰。柳吉一见蝶子的身影，就一边用长竹筷在锅里搅拌着一边说道："怎么样，现在煮得正好。"蝶子对柳吉从心底涌起一股莫名的眷恋，可她天生不会向男人献媚。她解开和服，连长衬衣都没脱就一下子瘫坐下来，说："什么，还在烧呀？花这么多闲工夫干什么呢？"

柳吉把二十岁的蝶子称作大妈。"大妈，零花钱不够了。"柳吉手上只要有三块钱，就白天靠下将棋消磨时间，晚上到二井户一家名为大哥的平价咖啡馆去，摸着女侍的手说："跟我一起唱几句怎么样？"阿辰对种吉说，这样下去蝶子太可怜了。种吉却说人家毕竟是少爷，见怪不怪了，并不指责柳吉，反倒同情地说："人家连老婆孩子都不要了，住在二楼上也没说什么，这都怪蝶子不好。"蝶子觉得父亲能为柳吉考虑很是高兴，自己吃的苦也算值了。蝶子对柳吉说："我的爸爸，还真不错！"可他只是有气无力地回答："嗯。"听不出是赞同还是不赞同，表情让人无法捉摸他到底在想什么。

年关临近了。一到年底，大家都忙碌起来。一天，柳吉说要去拿正月穿的礼服，就去了位于梅田新道的自己家。蝶子仿佛被泼了凉水一般心寒，但她最终也没能把“别去”二字说出口。当天晚上，蝶子有宴会的工作，她像往常一样提着装三味线的小箱子出了家门，心情却很沉重。她无法把柳吉回家取礼服一事想得那么简单，那里不仅有他的妻子还有孩子。那天，她的三味线弹得并不出色，好在歌唱得很大声，拉门上的纸都被震得直颤。终于结束了，她冒着大雪一路飞奔回家。柳吉已经回来了，他在火盆前弯腰坐着，被酒染红的脸快要钻到火盆里面去了，那呆呆静坐的模样，看上去没有一点生气。蝶子放心了。柳吉说，老父亲看到他之后朝他怒吼，问他去干什么。妻子从他家迁出了户籍回到娘家，女儿由柳吉的妹妹笔子代为照看，看也没让他看上一眼。听说柳吉跟蝶子成了家，老父亲发怒了，准确地说是鄙视地笑了，他还说了好些有关蝶子的难听话——蝶子嘴上平静地说道：“说我也是应该的。”可她心里却对着柳吉的父亲说，我要靠自己的力量让柳吉出人头地给你们看看，不用你们管。她还暗想，我从不打算接替他的前妻当什么夫人，只希望让柳吉成为一个像模像样的男人。这话多少有些说给自己听的味道，蝶子激动得差点流下眼泪。这股心劲儿加上柳吉回来的喜悦让蝶子晚上兴奋得无法入眠，她睁大眼睛盯着低矮的天花板。

蝶子从很早以前就用宣传单订了个记账本，在上面菠菜三分、洗澡费三分、卫生纸四分地记着，靠此削减开支。除了柳吉每天的零花钱之外，她对每笔钱都精打细算，舍不得浪费一点儿，当临时艺伎挣来的钱一半都存了起来，对这笔钱她也很是谨慎。蝶子平常连一分两分的小钱都不舍得用，衬领也不换，脏得都起垢了。种吉来想要点进货的钱，就要正月了，得采购材料，蝶子却说自己没有钱。阿辰又来了，说为什么有钱让维康去咖啡馆却没钱给爸爸，蝶子就是不答应。

新年到了，正月也过去半个月了。知道断绝关系一事是千真万确的之后，柳吉颓丧得让人可怜；况且，他还惦记着孩子。蝶子劝他把孩子接过来，却一直不见他有什么动静，他也许还心存幻想地以为总有一天能回家吧。跟孩子分开到底让柳吉很是落寞，这让蝶子也不大好受。一天，柳吉碰到了以前的玩伴，他本来就好喝点小酒，现在又好久没有喝过，于是他在人家的邀请下喝了个大醉。回家后的第二天，他偷偷把钱从蝶子藏的存折上取出来，说要回昨晚的礼，然后就呼朋唤友地到难波新地寻欢作乐去了。两天之后，钱花光了，他像丢了魂儿一样摇摇晃晃地回到了位于黑门市场小巷里的大杂院。“你还没忘记回来呀！”蝶子说着，抓住柳吉的脖子将他按倒，咚咚地像捶背似的敲着他的脑袋。“大妈，你在干什么呢？别乱来！”可是，柳吉连反抗的力气都没有了。柳吉说因宿醉头疼得厉害，便盖着被子哼哼唧唧地睡下了，蝶子照着他的脸狠命一击，甩手就出了门。她在千日前的爱进馆听了京山小圆的浪花节，可一个人总觉得没有意思，就出来了。因为两三天都没怎么吃饭，她突然感到肚子饿了，就在乐天地旁边的自由轩吃了碗加鸡蛋的咖喱饭。“自由轩的咖、咖喱饭，在米饭上盖着鳗鱼，很好吃。”她想起柳吉以前说过的话，又在饭后喝了杯咖啡，胸中忽然涌出一股甜甜的味道。悄悄地回家一看，柳吉在打呼噜。她冷不防地使劲推他，柳吉睁开惺忪的眼睛，蝶子噘起小嘴向柳吉的脸贴了过去，嘴里说着：“真是个傻瓜。”

第二天，二人一同前往自由轩，回来的路上还一副恩爱夫妻模样地顺道拜访了位于高津的阿金家。知道事情来龙去脉的阿金对柳吉说了些牢骚话。阿金的丈夫过去在北浜一带很有势力，他替阿金赎了身，让她当上续弦夫人，可没过多久就家世衰败了。阿金现在经营着艺伎中介店，丈夫忍辱在北浜的交易所做上了书记员，也就是所谓的共同劳动。别人常说阿金丈夫的衰败全都怪阿金，可他们现在的生活证明，别人没资格在背后戳他们的脊梁骨。阿金试探着对柳吉说："维康先生，您也不要光是玩，工作总得……"柳吉听后无任何表情。阿金事后对蝶子说她猜不透维康先生的心思，蝶子听了觉得脸上很没面子。然而柳吉不久就找到了工作，蝶子赶快跟阿金报告，虽说不能因此觉得多光彩，可毕竟值得高兴。

朋友说有个到千日前伊吕波牛肉店旁边的剃刀店上班的工作，每天从早晨十点工作到夜里十一点，便当自带，月薪二十五元，如果同意的话可以帮柳吉介绍。柳吉无法说不愿意。那家店卖的都是安全剃刀、刮脸刀、小刀等与理发有关的物品，这工作对跟理发店打过交道、经营过化妆品的柳吉来说是最合适不过的了，人家前前后后费了很多力，也不好拒绝。那家店又细又长，门口很窄，里边特别长，因此白天太阳也照不到里面，为了省电也不开灯。柳吉坐在昏暗处一边捅着火盆里的灰，一边看着门外的行人，那里光明得竟像假的一样。店的正对面就是公共厕所，臭烘烘的味道简直难以忍受。厕所旁边是竹林寺，对着大门的右侧是卖冰镇矿泉水的，左侧即离公共厕所近的地方在卖烤年糕。年糕上涂满酱油，烤得松松软软且金灿灿的，看上去很好吃的样子，就是没有买的欲望。柳吉回家后说，年糕店的夫妇俩从公共厕所出来连手都不洗。柳吉的工作内容相当轻松。橱窗里展示的广告人偶不停地晃动身体，打磨刀片，客人看到都会觉得很有意思，然后被吸引着走进店里，这时柳吉只要走出来说声“欢迎光临”就足够了。蝶子也鼓励他说：“这不挺好的嘛。”

柳吉在剃刀店坚持了三个月，还是跟老板吵架生了气，于是便隔三岔五地休息。蝶子对他的借口深信不疑，早上也不叫他了。就这样，他拖拖拉拉地把工作辞掉了。蝶子更加投入地干起了临时艺伎的工作。有些宴会的组织者甚至觉得必须单独塞给她一些特别的红包才行。然而红包是跟一起干活的艺伎平分的，虽然她也觉得很不合算，但也正因为如此，蝶子的人缘很好。每当别人奉承地叫她蝶子小姐、蝶子小姐，她就得意起来，借给她们两三块小钱，不过刚借完就后悔了，又不好明显地催促，只能说些好听的话，暗中让人家读懂快点儿还钱的意思。五毛钱都会让蝶子的心如针扎似的疼，唯独柳吉要零花钱的时候她总会大方地递给他。柳吉每天百无聊赖，尤其是偷偷到过梅田新道之后，那副生闷气的样子尤为明显，蝶子注意到了这一点。老父亲不愿恢复父子关系一事大概是柳吉郁闷的原因，这一方面让蝶子暗地里松了口气，另一方面也更加重了她的精神负担。因此，明知柳吉经常到咖啡馆去，她也尽量提醒自己不要吃醋。她默默地把钱递给柳吉时的心情，并不如别人想象的那样轻松。

柳吉的妻子回娘家之后患肺病死了，蝶子听说这个消息后偷偷跑到法善寺的结缘处拜神，还狠心捐赠了蜡烛。因为睡醒后老觉得心慌，她还特意为柳吉的妻子求了一个法号在神龛上供奉起来。看到头上就是前妻的牌位，柳吉总觉得别扭，可又不能说蝶子多此一举。柳吉很聪明，他知道说了就会闹矛盾，反倒会引起麻烦，他也从未当着蝶子的面拜过。蝶子每天早晨都要把佛龛的花儿换掉，忙碌得一刻不停。

两年后，积蓄已经超过三百元了。蝶子想起当艺伎时候的事，便向种吉打听。

“已经全部帮我还清了吗？”

“当然，放心吧，看。”

种吉说着还拿出了证明。母亲阿辰还兼职做些赛璐珞人偶，弟弟信一也帮着卖报纸。蝶子虽然知道这些情况，可一想到他们究竟是怎样才替自己还清的债务，就不由得眼角发热。她终于主动地给了弟弟五毛钱，阿辰三元，种吉五元。这下，积蓄正好变成了三百元。这期间，柳吉找艺伎作乐花了约一百元，存款又减少到了两百元。蝶子哭都没处哭，傍晚，她关着灯坐在六铺席大的小黑屋的正中央，一边抱着胳膊耸着肩膀喘着粗气，一边凝神盯着纸拉门上的破洞。柳吉也不去捂被蝶子用三味线拨片弄的伤痕，只是呆呆地坐着。

虽然再也找不到省钱的办法了，但是蝶子为了尽快补回那一百块，还是费了很多心思。去宴会工作时穿的衣服，都是实在不行了才拿去重新染一下，再不就是每逢换季的时候到当铺去换些回来，甚至到了遇见和服店的人都不好意思开口的程度。就这样，不到半年存款就变回了原来的数额。蝶子心想，一直借住在二楼会被人家看不起，不如借此机会租一套房子做些烤红薯之类的生意吧。她很快跟柳吉说了此事，他只是不大感兴趣地回了一句“行啊”。不过，第二天柳吉就一声不吭地来回转悠，还在高津神社坡下租了一个横宽一间[①]、纵深三间半的店铺。他雇木匠改装了两天，自己也搭手帮忙，借着过去工作的经验和人脉，托剃刀批发商送来货物，立刻开了家卖剃刀的新店。卖的东西从替换刀

---

① 日本传统计量系统尺贯法的长度单位，一间约为 1.8 米。

片、挖耳勺、痒痒挠、鼻毛夹、指甲刀等小东西，到电动剃须刀等西式剃刀都有。柳吉把客源锁定在从澡堂出来的客人身上，才特意在澡堂的正对面租了店铺，这让蝶子着实惊叹。开业的前一天，一起做临时艺伎工作的同伴们送来了一座钟当贺礼，蝶子说“欢迎”时的语气都大不一样了。为了表扬柳吉，她还说：“丈夫总算肯踏踏实实地工作了。”柳吉挽着袖子忙忙碌碌地擦着货架，那身影看上去还是不大像个真正的男人。可女人们都很感动，觉得只要维康先生本人愿意，也还是能干活的。

开业的当天早上，蝶子干劲十足地坐在店里，恨不得在头上缠上头巾。晌午时分，柳吉小声地嘟囔说：“客人怎么不来啊！”蝶子对此毫不理会，只是眼睛瞪得像盘子一样大地死盯着外面的过路人。过了中午，终于来客人了，卖掉一片剃须刀片，收了六钱。夫妇两人齐声说着：“谢谢惠顾！欢迎再次光临！”服务热情得反倒让人有些不舒服。不知是风水不好还是新店的原因，那天只来了十五个客人，而且买的全是些刀片之类的小东西，营业额总共还不足两元。

老顾客怎么也抓不住，接连好几天卖的都是些挖耳勺和刀片之类的小东西，营业额少得让人寒心。两人也不知还有什么能聊的，只是面面相觑，无聊地看店，这更让他们感觉耻辱。柳吉提出来，为了打发时间，他想趁中午的一两个小时去学习净琉璃，蝶子对此也不好阻拦。以前的时候，柳吉常悠闲自在地去，后来有所顾忌才不去了，现在做起了生意才又起了这个念头。蝶子能够理解柳吉的感受，却又觉得有点难受。柳吉拜了附近下寺町的竹本组升为师，说好学费是一个月五元钱，然后到二井户的天牛书店搜来一些二手书，每天到点出门。那副大摇大摆的样子，好像在说就算把精力全投到生意上去，客人不来也没有办法。柳吉就连看店的时候都照着书学习，还不时干吼几句，那声音实在差劲，让人都没有心情去主动赞扬他几句。钱就这样被吃掉了，蝶子决定再去做临时艺伎。重操旧业的当天晚上，蝶子终于痛苦地体会到，这工作可真累啊！在酒席上，她还是以挣钱为先地工作，非要让全场为她一人叫好，她的这种天性还没丢掉。只要蝶子傍晚一出门，柳吉就会赶紧关掉店门跑去二井户的市场，在小摊上买什锦菜饭和咸酱汤吃，还会配着酸甜口味的凉拌贝壳喝酒。付过六毛五的账后还觉得便宜，接着又到一家名为一番的咖啡馆点些啤酒和水果，豪爽地给他中意的女侍付小费，这样一来，十天的收入转眼就飞走了。虽说靠着蝶子临时艺伎的工作好歹维持着生计，可柳吉花得实在太多，欠剃刀批发店的钱也越积越多。坚持了一年之后，好在有人肯买，他们终于决定把店关掉。

两天的关店大甩卖挣来的一百多元和转让店铺的一百二十多元，加在一起共有二百二十多元。他们还清了欠批发店等处的款子后，剩下的连十元都不到了。

他们连借间二楼小屋的房租都预付不出来，因此找了很久的房子。这期间，他们因常常出入阿金那里而认识了一个和服的行脚商。他说："我们家的二楼空着，蝶子小姐要租的话，房租什么时候都好说。"多亏这样，他们才在飞田大门前街的小巷里借住了下来。柳吉照旧去学习净琉璃，还常去附近一家挂着红色门帘一杯咖啡五分钱的咖啡店消磨几个小时。而蝶子，只要有工作，不管刮风下雨都要去。她在临时艺伎中也算老面孔了，如果成立一个工会，蝶子肯定能当上干事，就连年龄比她大的都要称呼她为蝶子姐姐，可这也没什么可得意的。和服的裙摆磨光了，蝶子自己看了都觉得不好意思，她早就想买件新的了。再者，楼下就是专卖和服的行脚商，连一块铭仙的料子都不买的话从情理上也说不过去，但蝶子忍着，拼命存钱。她还觉得，如果不能再开一家店的话，就还不了父母的恩情，也对不住自己。

过了三年，总算存够了两百元。柳吉肠道不好，时常要去看医生，因此花钱的地方也多，钱总是存不住，这可把蝶子急坏了。等到有了两百元，她找柳吉商量，说："难道没什么赚钱的生意了吗？"柳吉根本不感兴趣，只说："靠那些小钱又能干些什么。"一天，他在飞田的花街柳巷里转瞬就花掉了其中的五十元钱。妹妹马上就会招一个上门女婿来管理梅田新道家里的生意。这个传闻四五天前传到了柳吉的耳朵里，虽说蝶子早就预料到柳吉会因此郁郁寡欢，可一天之内把钱全花在妓女身上，也着实让她愕然。柳吉耷拉着脸刚一回来，蝶子就抓住他的领子猛地将他按倒在地，然后骑在他的身上，使劲地掐着他的脖子。"难、难受，大妈你干什么呢？"柳吉拼命扑腾着双脚。蝶子觉得这次要是不尽情地打骂一番就不能解气，于是又打又掐。最后，柳吉哭着大声说："请你饶了我吧。"蝶子就是不松手。只是听说妹妹要招上门女婿就自暴自弃起来，蝶子觉得这样的柳吉很可怜而不是可气，她的打骂中满是痴情。柳吉逮着机会哼哼呀呀地下了楼，四处乱窜，最后躲到了厕所里。蝶子没有再追下去。楼下的女主人责备她说："妇道人家怎么能这样？"蝶子什么都没有说，只是用袖子拂面，双肩抖了起来，没想到这样看来倒多了几分女人味儿。女主人的丈夫比她年龄小，她以前就没说过蝶子的好话。每天早晨做味噌汤的时候，只要看到柳吉挽着衣袖在削木鱼，她就想脱口说句"让老公干那种事儿好吗"。她不知道，柳吉只是嘴巴挑剔，为了做出自己喜欢的味道才亲自动手削木鱼的。云游商也深有同感。他曾和蝶子、柳吉一起去千日前听过浪花节。剧场里很拥挤，不知是谁调戏了几句，蝶子竟啊啊地大闹起来。鉴于此，他觉得蝶子真是个厉害的女人。柳吉好像很没面子似的一个劲儿地眨着眼睛。他很同情柳吉，回家还跟妻子说了此事。夫妇俩私下里总是议论："她再那样肯定会被维康嫌弃的。"果然，一天，柳吉照常出门，过了好几天也没有回来。

过了七天柳吉还不回来，于是蝶子哭丧着脸去了种吉家，说柳吉一定是在梅田新道的家里，拜托种吉悄悄地去打探一下。种吉虽然不好拒绝女儿的请求，但觉得一旦被已经想分手的男方发现，不知人家会怎么看自己，就没答应。

"事到如今你还迷恋什么？趁早分手也是为你自己好。"

蝶子听了反驳说："这难道是父母该说的话吗？"

情绪激动地吵了一顿后，蝶子直接去了新世界的算卦摊。

"你尽心尽力为男人的苦心反倒会招致恶果。一般说来，这种星象的人……"

问过年龄得知是丙午年生的后，算卦的又口若悬河地讲了起来。总之，哪方面运势都不好。

"男人的心在向北倾斜。"

蝶子听了不由一惊。梅田新道就在北边。付钱出了门后又不知该往哪儿去，只是在盛夏太阳最毒的时候快步走着。她想起了在热海旅馆里碰到的地震，那天也很热。

第十天，正好是地藏盂兰盆节，小巷里也要跳盆舞，蝶子硬被叫了出去。她重复地弹着单调的曲子，时而也会在曲调中穿插些变化。正弹着，她突然瞧见柳吉正在绘行灯[①]底下一步一停地慢慢走着。蝶子砰地扔下了三味线，然后马上带他上了二楼，还没说话就先把身子靠了过去。

---

① 绘有图画的方形纸罩座灯。

过了两个小时，柳吉说电车就要没有了，然后就回去了。就在短短的时间里，柳吉说了如下事情：他这十天来赖在梅田的家里不走是早就打算好的。如果妹妹招了上门女婿的话，自己肯定就会被剥夺继承权，那边觉得自己肯定会忍气吞声。这招太狠了，于是柳吉才跑到梅田的家里，每天当面谈判，可也没有多大用处。对于抛妻弃子而去跟喜欢的女人同居的人来说，本来就没有胜算。但是柳吉觉得就算断绝了关系，也还是应该要回属于自己的那部分，要不以后就不好说了，所以固执地一步也不肯让。可他的老父亲又是怎么说的呢？说到这里，柳吉让蝶子不要介意。父亲说跟那样的女人一起生活，给他钱也是白搭，到头来只会被女人骗走。真想要钱的话，就跟女人分开，父亲说完再没说什么。这时，柳吉对蝶子说："我们就要在这里演一出戏。如果假装跟你分手巧妙地骗过父亲，拿到我该拿的部分，就算被断绝父子关系，就算被当作恶神，那也能靠着那笔钱做些轻松的小生意，两人白头到老地生活下去吧！总让你当临时艺伎，我也不好受。明天我家的仆人会来。蝶子，我希望你能果断地跟他们说咱们分手了。不是让你真心这么说的，演、演戏罢了。一拿到钱，我就回来。"蝶子听了，心里感到既甜蜜又不安。

第二天一早，她就拜访了高津的阿金。听她讲完，阿金说道："蝶子，你被维康骗了。"真不愧是历经过风雨之人。听到维康第一次瞒着蝶子到梅田去的时候，阿金说可不能轻易上他的当。她认为，也许柳吉心里打算的是，只要蝶子说了分手，就会圆满帮他实现回家的愿望，他就可以一直住在梅田的家里了。阿金也并非断定柳吉很坏。她又想，就算家里开着化妆品批发店，可要是父亲不让柳吉掌权，毕竟他还有孩子，这些话阿金终究没说出口。只要蝶子不开口说分手，柳吉就没法回自己家去。总之，如果想让柳吉回到自己身边，就“绝不能说分手”。蝶子照着阿金说的做了。比起撒谎说分手，这种做法毕竟更容易些。梅田那边的仆人很快就露脸了，还准备了分手费，要是拿了的话，两人的关系大概就会从此一刀两断了。

过了三天，柳吉来了。一看到高高兴兴的蝶子，他就满脸不高兴地说:“傻瓜，就因为你的一句话一切都完了。”蝶子向他说了分手费的事后，柳吉说:“你拿了的话，再加上我分到的钱不就是两份了吗？你就不能贪心点吗？”蝶子终于明白了他的想法，然而阿金的话仍旧在她心头挥之不去。

柳吉没跟父亲要到钱，就找妹妹死皮赖脸地磨来了三百元，把这些钱与蝶子的存款加在一起。“拿它做些小生意吧。”这次是从柳吉嘴里主动说出来的 。开剃刀店有过惨痛的经历，所以不能再开，其他的又没有能让柳吉感兴趣的。想来想去，蝶子想说只能开家烤红薯店吧……正在发愁的时候，她忽然想到关东煮店不错。跟柳吉一说，他相当起劲，还说:“这、这真是个好主意，我要拿出我的本事做好吃的。”正在找合适的店铺时，附近的飞田大门前街上的一家小关东煮店正在出售。现在开店的是一对老夫妇，可这里民风不好，客人档次也不高，老实听话的女侍应都待不长久，要找个厉害的女侍应，老板又会被看不起，他们正为人手不足而发愁，所以才打算卖掉。一谈，对方居然同意以三百五十元的价格把店铺附带一切工具卖给他们。一楼全是灰泥墙，是店铺。睡觉的地方只有二楼一间四铺席半的房间，而且天花板低得快要顶到头了，很阴暗。好在出入妓院的人很多，再加上店铺开在拐角处，不管是店铺的格局还是出入口的设计都非常好，所以一听到那个价格，柳吉他们就飞奔过来成交了。开店之前，他们经常去法善寺的正弁丹吾亭和道顿堀的章鱼梅等地，只要看到关东煮的招牌就掀帘子进去，调查人家的口味、酒类品种等做生意的方法。种吉听说他们要开关东煮店，表示可以帮忙。“不管是虾还是鱿鱼，只要是天妇罗就交给我好了。”柳吉却委婉地拒绝说：“小菜倒是会有，可我们不打算上天妇罗。”种吉觉得很遗憾。“这种事儿见过吗？”阿辰嘲笑种吉，还说，“他们觉得让我们帮忙会吃亏，谁会要他们一分钱啊。”

他们从两人的名字里各取一字，起了“蝶柳”这个店名。终于要开张了。因为当时暑气还未散尽，他们索性购来一台生啤酒桶，本来还焦急地担心卖不完可就完蛋了，没想到竟然卖得不错。他们没雇别人，就靠夫妇俩自己干 。夜里十点到十二点是人最多的时候，他们忙得头昏眼花，连解手的工夫都没有。柳吉身穿白色厨师服脚踩高齿木屐，不时地瞅钱盒几眼。进账多的时候，他还会吆喝几声“欢迎光临”，那声音高亢得明显与开剃刀店时不同。有的时候，不男不女的走街串巷的艺人会进来卖艺，弹着三味线唱几曲青柳，会更热闹。不过，这附近氛围不大好，总有些品行不好的人喝醉了吵架，柳吉在一旁吓得心惊胆战，蝶子靠着以前历练的经验，总能把客人们弄得服服帖帖的。当然，她并非使用了媚眼之类的女色。

为了等着去逛妓院，很多客人都会在店里待很晚，因此收摊的时候往往是东方已经泛起了紫色。拖着疲惫不堪的身子到二楼那四铺席半的房间里刚想打个盹儿，闹钟就叮叮地叫起来，穿着睡衣跑到楼下，还顾不上洗脸，就把“供应早餐、四菜一毛八”的招牌拿了出去。他们是瞅准了逛完妓院早上回去的客人，推出了包括味噌汤、煮豆、咸菜和米饭四个品种共一毛八分钱的早餐。他们早就预料到这是小本生意挣不了几个钱，但有时客人还会点瓶啤酒什么的，生意越做越好，因此也能强忍住瞌睡。

秋意渐浓，风吹上去凉飕飕的，这对关东煮店来说是最好不过的季节。没了啤酒之后，他们又添上了别的酒。付给酒行的钱总是用现金支付，信用好得让酒行都想给他们送块招牌。蝶子也不弹三味线了，它被装进抽屉里。虽然不能说是由于这次开店柳吉出了一大半钱的缘故，但柳吉这次的投入程度着实让人无话可说。他们也没有休息日，每天都拼命地干活，因此也没有什么开销，钱存得很快，柳吉每天都要去邮局 。因为这生意很费体力，柳吉一觉得累就靠酒补充体力。蝶子知道柳吉一喝酒就会不受控制而大把花钱的毛病，所以开始的时候提心吊胆 ，不过终归是用来赚钱的酒，柳吉也有分寸。然而，蝶子还有另一个担心，而且这个担心永远不会停。柳吉喝多了酒就会胡闹，可小口小口喝的时候反倒会越发沉默，也许跟他天生口吃的毛病有关。没有客人的时候，看到柳吉坐在椅子上呆呆的样子，蝶子就会坐卧不安地想，他一定是在想梅田那边的事儿吧。

果然，被妹妹的婚礼拒绝后，柳吉很是消沉，拿了两百块钱出门之后，三天也没回来。当时正是赏花时节，正巧连续几天是星期日和节假日，总不能关店。蝶子一个人忙了两天。第三天，蝶子实在没心思，加上忙碌和担心让她体力不支，她就把店关了。那天深夜，柳吉回来了。侧耳一听，门外传来三胜半七[①]的吟唱声，一定是柳吉没错。蝶子终于放下心来，心想大半夜的还唱那么难听的净琉璃，这让邻居怎么想。于是蝶子接着一边唱，一边下了楼。柳吉的脚步声在门前停住了。他不再唱了，好像有些好不意思的样子，嗒嗒地敲了敲门。

“谁呀？”蝶子故意说道。

---

① 净琉璃说唱故事的男女主人公。日本元禄八年（1695）大阪的一对青年男女赤根屋半七和美浓屋三胜双双殉情。

“我。你连我都听不出来了吗？”这样装疯卖傻地说了几句后，门外终于大声起来，“我是维康。”

蝶子接着没声好气地说：“叫维康的人有很多呢。”

“我是维康柳吉。”看样子他已经猜到要被蝶子骂了。

“维康柳吉跟这儿没有关系，现在正在哪儿花大钱呢。”蝶子仍旧刻薄地冷嘲热讽，考虑到还有邻居，还是打开了门。

“大妈，你也太狠心了吧。”柳吉站在门口紧皱眉头。

蝶子急忙把柳吉拽了进去，不由分说地推到二楼。柳吉的头碰到了天花板。

“疼！”

“有什么疼的。”蝶子狠命地揍了起来。

柳吉发誓说再不会去外边拈花惹草了。可蝶子的打骂似乎并不见效，过了一阵子，他又开始鬼混了，回家的时候，总是害怕挨揍而脸色发青。蝶子也渐渐地发福了，打骂柳吉的时候会累得喘不上气来。

柳吉用来鬼混的钱数额相当惊人，逛妓院回来的第二天，连他自己都吓得脸色发白，酒也不喝了，只是默默地在锅里搅着。可过了四五天，他就说光喝些拿给客人喝的酒没出息，然后把没兑过水的酒倒入酒壶，放到铜壶里烫酒。他明显是对做生意厌烦了，喝醉酒就什么都不管了，不由自主地朝妓院走去。俗话说，卖油的娘子水梳头。可柳吉正好相反，自家的买卖反倒助长了他的玩性。蝶子开始后悔开这个店了。刚想说终于做了个挣钱的生意，可最后就连付给酒行的钱也越拖越久。蝶子对柳吉说，看来只能关掉了。柳吉立刻同意了。

“本店转让”的告示贴出去之后，店铺就一直阴森森地关着。

柳吉每天都去学净琉璃，存下的钱逐渐变少，却迟迟不见买家。蝶子暗想，得考虑再去做临时艺伎了。一天，她从二楼的窗户向大街上的行人看去，哪个人在她眼里看上去都是客人，她想，现在不开店真是太可惜了。对面隔着五六家店的地方是个水果店，红、黄、绿色交相辉映，看上去很有生气。客人进进出出的也很多。水果店真是个好生意啊。想到这里，蝶子再也坐不住了，等柳吉学净琉璃一回来，就马上对他说："我们开家水果店吧。"柳吉不大感兴趣，他想的是等到实在吃不上饭了，去梅田要些钱就行了。

一天，柳吉像是去了梅田。回来一问，他说他去要钱了，接待他的是妹妹的上门女婿。那人一根筋，还是个小气鬼，最后一分钱也没要到，柳吉愤愤地说。"就开家水果店吧！"柳吉接着一脸不快地说道。

他们用卖关东煮工具的钱改装了门面。进货还差很多钱，因此蝶子把衣服和头饰都送去了当铺，还去阿金那儿借钱。阿金说了一会儿柳吉的不是，最后说道："蝶子，你太可怜了。"然后借给她一百元。

蝶子拿着钱直接去了上盐町的种吉家里，说自己要开水果店，让他来帮两三天忙。柳吉不知道切西瓜的诀窍，需要有经验的种吉指导，无奈之下，柳吉才开口主动说求一下父亲吧。种吉年轻的时候曾从阿辰的老家大和买来一车西瓜，切开在上盐町的夜市上卖。那时候蝶子刚刚两岁，阿辰背着她，一家三口出动，一晚上卖过一百个西瓜。种吉回忆着往事，高兴地答应了帮忙一事。开关东煮店想帮忙却被柳吉拒绝的事，种吉根本没记在心上。开店那天，因为对面也有一家水果店，种吉还高兴地开玩笑说："卖西瓜的对面又来一个卖西瓜的，这真是喜上加喜啊。"对面水果店的冰块很多，靠冰镇西瓜吸引客人。自然，蝶子他们就必须靠西瓜块儿的厚度决一胜负了。其实，就算没这层原因，种吉的切法也很慷慨。柳吉在一旁小心翼翼地盘算，一个西瓜八角钱，一块儿卖一角钱的话，要切成多少块才合算。种吉却说："我们靠厚度招来客人，然后大赚一笔。"然后还起劲地吆喝着，"西瓜！西瓜！好吃的西瓜便宜卖啦！"对面的吆喝声也不示弱。蝶子当然不甘心干坐着，她也跟着尖着嗓子叫着："西瓜便宜啦！"那声音听上去美妙动人，客人自然来了。蝶子在脖子上挂了一个皮包一样的钱袋，赚到的钱扔进去，零钱拿出来当找头。

早晨，蝶子还去妓院挨家挨户地卖西瓜。"这西瓜可好吃了。"她的声音清脆得让人吃惊，笑起来脸上泛着娇羞和可爱，再加上性格爽朗利落，很受妓女们的好评。她们还对蝶子说："明天再来啊。"有的时候，柳吉也会背着西瓜去卖，每当听到人家说："姐姐呢？您可真有位好夫人啊！"柳吉就紧绷着脸，好像事不关己似的当耳旁风。那沉默的样子，根本看不出他是个玩起来就闹个天翻地覆的男人。

认真地学了四五天，柳吉终于掌握了切西瓜的诀窍。种吉正巧因一年一度的氏神祭被雇去当了临时轿夫，便趁此机会离开了。回去的时候，他还再三嘱咐，苹果要好好地擦亮，水蜜桃绝对不能用手碰，水果最怕灰尘所以要一直用掸子扫灰。蝶子他们也照着做了，可不知为何水蜜桃还是很快就烂掉了，又不能装饰到店里，只得含泪扔了。每天扔掉的水果数量都很多，但要是减少果品的种类，店铺看上去就会很寒酸。这也不行，那也不行，他们急得不行。虽然赚钱，可扔掉的那些也得算进成本里，他们渐渐明白，开水果店也不那么容易。

柳吉又没精神了，蝶子担心他是又腻烦了。然而，柳吉却先病倒了。他以前就肠胃不好，去二井户的医院治过一段时间。这次，尿里带了血，小便一次足足需要二十分钟，真是难以启齿。以前柳吉得过怪病，蝶子嘴上虽生气地说“什么人呀”，可还是照巫术说的把粘在屋瓦上的猫粪配着明矾一起煎，然后偷偷让柳吉喝。因为当时起了作用，她心想这次可能也一样吧，于是瞒着柳吉把药放到了味噌汤里。柳吉啜了一小口，马上变了脸色，却并没发觉有什么异常，还以为味道不对劲只是自己生病的缘故。对方没有察觉的话才会有效，于是蝶子暗自等着奇迹出现，这次却怎么也不见效。小便的时候，柳吉甚至会痛得哭出声来。于是蝶子就带他到岛之内区的泌尿专科医院“华阳堂”看病，在尿道上插了管子看了大半天，医生说是膀胱不好。接连看了十天，病情仍不见起色。柳吉眼看着瘦了下去。因为医院有时也会误诊，于是他们又去天王寺的市民医院请大夫看了看，果然错了。拍了X光片后查出是肾结核。他们怨恨起华阳堂医院来。医生说想要救命的话就住院，于是他们急匆匆地住了院。

蝶子要陪床没法开店，无奈之下只好把店关了。等着水果烂下去也怪可惜的，本想去求种吉照看几天，但运气不好的时候干什么都不顺，母亲阿辰四五天前病倒了，说是得了子宫癌。阿辰沉溺于金光教，总到那里求圣水喝，因此身体日渐虚弱，病倒的时候镇上的医生说已经救不了了。医生说就算动手术，按照目前的身体情况估计也很难。阿辰既不想手术也不想住院，就主动拒绝了，当然还有钱的原因。阿辰刚开始反对打针，但打了一次之后，身体仿佛要崩裂一般的疼痛顿时消失了，她终于踏踏实实地睡了个好觉。尝到好处以后，只要稍微有点疼，她就嚷着“打针、打针”把种吉叫醒，也不管是不是大半夜。种吉揉着没睡醒的眼睛朝医生那里奔去。医生拒绝说：“那是吗啡，不能总打。”种吉就会眨巴着眼睛说：“反正都是要死的人了。”弟弟信一在京都下鸭的一家当铺帮工，种吉打算不到万不得已的时候不叫他回来。种吉没有分身之术，蝶子只好断了念想，因为需要钱看病，她决定把店卖了。

这次还算走运，买家马上就找到了。二百五十元的进账转眼就消失了。定下来要做手术，手术之前必须给身体补充些营养，于是每天都要输两瓶进口药，一瓶就要五元，住院费也高得吓人。蝶子雇了护工，请她夜里帮忙照看柳吉，自己则又去做了临时艺伎。然而，这不过是杯水车薪罢了。马上就要手术了，要花的钱就摆在眼前。这次，蝶子的歌声终于没有了往日的风采。乘红电车回去的路上，她把两手插在腰带里，心思沉重。借阿金的一百元还没还。

蝶子拖着沉重的脚步去了梅田新道的柳吉家。只有上门女婿一人出来见了她。蝶子把头伏在榻榻米上请求说哪怕一点儿也好，可对方就是不答应，还说了“自作自受”之类的话。“你们是自作自受。”他说，“这个家的财产由我代管，你们一个子儿都休想……”蝶子听了扭转屁股夺门而出，可没走两步就泄了气。到种吉那里探望卧病在床的母亲。阿辰说：“别管我，快去维康那儿。”然后还说到医院去做饭就不方便了吧，家里熬了米汤，拌了菠菜，你拿一些回去吧。阿辰这副好心跟菩萨也越来越像了，看上去一副将死之人的模样。

与阿辰不同，柳吉看到蝶子回来迟了就破口大骂，这股劲头至少说明他暂时还不会死。两天之后，他动了大手术，两个肾脏被取走一个。他还是照样生龙活虎地大叫大嚷：“水，水，给我水！”因为医生警告说不能让他喝水，蝶子只得憋着气听柳吉叫唤。

一天，一个年轻女人带着一个十二三岁的女孩儿来探病了。一看长相，蝶子就明白了，是柳吉的妹妹。蝶子很是紧张，也没顾上客气，只说了句“您总算来了”。一起来的女孩儿是柳吉的女儿。今年四月刚升入女校，她穿着一身水手服。蝶子摸了摸她的头，她皱起眉头，一副不情愿的样子。

她们过了一个小时就走了，柳吉妹妹说是瞒着丈夫来的。柳吉听了冲着妹妹的背影说道：“谁害怕那种人啊！”蝶子把他们送到走廊，柳吉的妹妹说：“现在，嫂子您受的苦父亲也终于知道了。他还说，您真是尽心了。”然后悄悄塞给蝶子一笔钱。蝶子当时没有化妆，头发也乱七八糟的，和服也是穿旧的。人家虽然可能是出于同情才这么说的，但蝶子还是认为那是真心话。得到柳吉父亲的承认，居然花了十年时间。被称呼为“嫂子”也值得高兴。蝶子本想把钱还回去，结果硬是被推了回来，后来一看，有一百元。这实在是难得，蝶子欢欣雀跃，怎么也无法平静。

傍晚，电话打来了。是弟弟的声音，蝶子心里一惊。听说母亲病危，她就说马上回去。从电话室跑到病房，只见柳吉正大叫着“给我水”。“是、是父母重要，还是我重要？”那怒吼的声音，好像他自己也说不定什么时候会死。蝶子在椅子上坐下来，一直抱着胳膊，好一阵子，终于落下泪来。时值秋季，医院的院子里不时传来虫鸣的声音。

也不知过了多长时间，夜早就深了，从缝隙里钻进来的风吹得人发抖。突然，又听见有人叫：“维康家的，有电话找。”蝶子慌慌张张地接起电话，只听见一个听不出是谁的女人的声音。“已经断气了。”蝶子直接出了医院就往家跑去。附近的女人们故意红肿着泪眼说道：“蝶子，阿辰断气的时候还说她很担心你，你很可怜呢。”种吉也掉下了男人的眼泪，说蝶子虽然三十岁了，但在母亲眼里还是个孩子。蝶子感到大家的目光似乎都在说：真是个不孝女。她掀开白布，在阿辰的嘴上沾了一下水。她竭尽全力地做着一切，替母亲送终。丈夫也病了一事只有她自己知道，于是守灵也早早地结束了。回医院的路上，走在深夜的街道，蝶子终于放声大哭起来。刚回到病房，柳吉就瞪着眼睛说："你去哪儿了？"蝶子只说了句"死了"，两人便沉默地互相敌视了一会儿。柳吉那冷峻的目光，不知为何让蝶子感到强烈的压迫感。蝶子也不甘示弱，她天生好强的性格像蛇一样复苏了。她已经决定，就算不是全部，也要把柳吉妹妹给的一百元其中哪怕一半也好，用于母亲的丧葬费。她本来想对柳吉说这好歹也算尽了孝心，可一看他那消瘦的脸就没说出口。

不过，也不用担心。以前雇种吉当临时轿夫的丧葬店说这是自己家的事，还免费承担了丧葬的一切开销。因此，葬礼也举行得无比隆重。而且，也不知阿辰是什么时候偷偷地在邮局投了一元钱的简易养老保险，现在分到了五百元的保险费。他们在上盐町住了三十年，认识的人也多，回完礼之后，只剩下两百元了。然后，种吉来到医院，递给蝶子一百元，说算是关照的。蝶子终于切切实实地体会到了父母的深情。蝶子说了柳吉妹妹转达他父亲感叹蝶子吃苦了的事，种吉说道："这就好啊！"阿辰死后，他还是第一次露出笑脸。

柳吉出院后，去了汤崎温泉疗养。钱是蝶子做临时艺伎赚来的。因为在外面借房子不划算，蝶子回到种吉那里借宿。她本打算给种吉些钱当伙食费，种吉说这样显得生分就是不要。他知道，柳吉疗养还要用钱呢。

知道蝶子回娘家之后，附近的有钱人都来找，还露骨地说想纳她为妾。那家木材店的老板死了，他的儿子跟柳吉同岁，也是四十一，他也来找过。蝶子总推说考虑考虑。她觉得，如果断然拒绝的话，邻里间的关系会很尴尬，再一个就是当艺伎时学会的周旋之策。每当别人说自己还年轻的时候，蝶子总是重新审视自己，然而内心却毫不动摇。每晚她都会梦到身在汤崎的柳吉。一天，她做了噩梦，放心不下，就去了汤崎。本应“每天忧郁地孤独度日”的柳吉，竟然叫来了艺伎，大笔花起钱来。当然，酒也是免不了要喝的。蝶子逮住女佣刨根究底地追问后得知，这一周以来天天如此。蝶子纳闷，那些钱是从哪儿来的呢？自己寄的钱刚够付住宿费，她本来还觉得让柳吉烟都吸不上，很过意不去呢。从女佣嘴里得知，柳吉隔三岔五就去找妹妹要钱。听到这些，蝶子眼前一片黑暗。考虑到她父亲的想法，蝶子一直认为，只有靠自己一个人的力量把柳吉送去疗养，吃过的苦头才有价值。可柳吉居然去找妹妹要钱，自己的苦心这下白费了。以前无论碰上什么事，蝶子都要强地冷静面对，而柳吉则两手一摊，推说“反正我就是没出息”，蝶子最看不上他这一点。现在，当着三番五次利用自己好强心的柳吉，蝶子竟不知该如何责问。柳吉一副病恹恹的模样，老老实实地听着蝶子的质问。女佣还说，柳吉还偷偷地把女儿叫到汤崎，带她参观千叠敷和三段壁等名胜。虽说蝶子也理解，柳吉到了这个年龄父爱会加深，可她还是觉得遭到了背叛。她老早就催柳吉把女儿接来三个人一起生活，柳吉总是不置可否，那样子好像女儿无所谓似的。蝶子私下里暗喜，以为柳吉心里只有她一个人。现在，蝶子勃然大怒，拿起碗盆就朝房间的玻璃拉门扔去。艺伎们偷偷地溜走了。没过一会儿，蝶子点名把刚才的艺伎叫来。自己以前也当过艺伎，要是因为些扫兴的事情让靠人气吃饭的艺伎没了饭碗，也不好。这不知是她的同情之念，还是虚荣之心。她感到自虐般的快感。

与柳吉一起回到大阪以后，他们在日本桥的御藏迹公园后面租了间二楼的房间。蝶子又去当了临时艺伎。她信心十足地以为，到时候只要退掉现在的房间，租个独栋的房子正经做生意的话，柳吉的父亲一定会称赞自己是个了不起的女人，她和柳吉也能成为合法夫妇了。柳吉的父亲已经中风卧床超过十年，一般人早就死了，可他硬是挺了过来。蝶子想，他说不定什么时候就会死，得趁他还睁着眼的时候抓紧。柳吉因为刚刚大病痊愈，又是喝补品又是打针的，用钱的地方多得要命。就这样，过了半年，还剩下不到三十元钱了。

一天傍晚，蝶子提着三味线的小箱子在日本桥一丁目的十字路口等换乘的电车。这时，有人跟她搭话："是蝶子吗？"原来是在北新地被同一个雇主雇用过的艺伎金八。从她围的披肩就能看出来，她发迹了。在她的邀请下，蝶子跟着去了戎桥的丸万牛肉火锅店。虽然觉得那天赚到的钱有可能会打水漂，可在发迹的朋友面前，她又不好借这个理由拒绝。她们聊起过去的事。雇主是个小气鬼，每餐只有一条腌沙丁鱼，两人那时候就互相鼓励，说一定要混出个名堂让老板看看。可是，蝶子目前的处境却很丢脸。金八在蝶子私奔后被赎了身，当上了矿山老板的小妾。最近，原配死了，她做了续弦夫人，现在还参与矿山的生意。金八口口声声说："我自己这么说可能有些……"但她过得确实不能再好了。"不过，蝶子，倒是你的事……"这时，为了实现让昔日老板刮目相看的旧梦，金八说非要帮蝶子混出个模样不可。听了蝶子的事后，她又马上说不管是一千还是两千，要多少都行，她会永久性地无偿借给蝶子，还问蝶子想不想做些生意。蝶子流出泪来，心想真是在地狱里遇见了活菩萨，她还把金八穿的衣服从头到脚夸了个遍。"什么生意不错呢？"蝶子用词也讲究起来。离开丸万，她们去歌舞伎町边上请算卦的看了看，说是酒馆之类的服务业不错。“你卖酒，我搞矿山，水和山，成双成对啊！”就这么定下来了。

回去跟柳吉一说，他半嘲讽地说道：“你还真有个好朋友啊！”其实心里美滋滋的。

决定开咖啡馆后的第二天，蝶子就去了地产中介，问有没有合适的咖啡店转让。正愁找不到合适的卖家时，又得到很多转让的消息，大家都在抛售咖啡店。这情况又让蝶子犹豫了，看来咖啡店也不轻松呀。然而，蝶子还是信心十足，她相信靠她这个老板娘的本事，哪怕女侍不怎么样，她的店也一定会火的。挨个看过每一家店后，最终选了其中一家，位于下寺町电车站前面，周围毗邻二井户、道顿堀和千日前等闹市。再说价格适中，店里布置得小巧精致，很合蝶子的心意。他们以八百元成交，看似贵，但跟飞田那间破烂的关东煮店相比，要便宜多了。蝶子怕有什么闪失，还特意请金八来看了看。“这个地儿倒是能玩一玩。”她对店面还算满意，显得颇为上心，还提议，“既然是重新开张，不如干脆里里外外都改装一番，再安上霓虹灯，开店的声势搞得大些，钱我出，多少都不是问题。”

店名是以前的“蝶柳”加了沙龙，叫作“蝶柳沙龙”。留声机里总放些新内、端呗等风雅之曲，女侍全都是梳着日式发型、着装时髦但又不张扬的女孩，蝶子没有要打扮得不好看的穿洋装的短发女孩。说是酒吧，其实更像饭馆，柳吉做些醋泡海参之类的小菜，蝶子则不停地发挥着艺伎风情的魅力。店里充满了日本风情，客人反倒觉得很有意思，客人水准也高。那些只是过来喝杯咖啡的客人反倒显然不适合了。

不到半年，蝶柳沙龙就成了一家名气响当当的店。蝶子的老板娘本事也广为人知。有些女人找到店来希望在这里工作，蝶子只要从头到脚迅速打量一番，就能看穿她的来历和能耐。一天，来了一个看上去风尘味很重的女人，无论身形还是穿着，都是一副勾引男人蠢蠢欲动的样子。蝶子盯着她，就是看不上，可最后还是因为长得好看而留下了她。她老是黏着客人，在耳边悄悄地说着什么，这让蝶子很不爽。但熟客都被那女人迷了过去，也不好赶走她。她还经常请两三个小时的假，跟客人出去。有过几次这样的事后，客人就渐渐不来了。一定是她把客人带到别处了，客人一旦跟她熟识起来也就没有必要特意跑来自己的店了。事后得知，那女人还特意租了房子。也就是说，她是借咖啡馆做些不正经的生意。把她赶走以后，其他女侍都动心了。一一问过以后才知道，原来大家都学那个女人干过几次。如果不这么做的话，就会因客人被她抢走而丢了自己的饭碗。反正这事让蝶子很生气。她怕后面再出什么幺蛾子，便辞了所有女侍，重新雇了几个老实的女孩，总算挺过了难关。店里同意也就算了，如果女侍私下里做些小动作，那咖啡馆就一定会完蛋，这是别家的经验。

女侍变了，客人也不一样了，报社的人也多了起来。报社记者看上去眼神有点吓人，但其实人却不赖，他们不管蝶子叫“老板娘”，而是像个孩子似的开开心心地喊她“大婶”。蝶子也听得高兴。身兼老板和“大叔”身份的柳吉也会被叫到包厢里跟他们一起玩，店里很有一种家的感觉。柳吉一喝醉就会叫记者的绰号，玩着玩着还会跟客人一起乘车再换一家店接着开心。蝶子在客人面前考虑到面子只是笑着，但只要柳吉在外过夜，她还是不会手软。附近的人都暗地里叫蝶子“鬼婆”。女侍很爱看他们吵架，虽然表面上因为都是女人而站在老板娘一边，但她们心里到底怎么想的可就不得而知了。

蝶子马上向柳吉提出："把女儿接来吧。"柳吉都是含糊地回答："再等一段时间吧。"没人不疼亲生儿女的，是女儿自己不愿意来。也难怪，她还是个学生，觉得咖啡馆的生意让她很没面子。可是，理由也并非如此简单。"你爸爸被坏女人抢走了。"去世的母亲过去只要一有空就对女儿这么说。在蝶子的强求之下，女孩儿穿着水手服到蝶柳沙龙露过一两次脸，可也是拉着脸一句话不说。"英语一定很难吧？"蝶子一个劲儿地讨好她，女孩儿则嗤之以鼻。

一天，她却突然不请自来了，脸色苍白。蝶子满脸堆笑地跑着迎上去说："欢迎。"女学生却一下子低下了头，来到柳吉旁边低声说："祖父病了，请您速来。"

蝶子打算跟柳吉一起赶过去，柳吉却说："你待在家里就好了，现在一起去的话不好。"蝶子失望地茫然了片刻，然后恳求柳吉答应她一件事："趁着父亲还有气的时候，在枕头边求他承认我们是合法夫妻。父亲一旦答应了就马上告诉我，我会飞奔着赶过去的。"

蝶子赶到和服店，求他们赶快给柳吉和自己各做一件礼服。然而，好消息怎么也等不来。柳吉也不再露面。过了两天，礼服做好了。第四天傍晚，电话来了。蝶子以为已经谈好了，让她马上过去，激动得面泛红晕。

"喂喂，我是维康家的。"

"啊，大、大妈吗？老爷子死了。"

"啊，喂、喂！"蝶子兴奋地高声颤抖，"那么，我也马上过去吧。我们俩的礼服也做好了。"蝶子兴奋得腿都站不稳了，可还是没忘了这事。

柳吉并不答应，说："你不来最好，来了不方便。妹、妹夫他……"

蝶子胸中顿时冒起一股无名之火，怎么能不让自己参加葬礼呢？也许柳吉的妹妹在医院走廊上说的话是假的，也许柳吉已经被顽固的妹夫笼络了过去，总之，蝶子已经没有闲工夫考虑了，她满脑子想的都是礼服的事。回到店里，她把自己关在二楼。然后关好门，把煤气的橡胶管拉了出来。

“夫人，今晚吃牛肉火锅。”楼下传来女佣的声音。

然后，蝶子拧开了开关。

晚上，柳吉拿着礼服回来一看，煤气表正咝咝地大声响着，还发出一股臭味。柳吉吃了一惊，来到二楼打开门，然后用圆扇四处扇着。叫来医生后，蝶子总算获救了。这事还上了报纸。记者果真是“治而不忘乱”，用同情的口吻写了一个姘头企图自杀的故事。柳吉借口要参加葬礼，逃走以后再没有回来。种吉到梅田一问，柳吉也不在那儿。等能下地了，蝶子又开了店，客人也很捧场，所以生意很火。有些客人还不忘借机让蝶子做小妾。每天早晨，蝶子都要浓妆出门，也不知她去了哪里，大家都传说她一定是当了小妾。其实她是为了祈求柳吉早点回来，到金光教的道场参拜去了。

过了二十多天，柳吉给种吉去了一封信。上面写道：“我已经四十三岁了。患病之躯恐怕难以长命。我还要尽一个父亲的责任。我打算到九州，就算做苦力，也要把女儿接来一起生活。我自觉很对不住蝶子，请代为问好，蝶子年纪尚轻，将来……”种吉不想让蝶子看到，就把它烧了。

过了十天，柳吉突然回到了蝶柳沙龙。他说，隐匿行踪不过是策略而已，他只想假装与蝶子分手跟妹夫要钱。他还说，既然老爷子死了，自己分不到遗产回来就亏大了，所以才故意没叫她去参加葬礼的，蝶子相信了。

“怎么样，好吃的，去吃吧？”柳吉邀请蝶子道。

他们去了法善寺内的夫妇善哉店。道顿堀大街和千日前大街交汇的拐角处，摆放着一个破旧的阿多福人偶，那前面悬挂着的红色大提灯上写着“夫妇善哉”四个字，一看就是一家夫妻二人同去的店。

点餐之后，为求吉利，竟然给每人都送来两碗。

蝶子和柳吉都钻研起了净琉璃。在二井户天牛书店的二楼客厅里举行的票友大会上，蝶子弹三味线伴奏，柳吉唱“太十”，他们还获得了二等奖，奖品是一个大坐垫，蝶子每天都坐在上面。

昭和十五年八月[①]

① 即1940年8月。

续夫妇善哉

柳吉回到蝶柳后转眼一年，夏天来了。

过了七夕节紧跟着就是生国魂神社的夏日祭典，先是七月初八的夜市庙会，再是初九的正式大典。六月刚到，这一带的旧衣店、租车行等商铺，就贴上了“出租祭典用工服”字样的告示。到了七月，整个晚上都能听到从神社传来的排练狮子舞和太鼓的声音。

太鼓的敲打声划过夏日的夜空，掠过昏暗的坡道，也传到了下寺町的蝶柳。蝶子听见，想起了小时候每逢庙会，她总盼着自己也能被选为巡街的稚儿[1]，擦上白粉，涂上红嘴唇，穿上盛装礼服，袖筒被风吹得轻飘飘的，坐到人力车上，跟着游行的队伍在大街上前进，抬眼望去，两边看热闹的都是熟人——可她一次也没当过。倒是她父亲，要么一身盔甲扮成将军，要么穿上水干[2]假装平安时代的人，每次夏祭都要出力。

种吉最近不大露面，他可能是有自己的顾虑而主动疏远。就在祭典即将来临的一天夜里，他终于现身了。以往他都是从厨房后门悄悄进来，只要看见蝶子和柳吉两人都在店里，就满意地回

① 这里特指祭典时着盛装参加仪式的童男童女。

② 日本平安时代的一种服装。

去了，倒酒给他也不喝。可这次，他却破天荒地从正门进来了。“欢迎光临！”女侍和蝶子都热情地招呼，不过种吉那样子怎么看都不像是来这种地方的人。蝶子心有不满，当着柳吉的面也不好说什么，还是亲亲热热地招待了他。种吉倒也不客气，一个人坐在包间里乐呵呵地喝着酒，喝到尽兴还唱起了枪锈[1]。别看他上了年纪又没有专门学过，嗓子倒是不错，调子也转换得游刃有余，在场的客人听了都齐声喝彩，闷闷不乐的柳吉也跟着来了兴致。最后，种吉踉跄着脚步回去了。

蝶子有些生疑，觉得这晚的父亲跟平日不同，就在她隐隐不安的时候，两天后得知种吉突发脑中风死了。蝶子赶过去才听说种吉死的前一天去了京都，跟在下鸭当铺当伙计的儿子信一见了一面，还带他吃了圆山的芋棒。她心想，父亲到蝶柳来也是特意跟自己道别的吧。她哭哭啼啼地说起种吉的种种不幸：“他命苦啊。早知道，我真该让他多吃点好的，带他到新开的歌舞伎座去看场戏啊……什么都没赶上。”蝶子哪里知道，种吉咽气之前唯一惦记的，就是她的将来啊！

葬礼正好与庙会赶在同一天，那天蝶柳没有开门。但第二天的初九就是大典，也是一年中生意最忙的日子，他们不敢再休息了。那段时间，各处的祭典轮番举行，十五是难波神社，十九是高津神社，他们跟着也忙了好一阵子。就在二十五的天神祭那天，柳吉偷偷出了门，到晚上也没回来。偏偏那天正好是发工资的日子，店里客人多得连等擦干桌子的工夫都没有。“这里忙翻了天，他倒好，优哉游哉地出门去了，真是个死鬼！”蝶子止不住抱怨，气得肩膀抖个不停，招呼客人时声音也格外高。她忽然想起，柳

① 小曲、短歌的常见曲目，主要表现了浪人丹波与作的气魄，以“长枪生锈而名声不锈”一句开头。

吉家供奉的就是天满宫的天满大神，心说他肯定是由于这个缘故才走的。再说他本来就喜欢过节热闹，想必是在店里坐卧难安，才找了个从窗口能看见游街队伍的地方，此刻正玩乐呢。可她转念又想，不对，要真是玩去了倒还好，莫非他去了梅田新道，领女儿到街上看热闹去了？她越想越觉得是那么回事，眼见着像霜打了似的没了精神，说话都没了力气。她强打着精神在账本上记账，字写得七扭八歪，鼻子两侧的妆也被汗化掉了。嘴里哼着："现如今那半七在哪里作甚……"歌词连她自己听着都凄凉。记账是柳吉的事，他算得快，一笔好字当个代书[①]也不成问题，这点本来让蝶子很踏实。

夜深了，店里终于有了空闲，蝶子不时走到门口，瞪大眼睛看着外面。从南到北都没瞅见柳吉的影子，上了床，她怎么也睡不着，翻来覆去地想着心事。柳吉要真是看女儿去了，蝶子倒也不觉得稀奇，毕竟她还主动提过让那姑娘跟着他们生活的事，再说梅田新道那边的家里，柳吉的原配和父亲早就死了。话虽如此，可柳吉要是真去了梅田新道，那么蝶子还真不能当个没事人一般。她穿着睡衣，在床铺上辗转反侧，啪啪地拍打蚊子，直到后半夜都不消停。睡在隔壁小间的女佣被吵醒好几次，每次都问："夫人，你还不睡啊？"

"嗯。"蝶子答得气喘吁吁，想来不光是胖了的缘故。

第二天早上，柳吉还没回来，蝶子在太阳穴贴上治头痛的膏药，便出门找起了柳吉。四下找也找不见，蝶子只得暂且作罢，随便挑了一家饭馆饱食一顿。她吃得大汗淋漓，却并不觉得好吃，暗想早知如此，还不如带个喜欢的男侍应一起来呢，心里空落落

① 指过去以代人写字为生的人。

的。然后，她在心斋桥买了些并不需要的拖鞋和衬领，心想找也找了，不知还能怎么办，便垂头丧气地往下寺町走去。忽然，她想到什么似的，又去了千日前大阪剧场的地下室。

那里其实是个娱乐运动场，还有少女爵士乐队演出伴奏。碰碰车、射击、木马、将棋麻将棋牌室、台球厅自不必说，居然还有个唱片录音室，门上的广告写道："可以将各位的声音当场收入唱片，录一张十英寸的唱片（附送）只需一元！"看样子还提供伴奏服务。录音室的黑幕里有几个像是托儿的人正在唱歌，配的是吉他伴奏。"啊，累死了！"唱完后，麦克风里传来一句话，应该是真唱。蝶子心想，今天嗓子状态应该不错，便一边喊着打扰了，一边掀开了录音室的幕帘。

"来人了，快点开始吧。"蝶子说罢，一位以前在小剧场里拉三味线的老太太便弹起了过门。蝶子跟着提高嗓门，唱起了二上新内①，调子高得吓人。技师听了连忙说："喂，你这声音太高啦，机器都要弄坏了。"

人们听到麦克风里传来甜美的歌声，自然聚了过来，都往录音室里看。此时，一天一夜没回蝶柳的柳吉正在将棋室下棋，他当然也听到了歌声。柳吉先是觉得这声音耳熟，听着听着就慌了神，三下五除二地把一盘好棋打发完，扔下棋子说算我输了，便大惊失色地跑走了。

"嗓子真不赖呢！"柳吉一路嘟囔着，来到高津的净琉璃师父家里。正学唱沼津②一段的时候，玄关传来蝶子的声音："您还好吧，我家那口子不知来过没有？"柳吉一时间没法逃走，吓得脸色煞白。看见他哆哆嗦嗦的样子，蝶子冷冰冰地说道："哟！您好啊，好久没见

---

① 俗曲的曲名之一，提高三味线第二弦音调的哀婉小调。

② 指歌舞伎和人形净琉璃的三大复仇剧目之一的《伊贺越道中双六》中的沼津之段。

了呢！”

“老、老婆，你来……来了啊！”柳吉口吃的毛病比平日更厉害了，他心想，准少不了一顿骂。果然，蝶子刨根追底地问他到底干什么去了，听他说没去梅田新道，便用力掐住柳吉的脖子，一遍一遍地问：“你说话当真？昨晚真的在今里的妓院？是真的吧，没有骗我？”柳吉当着师父的面没有较真，只是一个劲儿地服软，但终归觉得太失面子，回家后就绷起脸，气冲冲地不住埋怨。

“你生的是哪门子气啊，什么面子不面子的！”大概是被柳吉说急了，蝶子毫不示弱地反驳，直接冲出家门。

“老、老婆，你这是去哪儿啊？”

听见柳吉问，她没好气地说了句：“乐居！去夜市上逛逛。”

“那、那你能不能买点唐辛子和大阪烧回来呢，别忘了放生姜！”说到吃的柳吉总是一副贪吃相。

一个小时后，蝶子空着手回来了，她说大阪烧是小孩子吃的玩意儿，没法买。柳吉听了更生气了，后来任凭蝶子怎么低三下四地说好话，他都不理。蝶子偷偷打发女佣，让她赶紧去把大阪烧买来。

“摊子上围了好多小孩儿，我这么大的人可真不自在。”女佣气喘吁吁地回来了。

柳吉没有吭声，只是默默地接了过去，胡乱地撕开包着的报纸，噘着嘴大口大口地咬了起来，心情也终于好了一点。

从第二天起，柳吉便不再到师父那儿学唱戏了，可能是觉得前一天的事没脸见人。他嘴上虽然什么也不说，但那一副“谁都别招惹我”的样子，怕是记恨到心里了。“你这人真怪。”蝶子撂下一句话出门后，柳吉钻到厨房，仔仔细细地擦洗起来。蝶子从师父那儿回来，见柳吉仍闷闷不乐，便忍不住说道：“你这脸色给谁看呢？看见你，简直是靠着门帘吃米糠[1]，一点意思也没有。”见柳吉还是不理不睬，蝶子有些心寒，顿时没了着落。

后来，柳吉越来越不爱说话了，不光是口吃的原因。他也不出门，连找女人都没了兴趣。“我们家那位最近倒老实了呢！”蝶子虽然嘴上跟师父这么说，心里却免不了担心，怕他老实又生出老实的毛病。柳吉偶尔张口，也只是唠叨饭菜做得不好，蝶子担心说重了惹恼他，但听了又难免烦躁，忍不住气冲冲地叫他“不要挑三拣四”。柳吉听了也不还嘴，他草草地把饭扒拉完，就朝天井张大嘴巴，吞下一颗治肠胃的药片。柳吉体质本来就弱，再加上店铺关门晚，偶尔还得陪着喝上两口，难免折腾坏了身子。蝶子每天都要到千日前的自安寺去，一边用刷子蘸水清洗不动明王的肚子，一遍在嘴里念叨：“我家那位四十五岁，属马，求您保佑他肠胃别出毛病……”

转眼夏天过去，柳吉跟着客人迷上了赛马。看他每天都匆匆忙忙地往外跑，蝶子自我安慰地想，总比迷女人强。开头倒是赢了几天，后来眼见着柳吉的脸色越来越难看，一问才知，亏了不少。他每天拿回去好几张纸头，说是马票，还说：“别小看这张纸，靠它能换一张百元大钞呢。早、早早地换钱，人家说不吉利，我才没换、换呢，我要到最后一天再换。”见柳吉说得头头是道，蝶子信了，以为不会有错，还笑呵呵地替他说话：“就是嘛，没个上瘾的乐子，还算是男人嘛。”鸣尾赛马的最后一天，柳吉灰溜溜地回来了，钱包里只剩下四分钱。“你的马票呢？”他买的一张也没中。他选中的马，不是骑马的人跌下来，就是起跑慢了一大截，反正算下来亏了不少钱。不，应该是一笔惊人的巨款。柳吉本人倒满不在乎。

---

① 日本的歇后语。门帘靠不住，米糠没滋味，意为“不起作用，没有反应”。

“事已至此，干脆一不做二不休再赌一把。”还说改天去淀川赛马场碰碰运气。因为蝶子自己以前也沉迷过一阵子花牌，所以多少也理解柳吉那种不能善罢甘休的心理，可眼见着回回输钱，她想再不能由着柳吉这么花钱买开心了，便把家里的钱藏了起来，还跟他说：“你好歹也替我想想。”柳吉也没有再说什么，借口只看不买，每天空着手出门。

淀川赛马过去十多天后，蝶子才知道，原来柳吉还是买了不少马票，钱是借口没钱吃饭从梅田新道那里哭穷要来的。“看你干的好事，把我的脸都丢光了。”火冒三丈的蝶子只说了一句话，便再不开口。她越是什么都不说，柳吉越是心里没底儿。他心虚地抹着眼泪夺门而出。蝶子从二楼的窗口看见柳吉连衣服和鞋子都来不及穿好，敞胸露怀地横穿过电车轨道，向远处跑走，她一下子趴在地上大哭起来。

柳吉再没有回过家。三天过去，七天过去，十天过去，蝶子愈发憔悴。要在往日，还能找父亲想办法，如今父亲也不在了，蝶子想起来就难受。她一天都不安生，每天四处打听，还悄悄到梅田新道附近转悠过几次。一天，她终于来到柳吉女儿上学的女子中学门口，等对方从校门出来，赶紧满脸堆笑地走上前，问道：“您好啊，小姐。知道您父亲在哪儿吗？”小姑娘个子长高了，一副大人模样，见到是好久不见的、抢走她父亲的女人，便瞪着对方，满面通红地答道：“不知道。”然后她重新戴了戴帽子，走远了。蝶子一路小跑，到了高津的阿金家里。“你快听我说说，那闺女现在可是出落得……”她边说边比画着那姑娘拿包的样子，转而又唉声叹气道，“我可是比不上那闺女喽。”柳吉去世的父亲曾留下遗言，说：“你要想跟女儿过，就离开那个叫蝶子的女人。”不知现在继承了家业的妹夫是否照办，反正柳吉的女儿是谨记爷爷的嘱托，只要蝶子不走就绝不去父亲那里。蝶子也明白，柳吉就算嘴上不说，心里肯定也舍不得女儿，将来迟早得跟自己分开，这是她最害怕的。阿金默默听了蝶子的诉说，语重心长地替她宽心：“我就不说你了，不过，不能跟女儿在一块儿生活，蝶子，当着你的面这难听话我也得说，这是他维康的报应。”蝶子眼眶泛起泪珠，又心疼柳吉的难处，然后哭哭啼啼地说道：“他要是不在梅田新道，现在还能在哪儿呢？”隔了一会儿又说，“我要是有个孩子……”听了这话，阿金也跟着掉下眼泪，她也没有孩子。

蝶子像上回那样，又去了金光教的道场，发下誓愿求柳吉回来。她每天化好浓妆，穿上盛装，一大早就往道场去，店里的女侍瞧见，都可怜她。蝶子是照老方法化妆的，只在嘴唇中央涂一点点口红。她每天都去，一天不落，还没等一轮的祈愿做满，柳吉竟优哉游哉地回家了。兴许真是祈愿起了效果。

看见柳吉不声不响地从厨房后门进来，蝶子先是一愣，然后赶紧说道：“哎呀吓死我了，原来是你呀！”她尽力掩饰着涌上心头的喜悦和羞涩。“老婆，我回来了。”柳吉不同往日，全然没有害怕的神色。然后蝶子先上了二楼。

问过才知，人家是到小仓赛马去了。

“我就知道你是干那个去了，可你哪儿来的钱呢？”

“是啊，我哪儿有钱啊？老、老婆，你别发火……”原来，他背地里把蝶柳转卖了，用换到的一千块去了小仓。

“你这人真是……”

“……我就知道你准得急，你听我接着说嘛！”说着，柳吉从怀里拿出一大捆钞票。蝶子大概数了数，有一千二，她更加不知所措了。“其实是这么回事。我赢了一场又一场，最后一共赚了三千块。可咱这店卖也卖了，蝶柳已经跟别人姓了。再说我也想趁此机会，干脆跟伺候人的这门子生意来个了断。从小仓回来的路上，我绕道去了趟别府，看见那里有个老铺要卖，价格还算合理。便想着在别府那个地方，开个卖化妆品、刮胡刀之类的铺子，专给理发店供货，生意准没错。于是花一千五把那家店盘下了，还交了五个月的押金和一个月的租金……”听到这儿，蝶子急得直跺脚，心想事到如今，转卖蝶柳的事早就谈好，说什么都晚了。此时，楼下传来留声机的声音，想到马上就得跟自己苦心经营的小店告别，蝶子不禁感伤起来。“别府可是个好地方啊。怎、怎么、怎么说呢，那儿到处都是温泉，我、我的肠胃也准能治好。”柳吉越说越激动，蝶子只得死了心。

二人一商量，那边的房租已经交了，一直空着反倒吃亏，就决定赶紧搬到别府。柳吉回来的第三天，他们就从天保山上了船。开船前的一小时，柳吉还东奔西跑，在卖理发工具和化妆品的批发店间忙着进货；蝶子同样手忙脚乱，急急忙忙地买来了出云屋的盒装鳗鱼饭，因为柳吉说想在船上尝尝。虽说家里的大件家具会随后运到，可随身行李还是带了不少，易碎的瓶瓶罐罐啦，七零八碎的小物件啦，他们自己都觉得不好意思，船老大见他们大包小包地上船也不高兴。眼看着没时间好好道别，前来送行的女侍和熟客们索性上船，打算送到神户。船刚开，他们便拿出酒大喝起来，吵吵闹闹地折腾个没完，女人们抱头痛哭，其他乘客都被这阵势吓得说不出话来。有个熟客是报社记者，头发秃得没剩几根，在蝶柳大家都管他叫“蟲头”。想到从此难跟蝶子和柳吉见上一面，他一个大男人竟哇哇大哭起来。蝶子虽知道他本来喝醉了就喜欢哭，但此刻见状还是觉得胸口像堵上什么似的，蝶柳的日日夜夜随之浮现在眼前。

那些人在神户下了船。没过多久，夜幕悄悄降临。须磨、明石一带的海岸上，闪烁着星星点点的灯光。柳吉打开饭盒说道：“这、这个可够吃一阵子了。”

第二天早晨到达别府的时候，蝶子已经跟船上的服务生相当熟络了。等他们帮着把行李搬出来的时候，蝶子挨个嘱咐：“你们要是买刮胡刀和小刀什么的，一定要来我们店。”下了船，别看已经做起生意，其实蝶子有些落寞。

出了栈桥，就是别府最繁华的流川通大街。走到头往左拐，是个名叫中町的脏乱差的地方，柳吉租的房子就在那里。蝶子数了数，那一带有两家紧挨着的理发店，从栈桥来的路上也有五六家，心想柳吉还算有眼光，怪不得他非要在这里开店做理发店的生意呢。柳吉不知从哪里打听到，别府虽地方不大，但因为是日本数一数二的温泉之乡，理发店总共有一百六十多家。他形容整个别府就像个大型的公共澡堂，刮脸刀这些东西的销路完全不是问题。“就跟摆小摊卖烟一样，只用坐着等他们上门就行。”

三天后，行李从大阪送到，店铺也装修得差不多了，他们选了一个大安之日，高高兴兴地开张了。算来算去，他们从剃刀店、水果店、关东煮店到咖啡店，经营的种类换了四样，没想到第五次开店，又干回了老本行。也许是到了新地方有所感伤，蝶子不由想起刚和柳吉成家的第三天，就在高津的坂下开了一家剃刀店。那时候好长时间都没什么人上门，卖的都是些挖耳勺、刀片之类的小东西，能卖掉一把吉列的安全剃须刀就算烧高香了，一天下来赚的钱少得可怜。她永远也忘不了，开张那天的营业额还不到两块钱。蝶子盘算着，这回房租是之前的三倍，店面也大了许多，无论如何也不能走从前的老路。每天一大早，从开门的一刻起她就鼓足了干劲，笔直地站在门口，瞪大了眼睛盯着路上的行人，一天下来脖子都快断了。他们给店铺起名“大阪屋”，因为来这儿泡温泉的客人，有一多半都来自大阪。“喂，快看，这儿有家店叫大阪屋呢。”游客抬头看到招牌，总会这么说。可这毕竟不是卖土特产的地方，总不能从里面招呼“进来看看”，蝶子很是心急。开张当晚，关上门算了算，卖了三十块。两人想着这下不用愁了，便肩并肩地走到夜色下的流川通大街，在栈桥附近的一家店吃了碗长崎什锦面。

第二天的营业额同前一天差不多，从第三天开始就越来越少。两人百无聊赖地互相看着，都是一副提不起兴致的面孔，还纳闷儿地小声嘀咕：“这可奇怪了。”不久他们才知道，前两天是星期六和星期天，也是泡温泉的游客最多的日子。后来，柳吉便拿上洗头膏、发蜡和刮脸膏等样品，到城里的理发店一家一家上门推销。“行吧，那就用用看。”跑上七家才能碰上一家下单要洗头膏的。货由蝶子随后送去。“谢谢您回回照应，我是中町大阪屋的人。”她总是刚一进门，就声音嘹亮地同店家招呼，热情得根本不像是来送三四毛钱的东西的。主顾们都很喜欢她，还说她的大阪话有趣。“老板娘，从下回开始，就由你来送吧。您家那位真是个怪人，压根儿不跟我们说话……”柳吉有口吃的毛病，越是想说什么，表情看起来越像是生气，常被当成不好招惹的人。当然，不少时候他是真的发火。

除了店里的散客，加上上门推销，生意倒还马马虎虎。但这里物价比大阪贵，每个月总是稍有亏空。柳吉便运用在梅田新道的家里帮忙时的经验，在后院放了好几个一升装的酒瓶，抽空就小打小闹地做点香水，然后拿到店里散称着卖。因为便宜，所以销路不错，没想到靠这条门道挣了不少钱。蝶子也不闲着，她想着单靠别府城里的单子总是有限，便决定到附近乡下的理发店去跑生意。

她先在大分市转了个遍，谈成不少单子，仅隔一天，她又去了稍远的镇子，最后连偏远的村子都走到了。能当天往返的只有大分市，从别府坐电车就能到，其他地方则必须住一晚。住条件好的旅馆，房费不划算，所以蝶子每次都住在又脏又乱的小旅店，她也越来越像个行脚商人了。从一个村子到另一个村子，有时得走三里山路，路上的艰辛可想而知。以往，村里的理发店想买洗头膏和刮脸膏什么的，得专程到城里的批发店进货，如今蝶子送货上门，他们自然高兴，所以不愁没生意可做。每次下乡，蝶子的包袱里除了样品，还塞满了当场就能卖掉的小零碎，身材丰满的她背着鼓鼓囊囊的包袱走在山路上，累得筋疲力尽。每每半道上问路，一听还有一里半，她就再也走不动了，多少次都想掉头回去，但一想到回家能跟柳吉汇报说“我谈下来好几笔生意”，她便给自己鼓劲儿似的嗨哟一声站起身来。越是这种时候，越能碰上要旋转椅之类的大生意，她的倦意也一下子消失得无影无踪。可倘若到了那里，不巧碰上主人家办丧事或老板不在，就什么也谈不成，算是白跑了。倒霉的事往往一桩接一桩。有一次，蝶子正走到大分县和宫崎县交界的一个山头的时候，大雨突然下了起来。她背着硕大的包袱，蹒跚着小跑了三百多米才找到一家点心店避雨。雨停后，她提着淋湿的衣角，继续上路，心想必须得学会骑自行车了。

蝶子像这样每月出门一次，柳吉也全身心地扑到了店里，过了一年，他们便雇了一个女佣和一个小伙计。多少能腾出手后，两人又学起了净琉璃。他们找到一位师父，此人名叫丰泽初助，师出木偶净琉璃的名家丰泽广助，原来在大阪的横堀开了一间教室，三年前来到别府，在一条满是旅馆、饭店的巷子里租了个小房子，挂出了招牌。都是大阪老乡，再加上别府本来地方就不大，他们自然很快熟络起来，除了聊净琉璃，也常说到大阪。“既然学过那么久，现在不唱实在可惜，要不来我这儿跟着练练嗓子，如何？”见师父这么说，再加上本来就喜欢这个，蝶子便没有拒绝。她还有自己的小心思，柳吉除了好吃美食，也没个像样的爱好，整天耷拉着脸，要是把唱戏捡起来，兴许能散散心。

他们不放心把店全交给小伙计和女佣，于是每天轮流出门。蝶子学戏的时候，柳吉留下；柳吉出门后，蝶子负责照应。到师父那儿学戏的，大多是身材发福的中老年艺伎，尤其是经营一家名为玉初的宴会厅的老板娘，是个净琉璃戏迷，或许是受了她的影响，不少年轻的艺伎也跟着她去学戏。柳吉对她们一副爱搭不理的面孔，反倒是蝶子很羡慕那些衣着华丽的女人。有个叫小雪的，是别府当地最卖座的艺伎，只要有木偶净琉璃的戏班到此地巡演，她一个人就能包下一百多张票，年轻的木偶师更是被她迷得晕头转向。每次来学戏，她都在西洋发式上戴着假发。身材高大的她走上二楼，在教室门口刚一现身，蝶子便一边哼哼哈哈地唱着，一边瞟她一眼，说道：“今儿下雨，你的发髻倒是梳得漂亮嘛。”明知人家戴的是假发，却故意又打趣道，“快把你那帽子摘了吧。”

“哟，被你看穿了。”小雪倒也不恼，笑着将头套取下。

蝶子跟这些艺伎和老板娘已打成一片，彼此说话就像朋友。蝶子长相洋气，性格爽快，很受她们喜欢。师父初助更是变着法儿地讨蝶子欢心，碰上组织票友开表演会，他必定先找蝶子商量。

有三家跟他们有生意往来的批发店，每年都分别来别府三趟，一是谈生意，二是收账。三个人都是柳吉的旧相识，除了生意，他们来别府更多是为了疗养。三人回回都能在柳吉那儿碰上，就像提前约好似的。当然，他们借口说在柳吉那儿留宿不方便，每次来都住在玉初。柳吉骨子里本就喜欢玩乐，客人来了也不能不招待，所以每年至少一次，他也陪着过去。蝶子对此不好多说什么，再说玉初都是知根知底的人，便也默许了。玉初的老板娘跟蝶子关系密切，她自然会看着柳吉，不让他玩得过头，蝶子也觉得放心。不过，心有余悸的她，还是常以去看老板娘为借口跟柳吉一道出门。“哟，出来玩还带着太太一起呀！”跟蝶子熟悉的艺伎见了都忍不住揶揄。柳吉兴致不高，总是一副无精打采的样子，不过听到蝶子弹唱三味线时，依然陶醉。他心想，反正事后不会挨蝶子骂，只当是花钱买乐子，倒也玩得轻松，没有思想负担。蝶子在大阪北部就是出了名的好嗓子，过去热海的艺伎说过：“大阪来的艺伎就是没法比呀！”如今到了别府，还是没一个艺伎能跟她一争高下。渐渐地，蝶子的大名在艺伎圈子里传开了。碰上办宴会，都会先问问她，哪个艺伎唱得好，哪个艺伎弹得不好，叫谁作陪都是蝶子说了算。姑娘们在路上碰见她，都毕恭毕敬地打招呼。再说那三个批发店派来出公差的人，手里并不宽裕，总是开了期票挥霍。每逢期票快要到期，就整天一副提心吊胆的样子。这时蝶子便出面介绍他们从玉初借钱。别看事事都由蝶子一个女人操办，他们却不敢有任何不满。蝶子之所以上下安排得妥妥帖帖，一是她知道这些出来寻欢作乐的男人心里想什么，二是跟艺伎馆的老板都私交甚好。

卖的是不起眼的小玩意，打交道的多是理发店之类的小铺子，蝶子周围却总是热热闹闹的。碰见年轻的艺伎没打招呼从大阪屋门前经过，她总会从店里叫住人家，用那副好嗓子夹杂着大阪话和大分方言说：“你，说你呢，你这是去哪儿啊？进来坐坐嘛！”年纪大的艺伎则有事没事就来找她坐坐。她交往的人越来越多，需要应酬的地方也不少。表面看开销大了，暗地里蝶子却把钱包看得很紧。她到乡下谈生意，午饭只在脏兮兮的乌冬面店吃一碗清汤乌冬面，连给同去的小伙计买个萩饼吃，也要先看看当天谈下来多少单子。她时刻瞪大眼睛，绷紧神经，不该花钱的地方一分钱也舍不得。那小伙计每次回去，都跟柳吉半开玩笑地抱怨，说老板娘可真是过分。蝶子听了却自鸣得意。她早就想好了，不能这辈子都憋屈在这么一个巴掌大的小店里，起码得搬到街面上，将来开个十间宽的大门面，这个念头始终盘旋在她的脑海里。流川通大街是别府最繁华的地方，除了没有小剧场，总体跟大阪的道顿堀很像。白天有龟之井公交车穿过，到了晚上，旅馆、料亭、咖啡屋、土特产店等临街商铺都点了灯，整条街看上去灯火通明。蝶子一天路过那里好几次，她每次都停下脚步，向道路两旁的铺子里使劲看，仔细观察人家架子上的货是怎么摆的，橱窗又是如何装饰的。

话说柳吉这一年已经四十六了，头上有了白发。他觉得住惯了哪儿都是家，打算在别府安度一生，所以对在流川通开店的想法，并没有反对。柳吉玩归玩，但知道开店首要的难题是钱，所以该省的地方也知道节俭。别府的鳗鱼饭又贵又不好吃，他也想干脆去趟大阪，在出云屋好好吃一顿鳗鱼大餐。见丰泽初助每年专程去大阪看两次木偶净琉璃，他自然羡慕得直咽口水。可是下了船就赶紧跑到出云屋，吃饱了再去赶返程的班船，买张没有卧铺的三等票，一趟旅行下来，至少也要二十块，再说真去了大阪的话花销肯定不止这些，想来想去，柳吉还是忍住了。

就这样，夫妻二人勤勤恳恳地开店，再加上处处精打细算，来到别府的第三年，已经有了两千元的积蓄。这还不算其间的额外开销。柳吉患有神经痛，虽然住在温泉之乡，却偏要到山口县的表山温泉疗养，一住就是两个月。不管怎么说，能存下这个数，肯定吃了不少苦。柳吉不在的时候，蝶子负责记账。她别扭地握着毛笔，不会写的字就用同音代替，一张纸写完满是别字。到了月末写结款单的时候，她总是熬到很晚。第二天还得去大分收账，她在电车里忍不住打起盹来。不知怎的突然醒了，她睁开眼小声唱起了净琉璃的台词，借此让疲惫的身体保持清醒。在外疗养的柳吉也变了，竟然一次艺伎也没找过。虽说吃了不少苦，可一想到马上就能在流川通开店，两人便欣喜得合不拢嘴。就在他们准备找房子的节骨眼儿，大阪的金八来信了。

金八和蝶子在北新地时，同在一个老板手下当过艺伎。后来蝶子跟着柳吉搬到御藏迹公园后面的一个二楼的单间，两人这么多年就再没有来往。一次偶然相遇，两人一起吃了饭，聊得甚是投机，关系越走越近，就连开蝶柳沙龙的钱都是金八给蝶子的。那时，金八傍上一个矿山老板，正春风得意，从头到脚像换了一个人似的。她这次却在信上说，她老公被一个奸诈的中间人以雕虫小技般的骗术坑惨了，把钱全都投到一个子虚乌有的幽灵矿山上，现在落得分文皆无，还欠了一大笔债，还说自己现在借住在一间寒酸的二楼小屋。蝶子简直不敢相信，她拿起信封的背面看了看地址，不禁感叹道：“女人的一生真是变幻莫测啊！”蝶子接着读了下去：“我想着，要么出去帮佣，要么教教三味线什么的。六岁的养子我已经送回他亲生父母那儿了。大阪今天的天气仍旧不好……”后面都是些伤感的话。“把当初借给你的钱还我”之类的话，金八在信上一个字也没有提，这反倒让蝶子如坐针毡，不知如何是好。就算让她连本带利一块儿还清也合情合理，何况如今落魄到如此地步，但人家却一概不提，蝶子一边佩服金八不是一般人，一边为拖着多年不还钱的自己感到羞耻。她想，就算是找人借，也得把钱给金八送去。

蝶子赶紧给她寄了一千块，虽说没还清，但起码了了一桩心病。这样一来，她手头只剩下七八百块了，在流川通开店的梦还没开始就破灭了。柳吉想到跟梅田新道的家里要钱，便给妹夫写了一封信。“就算断绝了关系，我这个长子走到哪儿都还是长子。”他本想这么写，但落到纸上，却是一副低姿态：“这是我最后一次用钱，请务必尽快寄来。”结果自是枉然。他信上还提到了女儿，柳吉眼眶湿润地写道：“女儿很快就要从女校毕业了吧。我想带她来别府，在这里给她找个好人家嫁了。”这件事当然也没有音信。柳吉很伤心，情绪始终不好。一天，蝶子出门学戏后，他想去看看法律方面的书，便匆匆忙忙出了门，直到深夜也没回来。蝶子先来到玉初，人家说：“只玩了一个小多小时就叫车回去了。”蝶子又去出租车行的停车场打听，问清了去向，便大步流星地走到一家茶屋，噔噔噔地推开玄关，大声自报家门：“我是中町维康家里的，请问我丈夫在这儿吗？”然后就自说自话地走了进去，最后把柳吉带回了家。

等柳吉酒醒了，蝶子谈起自己的打算。她说自己想加入一个名叫无尽的互助会，就是几个人每人先拿出一定的钱，即所谓的“挂金”，放到一起后每月再用抽签或竞标的办法，轮流选出一个人用这笔钱，拿了钱的人则要在随后的几个月交利息。虽说风险大，后面付的利息也少不了，但这是在流川通开店的最后一个办法，也是他们的最后一根救命稻草。

过了一个月，流川通大街上就挂起了“大阪屋刀具店”的招牌。《别府新闻》以“流川盛景”为标题，刊登了一篇报道，还配上了照片。蝶子特意剪下来寄给了京都的弟弟信一。信上写道：“我们店是新盖的，店面宽七间，室内还引入温泉水，我每天光是泡澡就要泡上十回，厕所是抽水马桶……”房租八十五块，电费、片区管理费等杂七杂八的加到一起，开销是以前的四倍。还有交给互助会的挂金，一大笔钱出去，心慌得如火烧后背。流川通大街因为入不敷出而倒闭的店铺不在少数。蝶子知道，不用心做生意只能亏本，她把从前在飞田卖西瓜时用过的大荷包挂在脖子上，一天要向里面瞅上好几次。

两口子每天天还没亮就起来了。柳吉爱干净，早晨擦洗的活儿从来不交给小伙计和女佣。他穿上围裙，先洒上水扫地，再拿抹布擦洗柜台。“我们家扫地抹灰儿的事都是那口子做的。”蝶子很喜欢高高兴兴地向别人提及起此事。按说她睡个懒觉也不碍事，可她从来睡不踏实。

一日，天色尚且昏暗，蝶子正在紧紧地勒细腰带，忽然听见一大群人浩浩荡荡地从门口大路上走过，她心想平常这个时候没人啊，便把头探出窗外，原来那些人是赶着去火车站为出征的人送行。她想到了最近发生的事变。这时，一个相熟的艺伎，也睡眼迷蒙地摇着小旗走了过去。大概是腰带没系好，衣服也没来得及穿好的缘故，那女人的背影看上去矮了许多。蝶子叫住她说：“我也一起去。”后来，别府成立了国防妇人会①的支部，蝶子当上了干事。组织妇女活动的时候，她就负责站在最前面举着连队旗那么大的一面旗帜。柳吉背地里心想，这样下去怕是要安排她到车站演讲，还担心她前言不搭后语地乱说一气。他多虑了，演讲另有合适人选。面对那些出征的士兵，蝶子只会说：“到了前线，别忘了刮胡子，到时顺便想起来流川通大街上那家卖刮胡刀的大阪屋，我就知足了……”说“流川”“大阪屋”几个字的时候，蝶子的声音分外洪亮。她还扬扬自得地说：“我弟弟马上也要入伍检查了。”

---

① 是日本历史上最大的妇女组织。1932年在大阪成立，同年10月更名为“大日本国防妇女会”。该组织作为侵略工具之一，将日本妇女卷入了战时体制。

弟弟信一顺利应召入伍。想着自己就这么一个亲人了，让弟弟独自从帮工的当铺去营队报道，蝶子心有不忍，信一也脸上无光。正值赏花时节，也是店里最忙的时候，蝶子却顾不上这些，她决定乘汽车出发。她本想坐船去，一来跟船上的服务生已经熟悉，二来还能走后门，拿二等船票享受一等舱位。可她必须在驶往前线的火车出发前赶到，不能耽误缝“千人针”[①]的大事，而坐船要耗费一天一夜，所以才选择坐火车。蝶子跟当铺老板客套地寒暄几句，便炫耀似的打开了话匣子。陪在一旁的信一暗暗苦笑，同时又打心眼里替姐姐高兴。信一也长大了，知道姐姐前些年遭了不少罪，很不容易，如今见她苦尽甘来，尽管当着老板的面，倒也不觉得丢人。“别府可是个好地方。您不知道，别府……”蝶子三番五次地提到别府，夸那里是东洋第一的温泉之乡，那口气仿佛在说住在别府等于一统天下。听到这儿，信一觉得有些可笑。尤其是她发出“别府”两个音时，张得圆圆的小嘴上露出一片厚厚的肉。信一久久地盯住，看得入神。

把信一送上出征的火车后，蝶子顾不得在大阪城里闲逛，便急忙赶回别府，连泡个澡休息片刻的工夫也没有就把那个大荷包挂到脖子上，去了店里。晚上，她趴在被窝里，一边打瞌睡一边给信一写信。没几天就收到回信，上面说蝶子的错别字不少，他费了半天才看懂，又说多亏姐姐的字不好认，才能认认真真地把信读完，那口气不逊中带着可爱，蝶子甚是安慰。可没几天他又来信了，说自己得了胸膜炎，部队让他回家。蝶子把自己的弟弟要当兵的消息早就宣扬出去，此时自然失望至极。收到来信那晚，她失眠了。弟弟被部队打发回家，他自己丢面子不说，年纪轻轻

① 由千名女人用红线各缝一针做成的布团，“二战”时期日本用来祈祷士兵武运长久的平安符。

就得了病往后可如何是好。想到这儿，蝶子忍不住哭起来，还连声感叹："可怜啊，可怜啊，这孩子真是命不好。"柳吉听了只是抱怨："老婆，吵死了。你别闹了，快点睡吧。"蝶子突然在心里打定主意，随即给信一写信，让他来别府疗养。

"千万别觉得有什么不方便。"信一见蝶子在信上这么说，便向老板请了长假，来到别府。"麻烦你们照顾了。"他低着头，拿出了从京都带来的特产。柳吉只撂下一句"哟，你来了"，便出门学戏去了，一整天都没怎么跟蝶子和信一说话。第二天依旧如此，柳吉是埋怨蝶子也不跟自己这个丈夫商量一下，就突然把信一叫了过来。蝶子却不知道他在这生闷气，她还以为是女儿的来信让柳吉心里不痛快的。他女儿在信上说，今年春天刚从女校毕业，已经找到一份打字员的工作。柳吉看了很不是滋味，心想，要是自己这个做父亲的在她身边，她根本用不着去上班；现如今父女分离，女儿寄养在姑姑和姑父家里，一定是觉得游手好闲地吃白饭不太好，才不得不受此委屈。

信一从小学毕业后就外出打工，吃了这么多年旁人家的饭，自然心思敏感善于察言观色。见柳吉那张脸始终阴沉沉的，他更是畏畏缩缩的，内疚得无地自容。见寄人篱下的弟弟大气都不敢出一声的样子，蝶子更觉得可怜，便拿出一副"我把亲兄弟叫来有什么错"的架势。只要柳吉学戏，她就带信一出门，要么去河豚料理店大吃一顿，要么领他到锦通大道新开的咖啡店尝水果宾治或水果圣代，全都是信一听都没听过的稀罕玩意儿。她还常常塞钱给弟弟，让他喜欢什么就去买。信一出身贫苦，小小年纪就卖晚报补贴家用，长到现在吃了不少苦头，如今姐姐一片好意，尽心尽力地疼自己，他心里暖暖的，时常感动得流泪。可话说回来，他又一面担心，要是姐夫知道了这些，姐姐肯定不会好过，所以美食在口也食之无味。

果不其然，一天，柳吉把嘴噘得老高，抱怨午饭开得太晚，就气呼呼地出了门。跟蝶子关系不错的一个艺伎立刻向她汇报，说柳吉去了某家茶屋。“走，阿信，跟我走。”蝶子听了并没有像以前那样风风火火地闯过去，她叫上信一还有那位通风报信的女人，到外面美餐了一顿，还给信一买了白色花纹的夏季和服和腰带。信一却有种不好的预感，他终日不安，脸色苍白。当日深夜，信一隔着隔扇听见争吵：“看你干的好事！”蝶子和柳吉爆发了一场家庭大战。信一害怕得偷偷下楼，泡在浴盆里，一遍一遍地用手捧着热水往头上浇，二楼的声音终于从他耳朵里消失了。他悲从中来，打算乘第二天的船回去。

蝶子把他送到栈桥，一路上感慨地对他说：“你来得不是时候。你姐夫就是那么个怪脾气，你别怪他。”信一不仅不恨柳吉，还对他抱有一丝同情。“我姐夫也是个可怜人。虽说什么事儿都是你说了算，可老公毕竟是老公。谁像你似的，还没问清人家是不是出去玩了就一拳打在老公头上……”他本想说给姐姐，又怕这话伤人，他看着蝶子，到底还是没说出口。

铜锣敲响，船就要开了。“啊，我忘了！我忘记给你的老板买点儿土特产了！”蝶子说着，立刻在栈桥上飞奔起来。没过一会儿，她呼哧呼哧地跑了回来，手上提着一包柚子羊羹。她慌里慌张地小步快跑，热得满面通红，肥胖的身体一颤一颤，信一远远瞧见，忍不住湿润了眼眶。“多吃点好的，这样对身体好……”蝶子朝着开动的轮船大喊。送行的人和甲板上的乘客听了都觉得可笑。

蝶子回去后，柳吉正搭着被子躺着，说是头疼。蝶子坐到店里的椅子上，好久都不动弹。信一来了不到十天就回去了，她觉得这孩子可怜，又想到一切都是因为柳吉的无情，心底顿时涌上一阵寒意，胸口越来越堵得慌。她不由得伸手去松腰带，后来就软塌塌地瘫坐在那儿，垂着头若有所思。忽然，她啊的一声回过神来，然后起身收拾行李，准备第二天收账去了。

她在大分县跑了好几个地方，五天后回到家才知道柳吉一直泡在茶屋，玩得昏天黑地。蝶子哭都哭不出来。茶屋的花酒钱她历来不拖欠，这次也忍痛用刚收到的款子付掉了。还没过几天，批发店来要账，正好互助会的份子钱也该交了，他们一下子愁坏了。批发店这次不同以往，三番五次地催促，要得很急。柳吉怒气冲冲地骂道:“这算什么朋友！”他并不知道最近批发店生意很差，也等着周转呢。后来才听说，原来是政府对金属的使用做了限制和禁止，很多东西造不出来了。自然，这一限令也影响到了零售店，从批发商那里进到的货品越来越少。以前是不用主动要，货就源源不断地送来，现如今就算专门预订，批发商那里很多东西也都缺货。生意越来越难，营业额一天比一天少，眼看着就有关门的危险。

蝶子想起来，以前到乡下理发店推销的时候，人家都说要是能顺便拿些电灯泡、电线和灯口什么的过去就好了。她赶紧去了趟博多，跟一家“某某电灯”的北九州特约店多次交涉，终于成功地说服对方把货调到别府。她在那儿不仅学会了换电线、装灯口，就连电炉怎么修都略知一二。回到家后，她立刻在店门口的柱子上，挂上了“某某电灯别府特约店”的招牌。

等那批货一到，她也顾不得理发店之类的老主顾了，立即到当地的旅馆、料理店、土特产店等大店找生意去了。高级旅馆到底是排场大，一下子就买了一百个灯泡，电灯的生意远比她想得顺利。“您好啊。流川通的大阪屋来人了。我这次带了灯泡……”她每天都在各家旅馆的玄关这样高声招呼。蝶子的声音透亮甜美，很招人待见，再加上性格爽快，办事利落，旅馆的老板娘们都很关照这个卖灯泡的新人。碰到停电，也总是找她过来看看哪里坏了。靠客人吃饭，哪有不会的道理。每当这时，蝶子就踩到椅子上，战战兢兢地用手摸索着开关。她一副不在话下的样子，问人家要来保险丝，一边拧开灯座，一边小心翼翼地接保险丝。一阵电流猛然袭来，毛孔疼得打战，蝶子吓得顿时跳起来。有时如此这般地捣鼓一通，也能把电接通。她大汗淋漓、脸色苍白地从椅子上下来，还不忘若无其事地叮嘱："再停电的活，尽管叫我！"

回去后，蝶子总是跟柳吉抱怨："电流打在身上火辣辣的，我可再也不碰了。"话虽如此，她渐渐也习惯了，不光会更换灯泡上的拉绳，就连电炉的镍铬耐热合金线都一圈一圈盘得有模有样。就这样生意好不容易看到转机，又有了麻烦——真是不走运时喝凉水都塞牙——特约店的供货急剧减少。原来，电炉和电扇的制造也像刀具一样受了限制，就连最好卖的灯泡都难搞到。虽说靠库存还能勉强维系一阵子，但往远处想，要是巷子里的小店也就算了，这么大的一家店在流川通大街上恐怕很难支撑。

柳吉每晚有小酌一杯的习惯，现在也不喝了，他先是提议少雇几个人，见形势越来越差，又无可奈何地说："算了，干脆把这儿卖了，再到别处开个小店得了。"

"窝窝囊囊的，能干成什么大事？"蝶子听了提高音量，不服气地接着说道，"就算天塌了，我除了流川通也哪儿也不去。"

生意难做，流川通大街上的商铺家家如此，店越是大，倒闭得越快，蝶子看在眼里，急在心里。不过，整个别府城倒没有变冷清，这里毕竟是观光胜地，旅馆、宴会厅仍旧赚得盆满钵满，每天在这些地方周旋的蝶子见了，好生羡慕。她瞅准这一点，便跟柳吉商量着，把现在的店铺改造一番，重新开一个提供简单饭菜的宴会厅。

"那、那钱呢，老婆，从哪、哪儿来呢？"柳吉听了，吓得目瞪口呆。

“包在我身上。”

说着，蝶子就去了玉初的老板娘那里。她向对方表明来意：“我来求你了，你可得借我一千块钱。”

女老板同是艺伎出身，多少也能知道蝶子打拼到现在，吃了不少苦。

“我可不是借给维康的。我是借给你的。”老板娘答应下来。

后来，柳吉从蝶子口中得知了老板娘的这番话，有些不大乐意。蝶子说，有了这笔钱，再把店里的库存甩卖掉，雇木工、买家具的费用就暂且有了眉目。柳吉也不应声，默默地取来了算盘。

事情就这样定了下来，他们到警察局申请开业许可的时候，却被一口回绝，说现在的政策是新店一律不允许批准。蝶子没有被吓倒，她每天打扮得体体面面，四处奔走。与她相识的艺伎们对此很是同情，都帮着托关系，找各种有头有脸的人说好话。蝶子也多次到警察局百般央求。就这样，她拿到了开店许可。

他们找来木匠，开始动工，不久，新店有了大致的轮廓。就在这时，蝶子让柳吉留下监工，说自己要到大阪把杂七杂八的小物件都买来。她早在心里盘算好了，一来别府没有好东西，二来即使算上路费住宿费，在大阪买还是便宜不少。就在出发的前一天，他们收到柳吉女儿寄来的快信，信上说她要结婚了，希望二位能参加婚礼。蝶子花了好大工夫才敢相信，这“二位”说的就是柳吉和自己。

“也、也不知是个什么样的女婿……这下子，我、我……”

柳吉激动得说不出话来，心里的包袱也如释重负。当晚，好久不喝酒的他破例来了一杯。

蝶子也不知如何是好，脸红到了脖子根儿，她一遍遍地问：

“婚礼我也能去？”

“反、反正你不是正要去大阪嘛。去、去，当然得去。”柳吉答道。

蝶子听了低下头，泪珠在眼眶里打转。

“他女儿终于肯认我了，多少年过去了……”

那一夜，蝶子久久未眠。

他们特意选了五年前来别府时乘坐的那艘船。刚一上船，服务生就打趣说：“一块儿去大阪啊？您二位感情总是这么好呢！”

“瞧您说的。我们天天吵，没个消停的时候。不过，你们看啊，我们家我属马，那口子也属马，谁见过两匹马斗来斗去的……”蝶子乐呵呵地说着。

这一年，柳吉五十一，蝶子三十九，夫妻俩正好差了十二岁。[①]

---

① 本续篇近年来在作家的手稿中被发现，2007年首次出版。

俗臭

一

儿子政江最近烫发了，她把脑门上的头发弄成了卷儿，这是现在最流行的发式。明治三十年[①]出生，今年四十三岁的政江因此更丑了。可以说，这是一次显而易见的失败的尝试。

她以前做过隆鼻手术。做完后，鼻子高是高了，可一点也不像个日本人，再加上双眼上挑，她觉得不仅没变好看，照镜子的时候，反而自己都讨厌起这副模样。过了三个月，等她好不容易看习惯了那张脸，鼻梁上填的蜡却开始化了。那年夏天，她郁闷坏了，做鼻子可是花了五百块呢。

不过，政江有一套自己的理论，主动接受卵巢切除及隆鼻等需要高超技艺的手术，是需要相当的医学知识以及当机立断的勇气的，她靠这一观点获得安慰。在她看来，自己周围全是些连打防疫针都害怕得要命的胆小之人，这一事实也总是给予她过剩的勇气。这个从来不把那些无知鼠辈放在眼里的女人，无疑走在时代的前列。所有这些，都与政江年轻时候，具体来说至多是十八岁到二十一岁这四年里，在京都医大附属医院当见习助产士兼护士的经历有关。

护士时代的她闹过绯闻，倒也谈不上是正儿八经的恋爱，对方都是些刚出校门的年轻助手。对那些念过大学、教养良好的男青年，政江本就有几分尊敬，所以人家稍稍表现出好感，她就不

① 即 1897 年。

拒绝。这不算什么新鲜事，毕竟彼时的他们正是好奇心旺盛的年纪。男青年当然更是乐意，不用花钱到宫川町那样的花街柳巷就能找到乐子，他们因此省了一大笔钱。政江比他们得到的东西更多。找她的人远不止一个两个，她要是个大美人，他们医院指不定会闹出什么刀伤事件呢。被好多人竞相追求的陈年旧事，如今成了甜美的回忆，依然留在她的心里。可以说，这也是政江对医学感兴趣的原因之一。

前几年，已经育有四个女儿的她生下了第五个孩子，这次终于是个男孩。为了避孕，她借机住进了京都医大，准备为绝育做卵巢切除手术。不巧的是，她在医院没碰到一个熟悉的医生，只有一个秃头的门卫对她还有印象。政江给了他五块钱纸币，那门卫颇感意外，有些吃惊地说："您现在可真了不得啦！"听了这话，政江的期待多少得到满足。离开医院已经二十年了，除了感伤，政江感受更深的是，正是那段岁月才让她从一个见习的小护士蜕变成了百万富翁的妻子。没有当年的老熟人，谁还能为之震惊并承认这一事实呢？

她本来就因为百万富翁之妻这个身份吃了不少亏。切掉卵巢后，本就不多的女人味在政江身上更是消失得一干二净。不过，周围的人都七嘴八舌地议论，让政江彻底变丑的罪魁祸首是这次烫的头发。

"女儿如今年纪不小了，我打交道的人也跟从前不一样了。要是还梳过去那种发型，将来怕是要被亲家笑话呢。如今这年头，不烫个发什么的，跟好人家都攀不上关系呢。话说回来，烫一次，就能保持半年，这可比到梳头师父那里盘头便宜多了，您说我这想法……"政江逢人便这么解释。从前张口俺、俺的人，这时突然用词讲究起来，称自己成了"我"。这一变化引起人们的注意，尤其是政江的那些妯娌。他们来回分析，终于找到了这一变化的大致原因。

最近，东京的一位姓崎山的男士常常到大阪来，频繁出入儿子家。这家人以为崎山是议员，其实并非如此。准确说来，他连候选人都没当过。反正每次来，他要么谈论议会政治，要么对国策变化指手画脚，那潇洒自如的口吻仿佛吹口哨一般轻松。总之，他全身上下都流露出一种大政客的风度。不过让人纳闷的是，他从来没有出示过自己的名片。对此最最不满的是政江的小叔子传三郎。此人有个做生意的秘诀，那就是不管有名无名，见人绝不忘记先要名片。有一次两人都在场，传三郎照例向崎山索要起来。

“能给我一张名片吗？”

“哈哈哈……”崎山大声笑道，“我没有带在身上……”说着在空烟盒的背面写上自己的名字和住址，交给对方。见纸上写的是赤坂区青山町，传三郎又道：“您住的地方可真够特别的。莫非，是养这个的家？”边说边伸出小拇指。他可能是见到赤坂这个地名，就想到那儿是有名的花街了。崎山悠然地瞥了瞥他的小拇指，吧嗒吧嗒地长吸了几口雪茄。许是被烟呛到，崎山微微皱了皱眉。政江见状，锁紧眉头，暗地里责怪小叔子说话太过随便。不过，政江以前也说过类似的错话。“听说你们议员坐火车免费？这要是出门，可真划算……”崎山不是议员，坐火车没有不花钱的道理。只能说，是政江说话太武断了。当时，崎山只是苦笑地说道：“不不，不敢当。”出于顾虑，儿子家的人始终不好意思当面询问，崎山的身份之谜后来就不了了之了。再说，他们本就觉得这不算什么大事。“没钱好面子。”他们把崎山身份暧昧不清的原因，简单地归结到了东京人的性格上。他们看重的，是崎山带来的消息——

虽然政江试图保密，但人们揣测，肯定与她的大女儿千满子的亲事有关。他们还调查到，这门亲事的对象，是某伯爵家的二儿子，男方是东京帝大出身，又通过了高等文官考试，现在在内务省计划科吃皇粮。大家猜得一点都没错。这门亲事谈成，政江也算是伯爵家的一员了。人们恍然大悟，怪不得她把“俺”改成了“我”，从齐耳头改成卷发了呢。

人们百思不解的是，政江为何对此事守口如瓶，连伯爵的伯字都不曾透露过。一年前，有人也给千满子说过一门亲事，虽然条件不如这次好，但至少足以满足政江的虚荣心了。男方是大阪商工会议员的长子，在大阪也是一流的门第，政江颇为上心，见人就谈及此事。后来亲事告吹，让她很没面子，这也是她此番低调行事的一大原因。不难想象，越是桩好事，她越是担心，唯恐谈不拢。人们猜得没错，上次那段不开心的经历让她此番变得慎重起来。不过，她再怎么忍也还是想说给外人听，哪怕一个人也好。最终，她把人选锁定在女佣阿春身上。后来，这些事就从阿春嘴里一样一样地泄露出去。听了阿春的讲述，人们当下就咬定，那位伯爵家不过是落魄的皇亲贵族，而千满子的嫁妆少说有五万甚至十万呢。他们还轻率地预言，这回的亲事到头来仍是一场空，而原因与上一门亲事谈不拢的原因如出一辙。当时，人们对于为何婚事告吹，做了种种揣测。政江的几个小叔子都认为肯定是男方忌讳政江从前的护士身份。他们的妻子，也就是政江的妯娌对这一说法十分赞同，正所谓夫唱妇随。妯娌几个觉得，除此之外还有一个原因，那就是千满子的长相压根配不上商工会议员的长子。她们的丈夫倒是都觉得这话不妥，他们替侄女辩解，说千满子除了鼻子塌、个子矮，长相还算个美女。至于政江，她毫不怀疑地把原因归结到其中一个小叔子千惠造身上。

儿子家兄妹七人，权右卫门是老大，底下依次是市治郎、松枝、传三郎、千惠造、三龟雄和民子。其中，千惠造一直是家里的耻辱。谈到他，大家也只是说那个饭桶、那个软蛋。请读者务必记住，他极为懦弱。他们几个原本出生在和歌山县有田郡汤浅村（现在的汤浅町），这个渔村因民风霸道而远近闻名。夸张地说，那里每天都有人打架赌博，所以千惠造那样胆小又懒惰的闲人，算是村里的异类。儿子家祖上代代都做海产批发的生意，算是殷实的有钱人家，不过在他父亲这一辈却走了下坡路。没落是因为赌博和女人。父亲死后，除了一屁股外债，只留下七个同父异母的兄妹，最大的二十八岁，最小的十七岁。后来分了家，几个人都去了大阪各自谋生，这是大正元年[①]的事了。权右卫门在码头当装卸工，市治郎拉车，传三郎在寿司店送外卖，千惠造当上临时教员，三龟雄给高利贷当跑腿的，松枝和民子则到别人家做了女佣。说起来，每个人都过了一段艰难的日子。第二年，松枝跟相好的男人结了婚，可那时兄妹四散，没有一个参加了她的婚礼。五年后民子成亲时同样是冷清清的。兄妹几个第一次在权右卫门位于天王寺区上本町八丁目的家里聚齐的时候，已经到了大正十年。重聚并非偶然，彼时的权右卫门已经是名震一方的铜铁商人了。后来，在大哥的照应下，市治郎、传三郎和三龟雄几个人也做起了铜铁生意。唯独千惠造没有出去单过，仍旧无所事事地混在大哥家里，偶尔在账房帮忙。他不像其他兄弟，身上毫无雁过拔毛般的商人气质。因为当过教员，倒是写得一手好文章。传三郎却不以为然，说："会写字的没几个好人。"

---

① 即1912年。

千惠造成过家，后来又离了。他老婆娘家跟权右卫门做过生意，因为亏了七千多，权右卫门跟她家里打过官司。他老婆皮肤白皙，眼睛很大，看上去楚楚动人。而且人家是东京出生，谈吐有致，口齿伶俐，配千惠造无论如何都绰绰有余。可千惠造还是乖乖地按照大哥的命令，打发老婆回到已经破产的娘家。没过多久，他去名古屋办事，顺便到中村一带逛窑子时，竟碰到了老婆的妹妹。他这个小姨子从前在蒲田[①]当女演员，虽说只是个跑龙套的，但也演过两三个女佣的角色。跟老婆一起到电影院看她的片子仿佛就发生在昨天。千惠造究竟是怀着怎样的心情跟沦落为风尘女子的小姨子同床一夜的，这里就不细说了。回到大阪，他便整日泡在道顿堀和千日前的咖啡馆，一家换着一家喝。他的肺有毛病，有一回还吐了小半升血，但第二天照样去咖啡馆寻开心。喝醉了，就对着女服务员叽叽咕咕地发一顿牢骚。每天晚上，他都会雷打不动地混着喝上五六瓶啤酒和半升清酒。别看喝得多，他从不大声喧闹，脾气也好，对在那里做事的服务员也很关心体谅，虽说不算英俊小生，倒是很讨女人喜欢。后来，他跟一个二十多岁的女人搞到一起，那人在千日前乐天地（现在的歌舞伎座）后巷一家名叫喜乐的咖啡馆做侍应生，两人在宝塚旧温泉发生了关系。女人名叫春美，二十六岁，以前给一家浪花节剧团的老板当过情妇。那男人是个极端的好色之徒，南五花街的青楼无人不晓他的大名，就连平日出门，他也不忘随身携带春画淫具之类。听了女人意外而坦诚的讲述，千惠造在床上越发勇猛了，他咆哮似的宣泄着，这个女人给了他一种感觉，仿佛活到三十六岁才头一次接触到女人身体似的。当然，温泉的隐秘性也调动了他

① 位于东京南端，因明治时代当地建有松竹蒲田摄影所，故有“映画之都”的别称。

的感官。那女人挺单纯的，所以她和盘托出的个人经历不单是增添闺房情趣的话题，而且真真切切刺痛了千惠造的心。事后，他去了厕所，自言自语道："冷静，冷静。"从窗口能看见武库川的河岸，五月的午后阳光明晃晃地照在河面上。千惠造此时的心理状态虽值得一写，但还是在此省略罢了。他无意中瞥了洗脸池上的镜子一眼，镜中的自己一副奇怪的表情，不忍直视。他立刻回到刚才的房间。他的脸因痛苦和情欲变了形。后来，两人多次幽会，心地善良的春美每每被千惠造的真情感染，终于把最后一个秘密也告诉了他。她是世人唾弃的一类人中的一员，详情这里无须多说。"您嫌弃我了吧？"女人说着把头靠近千惠造，他丝毫无法抵抗这种魅力。感同身受的他也略带夸张地谈起了自己的不幸。生驹山上的一个小旅馆里，两人借着微亮的荧光灯，伴随着虫鸣，安慰着彼此。至此，恋爱的条件已全部具备。越交心感情越好的恋爱法则，在二人身上同样适用。他们最终结了婚。

得到政江和她丈夫权右卫门的许可，可费了不少功夫，两人差点结不成婚。好在传三郎出面替千惠造说了话："两人心心相印，有何不好？"再加上千惠造以前离婚也是被逼使然，作为补偿，大哥同意了他的亲事。婚礼很有排场，可那天晚上，千惠造不知为何一副无精打采的样子，也许是女人在宝塚旧温泉告诉她的心里话让他苦恼。

但无论如何，过去的春美，现在的儿子贺来子，在婚礼之夜化了浓妆的面孔让所有人震惊了，人们都艳羡千惠造的福气。借用传三郎的话就是，千惠造后来找了个大美人，他才是赢家。

可千惠造本人，只有在对自己说"我赢了"的时候，才能实际体味到"赢家"的含义。婚礼粗算用了一千五百多块。其中八百多花在了如何展示儿子家的威严和权势上。直到后来他们尤其是政江才觉得，根本没必要浪费这么多钱。

婚礼的一个月后，政江来到夫妻俩的新家。一见贺来子从玄关露面，政江赶紧表明来意：“贺来子啊，有件事想请你原原本本地告诉我。这事关系重大，你千万不要撒谎。我听人谈到了你的血统，你的父亲——”没等嫂子说完，贺来子便叫喊起来：“没错，没错！”那绝望的神情让政江一惊，她打了个冷战说道：“果然如此，没有错吗？难道是真的？是嘛，那让我想一想，我跟我丈夫商量一下如何是好。”

过度兴奋的政江顿时有了便意，她急急忙忙回家去了。当晚，权右卫门便让政江通知千惠造，立即跟贺来子离婚。千惠造吞吞吐吐，一直不表态。“你还算个男人吗？”嫂子用狠话向他施加压力。第二天千惠造就证明了自己是个男人，他跟贺来子私奔到了外地。传三郎听到消息后赶到梅田站，给了弟弟三十块钱，算是饯别。权右卫门知道后，不让他再进自己家门。

这对传三郎是个很大的打击。虽说从寿司店的外卖小弟熬成了如今的铜铁商人，但属鸡的他天生大手大脚，为充脸面浪费了不少钱，所以手上并没多少现金。如果需要花一两万进一大批货，就必须依靠大哥的资金。被禁止上门的他后来只能三番五次地找小弟三龟雄周转。三龟雄在钱上精打细算，见人就哭穷，人家都说他起码存了十万块。再加上给高利贷商人做手下时养成的习惯，他跟传三郎要每日三分的利息。传三郎虽说心有不满，可又不敢小看三龟雄的财力，只好不情不愿地付了利息。为利息的事，传三郎家里那时还闹过点小矛盾，他对妻子大发雷霆地说：“你没道理把俺兄弟说成是坏人。”

传三郎把兄弟看得很重，所以不让他上门一事让他心痛。也有人好心地从中调和，可权右卫门那边传来话，说传三郎不仅怂恿千惠造逃走，还在很多事上站在千惠造一边替他说话，所以两人的心结一直没有解开。

一日傍晚，有人打来电话，口气很硬地要传三郎接。他拿起电话，原来是权右卫门的声音，他已经六个月没听到过了。对方说找他有事，让他来自己家，传三郎连晚饭都没吃就坐车去了。

“大哥，您喜欢的东西。”看见传三郎拿出鲍鱼云丹渍①做见面礼，权右卫门说道：“别瞎花钱了。”接着又说了句，“政江跟你详谈。”然后就起身走了。政江连吸三根敷岛牌香烟后，终于说到了重点。

“其实是千惠弟的事情，你知道他的住址吧？”

“……”

传三郎慌乱地重新挺直身子，坐垫从他屁股底下露出大半。最近，他刚收到千惠造寄来的第一封信。原来，他们二人联络到贺来子在汉城的伯父，所以到朝鲜去了，现在他们夫妻在平壤的花街上开了一家名叫“赤玉”的台球兼射击场，小日子过得不错。唯独不满意的是，那里跟日本不同，气候恶劣得让人受不了……千惠造还在信上再三叮嘱，千万不要告诉权右卫门自己来信的事。政江最忌讳别人在她面前提到千惠造，因此传三郎不说知道也不说不知道，只是含含糊糊地回应。他心里想：政江为何要打听千惠造的住址呢？

“你别瞒着，有什么都老老实实地说出来。”政江严厉地注视着他，小小的三角眼里写满阴险。“有什么都老老实实地说出来”，这话是政江的撒手锏。传三郎本来就在嫂子面前抬不起头，现在更是难以招架。

---

① 将蒸熟后切成薄片的鲍鱼放进盐渍海胆（云丹）中腌制而成。

“那个……”

他一五一十地都说了。有那么一瞬，他想大胆地负隅顽抗，“去他的，哪怕一辈子不让我进你家大门，我也不说。”胆量是传三郎最引以为豪的地方，喝醉时尤其如此。不过现在，他的胆量被政江愈加严厉的语气吓没了。他的胆量，简单来说，比如在他喜欢的赌博方面，确实是非常大的。当然，这也与他常常夸张的说法有关。传三郎非常喜欢把自己赌博输的钱往多说。近来身材发福的他，竟飘飘然地以为自己有大老板的风范。

政江的脸上终于露出微笑，传三郎的胆量得到回报——特意把传三郎叫来询问千惠造的下落，当然事出有因。那时，权右卫门家正在跟上面提到的商工会议员家谈亲事。

“要是人家知道千惠弟跟那种女人结了婚，名声可不好。”政江打定主意要拆散他们，想到千惠造应该给传三郎去过信，所以才找他询问。

“正是正是！”传三郎随声附和，他当然明白为何远在朝鲜的弟弟会妨碍这门亲事。

“耽误了侄女的婚事可了不得，他是个社会主义者。”传三郎的话让政江很满意。两家的误解终于消除，原来传三郎并不支持千惠造。他的出入禁令也随之解除。打那以后，每当谈到千惠造，政江总不忘加上“社会主义者”这个定语。

说来，传三郎很有打比方的天分，他的用词也有很多有趣之处。比如，他形容口味清淡的菜是“给我吃鱼饵一样的东西”，形容商人间谈事情是“热络地打情骂俏”，这些话只有他才能说得出来。“社会主义者”的说法与“鱼饵”类似。

最后说定，由传三郎替政江出面给千惠造写一封劝他离婚的信，之后这场时隔半年的见面终于结束了。传三郎不识字，只得托掌柜代笔。传三郎强调："你给我写，社会主义者。"掌柜却说这个词不大妥当。掌柜近来知道了什么是男女之情，对千惠造私奔一事暗自同情。传三郎并不听掌柜的意见，因为加上"社会主义者"几个字是政江的希望。掌柜给这个词加上括号，试图向千惠造表明自己的用意。可到头来证明，他画蛇添足了。收到信的千惠造，以为那个括号是强调的符号，所以对本来也许视而不见的词抓住不放，而没有留意到这封信的主旨是说自己会妨碍侄女的亲事。还是贺来子看出了这封信的来意，她说，要是因为自己害得丈夫的宝贝侄女得不到幸福，她情愿自我牺牲。"反正，我天生不幸，我有心理准备。"千惠造越发觉得贺来子心地善良，更不想跟她分开了。他回了信，大意是说贺来子除了出身之外没有任何缺点，小弟我不会牺牲这样一个好女人，去成全侄女的俗世幸福。这封信的腔调让他的社会主义色彩越来越浓了。

"千满子的婚事肯定会被他搞砸！"政江看了信大叫道。后来果真如她预想的那样，亲事谈崩了。前面也说，人们对其原因议论纷纷。政江咬定问题出在千惠造身上，周围的人却认为这个说法有些勉强。实情是，相亲的时候，未来的新郎官，也就是男方觉得千满子十分滑稽。

见面被安排在千满子的古筝演奏会上。身着鲜艳礼服的千满子跟师父在北阳演舞场合奏，男方在旁观赏。他看到，与师父悠然淡定的态度相比，千满子紧张得始终涨红着脸，显得很丑，他甚至有种面红耳赤的那个人是自己的错觉。反正一切的根源就在这里。据说后来他跟一个歌舞剧女演员结了婚，对方是个伦巴舞高手。

说句题外话，有人说政江为这次的古筝演奏会至少破费了三千块。她的妯娌们叽叽喳喳地说，光是政江母女的衣服就在他家常光顾的和服店花了一千五百块呢，这家店光靠卖衣服给儿子家就能供女儿上女中。最近，和服店给政江的四个女儿每人做了一件正月穿的礼服，正打算用这笔新赚到的钱全家趁正月到白浜温泉玩玩去呢。而儿子一家，正预备用酒菜招待新年来访的客人。恰在这时，S银行上本町支店寄来了儿子权右卫门的储蓄本息决算报告书，上面说他的存款已达到百万。

二

隔扇的缝隙中露出礼服的身影，千满子、春子、信子和寿子依次走了进来，她们穿着鲜艳的正装。

“好，都到齐了。嘿，几个女孩站在这儿快成咖啡店了。哈哈，你们几个就是咖啡店的侍应。来，给爸爸倒酒。”权右卫门高兴得眼泪都要流出来了。儿子家今年给元旦上门的客人预备了酒水，权右卫门从早上开始就陪着喝，现在酒劲上来，他有些醉了。

“来，给我倒一杯。”

“哎哟，爸爸可真讨厌。”

权右卫门把脸埋在女儿的衣服上，粗鄙地说笑，政江见了心想得提醒他一下，这毕竟关系到女儿们的婚事。幸好今天在座的都是自己人，可要是……想来想去，她决定暂且不说。以前有一次，她跟喝醉的权右卫门吵架，被骂得很惨。

“你们几个，给我放浪花节。我要听虎造①的森石松②。我就

① 二代目广泽虎造（1899–1964），昭和时代著名的浪花节表演大师，以森石松的故事为原型创作的《石松三十石舟》是其代表作。

② 森石松，活跃于幕府末期的侠客。孤儿石松由侠客森五郎抚养长大，后因打架杀人，被著名赌徒清水次郎长藏匿，并培养其手下。虽喝醉爱耍酒疯，但很看重义理人情。

爱听虎造唱，怎么说呢，他嗓子真好。”

大阪话里夹杂着纪州方言，再说这话题也不讨女儿的喜欢。她们心里都看不起浪花节，觉得那玩意是下三烂。每当这时，挺身而出的总是信子。她年方十七，戴着眼镜，“那眼镜傲慢极了”是人们对她素来的评价。她现在又发挥了傲慢的本领。

“我要听李斯特的《匈牙利狂想曲》，谁要听浪花节那种破玩意儿。”信子说的是大阪话加东京腔。

“我去放。”信子说着站起来，姐妹跟着她挨个出了房间。政江替千满子重新系了系腰带。

“什么态度，这么傲慢！钢琴有什么好的！叮叮咣咣的。还要说政江，你不该让她们学那个玩意。”除了政江，其他人都同意权右卫门的说法。政江听了不大高兴。这个时候，大伙儿的酒劲都上来了。市治郎夫妇、传三郎夫妇、三龟雄，还有伙计春松围坐一起，其中数春松喝得最痛快。他在政江的半强迫下，娶了儿子家的女佣为妻。那女人大事小事都听政江的，狐假虎威地对丈夫颐指气使，害得春松没有半点威严，所以他心里恨死了政江。记恨的原因还有别的，但眼下主要是这个理由。他老婆临产，今天没来，春松喝得高兴也与此有关。三龟雄的老婆刚才稍稍露了个脸就借口给孩子喂奶回去了，政江因此败了兴致。三龟雄的老婆因为娘家条件不错，平日里腰杆挺得直，这点以前让政江颇感不满。后来，她听说三龟雄老婆虽生在好人家，但只是个养女，其实是不知哪里来的私生子，政江高兴得坐卧不宁。

“大哥，您说的可不对。现如今，至少也得学学钢琴什么的……”有人发话了，原来是三龟雄。他对如何讨政江开心最为敏感。三龟雄平时说话就含含糊糊的，现在这种场合尤为明显。怎么说呢，假声这个形容最为恰当。这也与他以前得过副鼻窦炎有关。虽说这声音听上去不舒服，可传到政江耳朵里却显得无比悦耳。三龟雄老婆提前离开的事也因此一笔勾销。

“那我们可得好好听着。”说这话的是传三郎老婆，因为权右卫门已经开唱了。

传三郎老婆瘦瘦的，长相普通得放在人堆里就找不着了。不过她天生爱热闹，除了没事就哼哼过去流行的小曲儿，她唯一的爱好就是搜集电影明星的照片，她喜欢的都是些没有表情的乍一看并不惊艳的小生。可笑的是，她却一次也没看过电影，因为传三郎不让他去。以前传三郎家雇过一个打杂的女佣，没多久就请辞走了，据说是因为不想在那样一个能干的女主人手下做事。女佣走的时候，还哭哭啼啼地问传三郎老婆如何能活得这么乐观。原来，传三郎是个出了名的浪荡子，他老婆十五年来为此哭了不知多少回。权右卫门当然也知道这个情况，虽从未当面安慰过自己的弟媳，但此事也一直放在他的心上。借钱给传三郎的时候，权右卫门总是说：“我不是借给你的，我是借给阿初的。”传三郎老婆叫初乃，换句话说，权右卫门是放不下弟媳。他总说：“没有初乃，传三郎这个家就全完了。”这话没错。

看见初乃双肩下沉、认真聆听的姿势，权右卫门心里骂了一句：“该死的传三郎。”

“唱得真好，对吧，嫂子？”传三郎老婆向市治郎老婆说道。

“啊，是啊，真是不错。”呆坐一旁的市治郎老婆，连忙操着乡音说道。她同时微微低下头，好像哪里对不住传三郎老婆似的。这个女人平时总是恭恭敬敬的，打个招呼也要花很长时间。传三郎老婆有些招架不住她那过分的殷勤。不过这次，传三郎老婆低头回礼时毕恭毕敬的态度，丝毫不输对方。市治郎老婆把双手放在膝盖上，重新坐正，传三郎老婆见状也理理领口，扯扯衣摆，以重整威严。这两个女人忙着检查自己的礼仪，根本没有听权右卫门在唱什么。不过权右卫门唱完后，最先拍手的竟也是这两人。

见有人鼓掌，权右卫门害羞了。

“哪里哪里，我献丑了。”说着，他在脑门上挠了挠，样子竟有几分可爱。存下第一个一万块钱时，三十六岁的权右卫门蓄起了胡子，这让他看上去极具威严。现在，那胡子倒让他显得有几分风流。

“没人弹三味线，到底不过瘾。”他转念一想，接着说道，“干脆，咱们一起去挥霍一番吧。对了，阿初，你也一块来。”

“是，我也去。”初乃嘴上这么说着，心里却想权右卫门已经喝醉了。

其他人面面相觑。

“老板，真去吗？”春松突然想起自己本来就打算今晚找个妓女，所以赶紧询问。

说到逛窑子，春松想起了权右卫门的一段趣事。早些年，权右卫门、传三郎、三龟雄和春松四个人到东京办事，他们历来瞧不上东京的生意人，所以也没去银座。依照权右卫门他们的看法，东京的工厂生产的产品，比如机器，东京商人在东京是买不到的。必须要经过大阪商人之手，才能到东京商人的手上。从东京的工厂到大阪的商人，从大阪的商人到东京的商人，在此过程中机器上附加的运输费和佣金越来越多。之所以这样，是因为东京的商人眼前如果只需要三个东西，他们跟工厂订货的数量就只有三个；而大阪的商人不同，他们需要三个则订购十个。也难怪工厂会把产品全部卖给大阪的商人。说到底，是东京的商人目光短浅，没有长远眼光。而且银座的生意人，资金也大多是从大阪商人那里借来的，所以他们不屑于去银座。晚上，传三郎、三龟雄和春松三人劝权右卫门："走吧，我们去找东京的艺伎乐一乐。"

"我要在旅馆睡觉。"权右卫门断然拒绝后，三人出了门。

第二天一早，几人从千束町回来一看，权右卫门居然没了影子。向女佣一打听，才知道昨晚就在他们几个出门后，权右卫门也悄悄溜了出去。三人断定，他肯定是去吉原或玉之井一带了。后来权右卫门回来了，写满倦意的脸上藏着些许羞愧。三人合计，他肯定是心里打小算盘，以为大家一起出门，自然轮到自己付账，所以才鬼鬼祟祟地单独出去，找那些便宜的妓女去了。

其中最赞同这个观点的是传三郎，因为当时还有这么一档子事。他从权右卫门那儿借了九百块钱，却磨磨蹭蹭一直没还，也不主动提起此事。后来他花了将近七百块买了只土佐犬，还在斗狗比赛中赢了。然后他又是买狗链又是驯狗，花了一大笔钱。权右卫门听说后急了，他立即给传三郎送去一张借款抵押的凭证。传三郎收到后脸色吓得苍白，忙把电话户头换成别人的名字，企图用各种手段阻止抵押。

一天，权右卫门拿着皮包来到了传三郎家，俨然放高利贷的人。传三郎当时正好在家门口这么显眼的地方给土佐犬清洗身体。"你个王八蛋！"权右卫门一下子把水桶踢翻在地。传三郎的爱犬立刻向权右卫门扑去，权右卫门立刻被狗叫声吓得逃回家去。最后，权右卫门逼着传三郎终于把九百块钱还了。这就是大致经过。不过传三郎现在对大哥已然不是过去的看法。他认为，那是权右卫门以身作则，教育自己不能奢侈浪费。最近，他时常提醒自己，要尽量学习权右卫门的处世之道。所以他一点点地存下两万块，乱花钱的毛病也改了，现在他最喜欢的就是算银行利息有多少了。

"老板，真去吗？"说这话的春松一边觉得不大可能，一边暗自期待，要是能看见权右卫门疯疯癫癫地寻欢作乐的场面，不知有多痛快呢。他还是个流鼻涕的小孩时就给权右卫门跑腿，后来替老板舍身卖命，干过不少危险的营生。可以说，最替权右卫门着想的除他无谁。所以他想瞧瞧赤身裸体的权右卫门的念头才愈发强烈。不过，他的满心期待转瞬就被权右卫门的下一句话浇灭了。

“正月喝花酒要多花一倍钱，还有额外的小费。”

传三郎因为酒喝多了胸口难受，便让初乃去倒些盐水。他老婆对大哥家的厨房了如指掌，因为她常被叫来帮忙。忽然，放在灶台上的海参进入她的眼帘。初乃暗想，刚才吃的都是青鱼的干鱼子，我做一道醋泡海参，想必大家一定高兴。她把传三郎喝盐水的事忘得精光。

“看我拿什么好东西来了。”阿初拿着盛了海参的盘子，回到客厅。

“你这么长时间都干什么去了？跟个窑姐儿似的，出去就大半天也见不着人。”

“……”

阿初本想解释，又心想算了。传三郎有点耳背，要让他听明白得扯开嗓子，所以听见传三郎骂骂咧咧的，她也没有大声回应。

“你这婆娘，一股小家子气。说到底，你这……”传三郎胸口越发难受，便顾不得继续抱怨，急忙到厕所去。初乃踩着碎步跟了过去。

外面传来钢琴的声音。一听声音，政江就知道是千满子在弹。她眯缝起双眼，心想：与伯爵家的亲事眼看就要说定，正月是吉利的日子呢。忽然，千惠造浮现在她的脑海里。见传三郎夫妇回到客厅，她趁机开口了。

“真好，真好。可不是嘛，兄弟几个聚在一起，哪还有比这更开心的？”

“就是就是，要说什么时候好，我看就是正月里兄弟几个亲亲热热地喝酒才最好。”市治郎老婆用力地一个字一个字地说着。初乃也跟着表达了同样的意思。随后，几个男人也一边喝酒一边简单地表示赞同。

“所以啊，我就想，要是朝鲜的千惠弟也在，才叫真的团聚呢。”话题又轮到政江这里，她给权右卫门斟满酒，一边用抹布擦拭溢出来的酒，一边风轻云淡地说道。

“别跟我说这个。”

权右卫门的回答注定引起政江的反应。应该说，此时的她仿佛从通道走到舞台中央，好戏要开场了。

“不，我偏要说。我这么说，可不是在说兄弟的坏话。我可一点儿也没这个意思。不过，现在各位的亲侄女……”后面的话不言自明——现在，妨碍亲侄女婚事的正是千惠造。这话一下子惹恼了权右卫门。这年还没过完呢，就不该提这事。别说上一门亲事了，就是这次的伯爵家我也压根就没瞧上。不是说两家不般配，而是他伯爵算个什么？要是因为千惠造的原因告吹，这种人家他还巴不得不要呢，更何谈怕他。他们根本不入我的法眼。商人的女儿就应该嫁个商人。干脆跟政江说，给女儿找个穿粗布衣裳的生意人得了。问问她真心为女儿考虑过吗。依我看商人最好。我不就是现成的例子吗？我就是靠做生意存下一百万的……听了政江的话，权右卫门思索良久。想着想着，他的无名怒火也渐渐消了。找到了反驳政江的各种说辞，权右卫门终于平静下来。其中作用最大的，要数他最后想到的“一百万”存款。

政江继续高谈阔论，阐述着必须要让千惠造夫妻俩离婚的原因。在座的各位都不知如何接话。政江心想，都是些冷血之人，担心女儿的到头来只有自己，还是女儿最可爱……她不甘心地把同样的话又说了一遍。可能是觉得自己过于激动，刚才的话说过头了，她最后补充了一句："反正我没有说千惠弟弟不好。"这话前后说了两次，终于引起权右卫门的注意。对呀，千惠造是他的亲兄弟啊。再加上其余几个弟弟都在场，权右卫门越发被触怒了。他借着酒劲，顺势提高了嗓门。

"你还没权利对我的兄弟说三道四。要是嫌弃千惠造，我还不让女儿嫁过去呢。哪比得上我们做生意的，不管是见了千惠造还是见了稀奇宝贝，都不会大惊小怪。嫁给商人算了。没有比商人更……"后面说的都是刚才他脑中闪过的想法，不过政江已然听不进去，抽泣起来。一为女儿，权右卫门算哪门子父亲；二为丈夫，以前从没见他这样乱说话；当然更多的是为了她自己，"权利"这个词让她耿耿于怀。

"我怎么就没有权利了？"政江呼喊道。在场的人见了暗地高兴，心想她以后怕是要更加歇斯底里了。

"算了，嫂子。"

"大哥，您也真是的。"

劝架的人都是一副幸福的表情。要是知道大家如此憎恨自己的母亲，几个女儿会作何感想呢？她们大概还不知道这其中的原因吧。理由很简单。权右卫门挣下如此家业，政江把功劳全算在自己这个贤内助身上，并以此为由，大事小事非要说了算。权右卫门的目的是挣钱，而政江的目的是掌权，男人和女人的野心，大不相同。尤其是本该贤良淑德的女人却成了一家之主，这一点谁都看不下去。

权右卫门打了政江，结婚十几年来还是头一次。春松不禁笑了。

"你要是想有什么权利，千惠造要是不如你的意，你要是嫌弃我的兄弟，就快点给我滚出去。”

“啊！”政江不住地颤抖，那样子让人不忍直视。毫不夸张地说，她头上的波浪卷儿更大了。对狠话早就听习惯的传三郎老婆咽了口唾沫，她等着看戏似的心想，不知政江接下来会作何反应。市治郎老婆打算在这儿待上一天，好陪陪政江。几个男人则抬起头看着权右卫门的脸，好像在指望什么。尤其是市治郎、传三郎和三龟雄三人，说到底这事因自己的兄弟而起，现在不尽情展露骨肉亲情，更待何时？春松则暗暗叫好，老板不愧是老板。这也难怪，政江一直骑在权右卫门头上，他本来就替老板委屈。他哪里知道，怕老婆才能赚到钱是权右卫门的处世法宝呢。

政江哭喊着冲出门去，外面紧接着传来她向女儿哭诉的声音。

“你们几个，都给我好好听着！你们的父亲刚才是怎么说我的，都听好了。你们都是女孩，女孩子嫁了人，没人撑腰可怜得很啊。我就是最好的例子。他不是让我滚出去嘛，那我就走好了。你们几个跟我走吗，还是要留在这里？快说，你们打算怎么办？”

传三郎老婆听了不禁感叹，政江到底是个精明人啊，同时也可怜起自己，心想只怪自己现在还没有孩子。姑娘们不知如何是好，拉着母亲拥进客厅。

权右卫门已经不见了踪影。他担心在女儿面前失面子，便飞跑出家门，郁闷地独自散步去了。

剩下的人总得收拾这个烂摊子。发言权首先交到了年纪最大的市治郎手上，可他天生少言寡语。市治郎老婆不停地用手肘捅丈夫，他就是不开口，一味沉浸在冥想之中。其实他是在想该说些什么呢，可这样子旁人看了实在心急。他话不多的性格过去可是备受尊崇呢。话说五年前，某机关转让废弃的铜铁制品，儿子家也参与了报价，后来市治郎因涉嫌行贿被拘留了。权右卫门和三龟雄当然与此事脱不了干系，不，应该说在这笔生意中获益最多的就是这两个人，所以二人的担心可想而知。他们整晚整晚地聚在传三郎家商讨对策。外面的人都说，市治郎不过是替罪羊罢了，本来他完全有证据为自己辩解，只要说出那两人的名字，自己便可脱身。权右卫门几个人，把希望全都寄托在市治郎身上，一来希望天生话少的他不要说漏嘴，二来希望以前拉过洋车的他身体撑得住。在拘留所的那段时间，市治郎每天晚上都自言自语，自己只有一个女儿，权右卫门有四个女儿，三龟雄好不容易才讨到一个那么好的老婆，以至于受刑逼供他也咬牙忍着，最终没有辜负兄弟的期望。“坏事都是我一个人做的。”这是市治郎坐完牢回来，见到权右卫门和三龟雄说的第一句话。话虽不多，分量十足，从那以后那两人就在市治郎前面抬不起头来了。就在市治郎终于想好该如何安慰可怜的政江之时，等得不耐烦的传三郎开口了，以下就是他说的大致内容。他说他家每月都要上演两三次“滚出去”的闹剧。他老婆要是每次都把这话当真，那还能得了？他的话老婆早就见怪不怪，听了就忘掉。“滚出去”不过是男人的口头禅罢了。他结婚不到一个月就对老婆说了“滚出去”三个字，不也照样磕磕绊绊地过了十三年嘛。结婚时，传三郎二十七岁，初乃十八。过去女人都很早嫁人。因为十九岁流年不利，所以她在十八岁那年结了婚。那年头，十七岁就嫁人的也不少。对了，他十六岁就已经有女人了……他想到哪儿说到哪儿，总也说不完。好在说到过去，全场的气氛缓和不少。不过政江并没有安心。权右卫门跟传三郎不一样，在政江的记忆中，这还是他第一次说出“滚出去”三个字，权右卫门不是个随便说话的人……政江转而又说，权右卫门意志坚定，无人能比。其他人都小心翼翼地听着，政江内心同样不安：权右卫门迟早要回来，到时他是什么态度，又会说些什么呢？该不会一言不合又摔门而出吧，这究竟是怎么了……

天黑后，权右卫门回家了。政江尽量表现出一种“不正眼看他的态度”。不过看到他乐得连皱纹都爬到了眼角，政江明显松了口气。权右卫门心情不错地说：“我到新世界的一毛屋去了一趟，一毛屋真是个好地方啊！”

所谓一毛屋，是指门票一毛钱的相声馆。新年第一天，他挤在坐满观众的小场子听相声打发时间，人们对他的这一行为倒不难理解，却没想到他的心情平复得如此之快，也不知他为何这么高兴。权右卫门在想些什么，外人不得而知。他讲起了方才的经历。幕间休息时他想喝朗姆酒，便在人群中招呼小贩，可小贩迟迟不来。他便一边说借过，一边推开身边的人朝小贩走去，无意中不知踩了谁的脚。

“喂，小心点，你这个冒失鬼！”

“真是对不起了。”

“对不起就算完了？”说话的男人像是个手工匠人。

“确实是我失礼了。”权右卫门低头接连道歉了五六次。

这时，那一百万的存款突然浮现在他的脑海里，他做好了心理准备，自己有可能失去这一百万。

“你们几个都听好了。我就只当这一百万没有过，我要把之前那件大事办了。”这句话足以表明他在相声馆时下的决心。

去年年底，有人找到他，说是长崎县五岛海域的一艘沉船可以卖给他，只是打捞难度极大，弄不好投资的钱会一分也收不回来，他要办的就是这件事。其他人赶紧跪着围过来。

“我一边喝朗姆酒，一边琢磨……”原来，权右卫门是想干脆兄弟合资开一家公司。他认为，不考虑周到，解决好后顾之忧，是没法干大事的。毛利元就[1]就是最好的榜样。

“我还要把千惠造拉进来。”

政江听了惊得张大嘴巴。她读出了这句话的言外之意，把千惠造叫回日本，交换条件必然是先跟贺来子离婚。这样一来，她女儿的婚姻危机也就随之消除。她当即指点江山似的说道：“这件事的成败关系到全家兴旺，万一出了什么差错……”她说服权右卫门从他名下的存款中分别拿出十五万和十万元，转存到政江和千满子名下。这是刚才“滚出去”的小插曲让她想到的保全自身的办法。她分析利弊的同时，当然没有忘记提醒丈夫，得找个合适的人去朝鲜接回千惠造。

那天夜里，政江在权右卫门睡前给他倒了杯酒，并在酒中掺进了春药。市治郎跟老婆分开后，在芝居里留宿一夜。春松说他不喜欢芝居里，独自去了飞田的烟花巷。传三郎则在自己家玩牌。他老婆连续几天在大哥家帮忙下厨，回了家又熬夜作陪，难免瞌睡，结果输了几盘后挨了传三郎的训斥。一起玩牌的还有三龟雄，他连赢几局后便溜走了，去了道顿堀鼎鼎有名的豪华咖啡厅。那里最有名的女招待名叫玛丽，三龟雄每个月在她身上要花掉六十块钱。玛丽身材曼妙，也相当精明，总是借口生病躲着他。三龟雄对此尚能忍受，因为他看出来了，那女人也不是个清白之人。可他招架不住的是，对方除了每月的六十块，还经常向他额外要钱。就在去年年底，她说住在姬路的母亲病了，得回家看看老人，向三龟雄要四十块的路费，讨价还价后拿了二十五块，之后便再没露过面。三龟雄心想她正月总该回来

---

① 毛利元就（1497–1571），战国时期的武将。本是安云（广岛县西部）一带的国人领主，通过暗杀、收买、通婚和领养等各种权谋，逐渐将实力扩张到中国地方。善用周全合理且不顾危险的战术，亦是著名策略家。

了，这才去了咖啡厅。谁知连个人影都没见，问了其他服务员，才知对方原来是回老家姬路相亲去了。

居然把“相亲”说成风马牛不相及的“看老人”，三龟雄发火了。不过，转念想到刚才玩牌赢了两百块，他心里才稍感安慰。儿子家的几个女儿安稳地睡着了。睡觉前，她们在脸上抹了橄榄油，唯独长了青春痘的寿子涂的是收敛型化妆水。

三

那个元旦之夜，权右卫门夫妇久久不能合眼。

权右卫门起床上厕所，政江跟在后面为他洗手。月光冷峻得发白。

“麻烦了。谢谢，辛苦了。”权右卫门心里过意不去，但他并不觉得有任何尴尬，这也让政江感到踏实。她以前可从来没有做过等在厕所门外替丈夫洗手的事，这招是她从妇女杂志上学来的。不露声色地用于实践，显然很符合她的爱好。她不喜欢做作地献媚或假装娇羞，自己不这么做，也看不惯别人这么做，从当护士的时候到现在，她从未有过此类举动。权右卫门也不是一个见到女人的媚态会害臊的人，相反，他会正大光明地接受。这种态度也很让政江满意。比如，权右卫门新婚之夜就是这样，喝了进洞房的喜酒后，权右卫门严肃地说道：

“虽说是缘分让你我遇到，但能娶到你是我的福分。现在，我的钱全加起来也只有六百块，我一定要挣到十万块。所以，我不怕吃苦，也不会乱花一分钱。我有四个弟弟两个妹妹，之所以要挣这么多钱，是因为我是长兄。你得理解我，跟着我一起使劲干才行。”

听了此话，政江将双手平放在榻榻米上，深深低下头说道：

“你这么说我就放心了。你就放开手去干吧，我等着你成功的那一天。我虽说能力有限，但既然已经是儿子家的人了，就要拿出长嫂的样子，当好你的贤内助。”

后来，这些话她跟妯娌们也念叨过好多次，当然，她说的不是夫妻二人当时的原话。跟别人说话，政江总喜欢像写作文那样，把话说得漂亮而圆满。

话说回到卧室，和权右卫门并肩躺下后，政江又回忆起新婚当晚的事。浮现在她脑海中的，当然不是难懂的纪州方言，而是上文那样文采十足的话。“跟从十万块存到一百万相比，从六百块赚到十万块的过程才叫辛苦呢！”她想起自己曾多次向外人提到自己的不易。她瞥了权右卫门一眼，发现他似乎也沉浸在回忆当中。见两人想到一起去了，政江开心起来，顺势把腿搭在了被炉上。自然，她的腿触碰到了权右卫门的腿。

权右卫门虽然也在怀念过去，但他想的不是从六百块挣到十万块的过程，而是从身无分文开始到攒下六百块的那段岁月，也就是跟政江结婚前的日子。话说也巧了，被政江的脚钩住的时候，他正在回忆年轻时的恋人花子。

故事发生在道顿堀附近太佐卫门桥的桥上。父亲死后，权右卫门离开了老家和歌山县汤浅村，跟弟弟妹妹一起来到大阪各自寻找活路。那天正好是他来到大阪的第十天，当时，他住在千日前一带的小破旅馆里，活计没找到，手头上的钱倒快用光了。从早晨到现在一点东西都没吃，他茫然地靠着桥栏，无望地眺望着道顿堀川混浊的河水。正值黄昏，两岸青楼上的灯逐渐亮起，他的空虚之念和空腹之感也愈加强烈。就在此时，有人轻轻地拍了拍他的肩膀。他回头一看，惊得当即就要逃走。“你这是要跑到哪儿啊？”对方的纪州口音，听上去脉脉含情。权右卫门怎么会听不出来呢，来人正是花子。十天前离开故乡与她告别的时候，两人可是难舍难分呢！当然，权右卫门现在已经不记得她本名叫什么了，只要想到她，就以花子代称。

“前几天不是说好带我一起走的嘛，你怎么了，怎么不带我一起来呢？”花子上前一步说道，“我随后就跟着来了大阪，为找你可费了不少劲。我这几天在附近的一家大饭店里做事。说实话那里诱惑不少，不过我只求实心实意地过日子，为了你我可是本本分分的。我从前攒下不少钱，两个人不愁活不下去。你不用干活，我养你就成……”

原本一声不吭默默听着的权右卫门忽然一个箭步跑了出去。他穿过道顿堀喧闹的人群，跨过戎桥，跑到了心斋桥一带。他冷静地对自己说，眼前虽然有女人相助，但真要是指望人家，自己还叫男人吗？那样就一辈子沉在水里浮不上来了。“阿权，阿权……”花子的呼喊声似乎留在耳畔，但权右卫门再次告诫自己，要挣到十万块。他收起恋恋不舍的心情，像个小偷似的消失在人群当中。（这些话都是按权右卫门后来向外人讲述的那样写的）当晚，身无分文的他躺在天王寺公园的长椅上，想到白天在太佐卫门桥遇到的花子，不禁悲从中来，一夜难眠。当时（大正元年），还没有免费的住宿设施。天亮后，他在河口找到了一份搬运工的活计。他搬起货来很卖力，话也不多，空闲时总是眺望大海的远方，寻找纪州冲的方向。搬场老板注意到这个特别的年轻人，问了才知他原来也曾是海产店的少爷，便动了恻隐之心，调他到账房做事。周围的人都评价他：“不是个安于记账的普通人。”首先他自己就对这份工作提不起兴致。要是每月只盼着领那么一点固定工资，什么时候才能出人头地呢？他决心做小生意，便辞了职。

他拿着一个月的工钱十块钱，摆起了凉茶摊。他在下寺町的坡道正中间支起板车，硬生生地吆喝起来："来呀，凉茶，甜甜的凉茶，一杯五厘！"第一天一共来了一百一十三个客人，有的人一喝就是两三杯，可天黑后一算账，仅仅赚了一块两毛钱，卖剩下的一升货过了一夜也坏掉了。买来的三贯[①]冰就这样打了水漂。第二天起，他开始晚上也摆摊，这样能多挣三毛。过了大约十天，夜里他来到千日前的阿午一带，在林立的酒楼饭店边上一处昏暗的空地上摆起摊子。为了省钱，他连灯都没点，远远望去黑洞洞一片。

"师傅，给我来一杯。"面前的年轻男人说道。

权右卫门听着这个音色耳熟，便借着微弱的亮光看了一眼，原来竟是自己的弟弟传三郎。他注视着传三郎笔挺的鼻子，怀念地想起从前为了让他有个高鼻子，父亲一有空就对着尚在襁褓中的传三郎，捏他的鼻梁。"原来是大哥啊！"传三郎也认出对面的权右卫门，不禁喊出声来，眼里也泛起泪花。那声音透着不安和担忧，完全不像是从一个二十二岁的大男人嘴里说出来的。他向大哥讲起这些日子是怎么过来的。来到大阪，他很快就在板屋桥的一家寿司店送起了外卖，但他天生耳背，听不清打来电话的客人到底要点什么菜，老板说他反倒添乱，正好那天早上刚把他打发了。他在千日前和新世界一带的工作介绍所转悠了一整天，想找个在厨房帮忙的活计，却迟迟没有合适的，正发愁明天该怎么办呢。说话间，道顿堀上的小剧场陆续散场了，再加上摊子正好

---

① 即"贯目"，日本重量单位，1 贯为 3.75 千克。

摆在了朝日座的后台边上，一下子来了七八个客人。传三郎也没有呆呆地站着，听见有人说“师傅，来一杯”，便赶紧先哎哎地应着，然后学着大哥的动作，把凉茶倒在杯里。

第二天起，两人一起摆起了摊子，挣得不多，小本生意也用不了两个人。没几天，他们便卖了板车和工具，从松屋町的批发店进来扇子，企图趁着夏天赚上一笔。来买扇子的自然多是年轻姑娘，碰着晚上在沟之川、阿午之类的花街柳巷摆摊，传三郎更是一脸害臊。十六岁就学会追女人的他最好面子，没多久他就说什么也不愿意晚上出摊了。权右卫门见状，便用自己一贯的理论教育他：“你要是非要去饭店当厨子，就只能一辈子听别人使唤了。倒不如摆个小摊，好歹也是自己说了算。靠自己做生意比其他都强多了。人啊，要是被人使唤惯了，可就永远出不了头了。”

又过了半个月，应该是在上盐町出摊的时候，人流正多之时，不巧下起阵雨，打湿了扇子，两人忙乱地收拾好，背着大包袱来到一处大房子的屋檐下避雨。妹妹松枝正好就在这户人家当女佣。现在，权右卫门也想不起来是怎么知道这里正是妹妹打工的地方了。反正就在那天，他们遇到了好几个月都没见过的松枝。权右卫门记得，传三郎对自己的姐姐说：“大姐，你帮佣的地方不错嘛。”那所房子很气派，应该是个大户人家。他还细心地留意到，松枝的脸上浮现出一丝为难的表情。三人也没好好聊，只站在门口说了几句话。其实，有些担心的反倒是权右卫门。他想，要是主家知道松枝的兄弟是摆摊的，怕是会瞧不起她吧——落在头上的雨点让他打定主意，这个生意不能再做了，他长久地沉思着。

没过多久，他们就不再摆摊，那个雨天的顾虑是他们决定转行的直接原因。另外，他们通过这段时间对其他小商小贩的观察，越发觉得不能再这样下去了。比如卖鲷鱼烧的点心铺，二十年过去了还在卖鲷鱼烧；开一分钱天妇罗店的，十五年了还在炸牛蒡、藕块、蒟蒻之类。长年累月下来，都搞不清鲷鱼烧是自己，还是自己是鲷鱼烧；天妇罗是自己，还是自己是天妇罗。每天只顾着看火候和油温——当然这也需要耐力和功夫，一辈子就没法翻身了。这些人在权右卫门看来，不过是些没出息的窝囊废。时值八月下旬，夏天用的扇子眼看着就要卖不出去了，他们把手头剩下的扇子退还给了批发店，人家好心推荐说，秋天来了，你们不如改卖挂历吧，却被他们断然拒绝。“那，这种新款炉子怎么样，只要能说会道，应该也能赚钱。”他们再次拒绝了老板的建议。“人就得学会放手。知道不行了，就该当机立断洗手不干，这是我……”权右卫门坚持己见。

他和传三郎搬离了在玉造的那家乌冬面馆二楼租借的房子，来到了千日前附近一家一晚只要两毛钱的便宜旅馆。权右卫门是这样考虑的，住在乌冬面馆的楼上，下楼自然常去那儿吃饭，来份鸡肉鸡蛋盖浇饭或者来杯酒，他们仗着可以赊账，在那儿开荤的次数也越来越多，再住下去就要破产了。他们搬走的时候，一大半的钱都付给了那家饭店，权右卫门手上只剩下辞掉搬运工时领到的不到十块的工钱。两人靠摆摊糊口倒是没问题，只是凉茶摊和扇子摊到头来其实是白忙一场，并没存下钱。传三郎在搬走后到了生国魂前町一家包吃包住的寿司店找了份工作。因为得买厨师服和高齿木屐之类的行头，权右卫门给了他三块钱。就这样，权右卫门最后只剩下五块钱了。

把传三郎送到寿司店安顿好后，权右卫门路过寺町无量寺的前面，看到门口排着两条长队。他往庙里面瞅了一眼，只见那队伍一直排到了正殿门口。他心想，没看见白花之类的，不像是葬礼，莫非是有人来此说法，毕竟吸引到的“仁”太多了。一打听才知道，今天是针灸的日子。原来，每逢二、三、四、六、七都是无良寺的针灸日，也是那里香火最旺的日子。顿时，他想到一个人，就是跟他同住在一个旅馆的老太婆。此人每天出门都赌博，也不知从哪儿得到的消息，每天哪里有赌局她都一清二楚。老太婆有一次邀他同去，他没答应。就是那回，他得知老太婆原来是给人针灸的。想到这儿，他赶紧飞奔回旅馆，逮到老太婆说："我有事找你。是这么回事，我找你是想……"

第二天一早，两人就一同去了河内的狭山，一家庙一家庙地问能不能在那里干针灸，最后都没谈成。他们便在一家专供商贩住宿的旅店里租下最大的两间房，拆了隔扇打通成一间，在那里开起了针灸店。然后他们开始招揽"仁"。他们在村子到处都贴上宣传单，上面写道：日本第一的名针灸师！包治百病，替您解忧。请到某某旅馆。"还主动为理发店和杂货店的家里人免费针灸，因为他们那里人多，期望以此吸引更多的"仁"。也许是宣传起了作用，他们的针灸店热闹了好一阵子。老太婆抱怨说自己累得连上厕所的工夫都没有，权右卫门只得把四六分成的约定改成五五平分。第四天，老太婆说这累得人头昏眼花的差事干不下去了，再加上有了本钱，她要回大阪接着赌博。权右卫门再三央求，两人又去了纪州汤崎温泉。温泉之乡病人自然也多，他们看中这点，还把价格从二毛涨到三毛。即便如此，还是有不少人找上门来。前后不到一周的工夫，两人合伙出的五块钱本钱就翻了八倍。权右卫门盘算好了，只要抓住这个老太婆不放，就能一直赚钱。所以他对老太婆好生伺候，听她说累得腰快断了，就赶紧给她揉肩敲背，每晚还要给她来一壶酒。就在到汤崎的第五天，老太婆竟然真的闪了腰，就此一病不起。权右卫门专门雇了一个按摩的，可人家说这毛病他也没办法，又找来医生，说是神经痛，建议多泡泡温泉，慢慢疗养。权右卫门照顾了老太婆整整三天后，眼看着她成了中风，看样子再也站不起来了。再加上房费和看病花了不少钱，他担心再不走恐怕又落得身无分文，便打定主意，扔下老太婆逃走了。人就得学会放手。

沉浸在往事之中的权右卫门，眼前浮现出那个老太婆的模样。她身材矮小，常歪斜着脑袋——按说这副样子本该看上去可怜可她，但因为她下巴突出，那面孔甚是可怖，很难让人生出同情之念。权右卫门心想，那个长相瘆人的老太婆要是真的害自己得报应，想必十分可怕。反正，他一想到这儿，就睡不踏实，毕竟，他是踩着老太婆才快速爬到了如今的地位。

离开汤崎后，权右卫门去了田边，又从那儿乘汽船回到了最开始的大阪。在船上，他见一个中年男子带了三个艺伎，像是个有钱人，便向人家打听："打搅了。请问您是做什么大生意的啊？"那人听了大笑，然后背着同来的艺伎低声作答："我其实是收废纸的，不过如今也挣了不少钱。"回到大阪，权右卫门也马上开了一家收废纸的小店。

手里还剩三十块的他，在日本桥五丁目租了一间平房，月租六块，押金为三个月房租。他找了传三郎打工那家寿司店的老板做保人。日本桥五丁目附近几个收废品的旧货商贩，组织了一个叫五会的小团体，权右卫门之所以在那里落脚，也是图个方便。刚开始，他只收旧报纸或破布烂棉花之类的小东西，挣钱不多但开销也不大。摸清了门道后，他的胃口也大了，说要搞点稀罕的老物件，当时还被五会的人嘲笑一番。三个月后，他从一家灯泡厂以每个一分钱的价格收购了一批坏灯泡。他拿给五会中一个专做废旧灯泡生意的人，谁知人家语重心长地告诉他说："儿子小弟啊，你可真是不会做生意，废灯泡的行情是二厘一个。"那人名叫古川，他拿着灯泡在手里看了好一会儿，接着说道，"我看在你的面子上，就还按一分钱收了吧。"权右卫门觉得纳闷，二厘的东西竟用一分钱买下，不过当时也没多想。后来，他有事没事就到古川的店里走动，渐渐明白这其中的蹊跷。原来，有一种俗称"半个"的废灯泡。里面的钨丝没有完全断，只是少了一根而已。稍微动动手脚，比如用火加热，两根灯丝就能粘到一起，少说还能再用四五天。这种货可以当新品便宜卖。还有一种叫"带银"的，灯泡里用了极其少量的银。把灯泡拆开，拿掉玻璃和灯口的黄铜后，就可以分离出银了。银一文[①]值二十六块，一万个旧灯泡最多能攒下二文八分重的银。另外一种叫"市电"，是指带着"市电"字样的灯泡。这是大阪市电灯公司借给用户的，灯泡不亮了可以免费换新，不过打碎就得每个赔五毛钱。在古川的店里，花一毛钱就能买到作废的市电灯泡，然后再拿到灯泡厂换新的，一前一后就能省下四毛钱，只要答应不跟人说是在这儿买的就成。权右卫门的那批货里，有不少是这三种可以卖钱的灯泡，所以古川才舍得花一分的高价买下。

权右卫门得知真相的第二天，就专门做起了旧灯泡的生意。他拉着大板车，穿梭于电灯公司和灯泡厂，到处问人家有没有多余的废灯泡。他用每个三厘的价格收入，将半个和市电两样以每个五分钱的价格转卖给古川，剩下的带银则拿到自己家里拆解。古川一直不告诉他分解的方法，无奈之下，权右卫门只得带他到花街上去尽兴地玩了一晚。那天，权右卫门虽是作陪，却也撒欢

① 即"文目"，日本重量单位。1 文为 3.75 克，1000 文为 1 贯。

地发泄了一番，毕竟他已经有一年半没碰过女人的身体了。那个妓女当时给他留下了深刻的印象，现在他却怎么也想不起来了。倒是侍奉古川的那个女人他还记得，因为她长得很像花子。喝醉的古川脱掉裤子，只穿着兜裆布，张牙舞爪地跟那妓女纠缠在一起，权右卫门看在一旁心里很不好受。他宽慰自己：做生意最要紧，我就忍忍吧。

后来，古川因为涉嫌倒卖赃物进了局子。听到这个消息时，权右卫门心里的疙瘩多少解开了。还没过十天，警察让他也过去一趟。他吓坏了，以为是自己也参与了古川私自买卖市电灯泡的事。他哪里还顾得上什么当初的心结，心想自己可能也要遭殃。他责备自己居然为了一个女人的事情大喜大悲，到底还是太嫩了。原来警察找他是问自行车牌照和交税的事，他长舒了一口气，并提醒自己以后一定按时交税。自行车是他雇的伙计春松的东西。废纸收了不到一年，他就雇了人，身份也算升了一级。现在，他的钱和货全部折算下来一共将近五百块。这是他一根烟也舍不得吸攒下的。春松那年十六，也懂人事了，没事就偷偷去窑子玩。权右卫门看在眼里，不能说心里不痒痒，但比起女人的身体，他更钟爱纸币的触感。怎么能为了瞬间消逝的欢愉而失去自己辛辛苦苦挣来，又一张一张抚平后放在荷包里的钱呢？春松虽然爱玩的性子让人头疼，但在提纯银方面却是把好手。先用火烧玻璃棍，然后用石磨碾碎，再把玻璃粉放到小木盘上，拿到水盆里轻轻摇晃。不一会儿，玻璃粉就会流到水里，木盘里只剩下掺着银的金属。手法很难，稍不留神，宝贵的银子就流走了。春松在水里摇晃的动作很是细致，让人看了入迷。而且，他还会把流到水里的碎末收集起来，再放到木盘里，一遍一遍地反复淘洗。那股全神贯注的劲头就跟女人找虱子似的。另外春松做得一手好菜。比如做沙丁鱼，连同紫苏叶和泥鳅一起放到锅里，除了醋和酱油什么也不加，也不添水，最后就能煮出一锅没有半点腥味儿的炖菜。对过惯了单身汉生活的权右卫门来说，这点当然很重要。有一天，春松冒着暴雨徒步去收废灯泡，结果患了感冒，引发肺炎。体温连续三天都在三十九度五，权右卫门赶紧请来一位上门服务的护士。那女人二十二三岁，皮肤黝黑，长相一般，倒是挺会照顾人的。在同一屋檐下住久了，权右卫门自然对她产生了好感。一次，他偶然看见那女人凌乱的衣角露出浅黑色的大腿，便动了心思。他迅速展开追求，对方也干脆地同意了。那人正是政江。不久两人结了婚，那是大正三年二月的春分之夜，是个雪天。

权右卫门躺在床上，回忆不止。前面提到，他结婚时存有六百块，按说本该就此打住，换个话题说说政江的所思所想，但凡事总有先来后到，还是接着往下说吧。前面还提到权右卫门夫妻在新婚之夜那番颇有意义的对话，其实婚宴前后值得一提的事还很多，但那些还是交给二人，让他们尽情地回忆吧。这里要说的是结婚的费用，权右卫门一共花了七百多块。也就是说，当时他总共有一千三百块，用了七百块办婚礼，还剩下六百（包括库存折算成的现金）。拿出一大半积蓄办婚礼，一般人都很难做到，对他来说更是一笔巨额开销。不过，这七百块不是他以前存下的，而是为了体面地办好婚礼特地赚来的。他必须这么做，借传三郎的话说，就是“结婚之前热闹已经过去了”。作为儿子家的老大，权右卫门觉得不能为了省钱就把该有的流程免了。他相信，小看了婚丧嫁娶仪式的人，这辈子也混不出什么名堂。可要是把钱一个子儿不剩地花出去，婚礼倒是圆满了，事后又变回穷光蛋了，他也不乐意。所以，必须得把婚礼费用赶紧挣出来。

他做好了冒险的准备。那时刚巧有个姓松田的男人找到他，想要借一百块钱采购灯口的金属零件，此人开了一家很小的灯泡厂。权右卫门以三千个灯泡做抵押，答应借钱给他。这个松田做生意一定没什么本事，连一百块的进货费都拿不出来就是最好的证明。他借着自己姓松田，就给自己的产品贴上了“马自达[1]灯泡”的标签。而“马自达电灯”才是真正的名牌，假设普通小厂的灯泡一毛钱一个，那人家能卖三毛钱一个。马自达电灯公司自然向松田提出抗议，他不能置之不理，更担心对方告自己伪造商标。按说松田还真不是个做生意的料子，既然要冒用马自达的牌子，一开始就该想到有什么后果。权右卫门则煽风点火地吓唬松田，说他闯了大祸等，最后权右卫门把手头的钱全拿出来，连蒙带骗地买下了松田的全部存货，名义上是借款抵押。松田输了官司，“马自达电灯”的人来他厂里扣货，得知那些灯泡都抵给了权右卫门，也不敢擅自拉走。这时，权右卫门站出来跟急得团团转的马自达方面交涉，他的态度之强硬着实让松田吃惊。最后，马自达忍痛以与自己产品相同的价格买下了那批货。权右卫门正是抓住了他们的痛点，他们不能任由“马自达灯泡”这种粗制滥造的仿冒品流向市场，那样最终损害的是“马自达电灯”的信誉。他从利润中拿出一点给松田当好处费，剩下的七百块则全部揣到了自己口袋。

不难想象，政江听丈夫说起此事时，对他是多么崇拜。她对权右卫门寄予了无限期待。婚礼第二天，他们的午饭只有大麦饭加一条盐渍沙丁鱼。大阪有春分那天吃大麦饭配盐渍沙丁鱼的风俗。他们本来是春分那天成亲的，却特意等到第二天才吃，这是

① 日语中，“松田”读作“matsuda”。

因为隔一天就能买到便宜的沙丁鱼了。这一习惯一直保持了下去，他们每天只吃大麦饭配沙丁鱼。从六百块攒到十万块吃了很多苦，这是政江可以自夸的一点。近来，传三郎也开始模仿这个习惯，但他本来就喜欢吃沙丁鱼，反倒趁机过足了嘴瘾，他是找借口想在一年四季都能吃上沙丁鱼，这跟政江的苦心完全是两码事。政江另一个值得夸奖的地方就是，权右卫门的几个兄弟后来在大哥的扶持下也做起生意，他们找他出资做本钱的时候，政江都强迫权右卫门必须不露声色地算上利息。所谓不露声色，是说利息不是按借了多少钱算的，而是以借出去的钱能挣多少钱算的。如果他们觉得那种生意挣不到钱，那么当然不会借。这样，他们的收益就能高出普通利息一大截。不知三龟雄是否知道这其中的奥妙，反正传三郎是得不偿失。他老婆不时抱怨说他那人好面子，挣了钱偏要往多了说，吃了不少亏。谁都不想得罪人，政江敢这么做也算是有胆量。她早就在心里想好了，就算克扣了小叔子的钱而遭他们记恨，那也全是为了自家丈夫。

对政江的所作所为，权右卫门很是感激。他的高明之处就是，每当政江发表意见说“恕我多嘴”的时候，他从不反驳。这也让政江打消了顾虑。

在政江的记忆中，这是最艰辛的一段日子。她夹在丈夫和小叔子当中，受了不少委屈。她暗地里不知哭了多少次，心想男人都是自私鬼，根本不懂女人的苦心。所以，每当她谈起从六百块存到十万块的过程，总免不了强调她伤过的心。不过，光靠她的节俭和苛刻是无论如何也挣不到十万块的，这还得靠权右卫门的本事，政江也承认这一点。“人就得学会放手”的理论在此起了关键作用。

权右卫门后来就不收废灯泡了。一是觉得半个和市电危险，二来预见到半银里的银含量也会越来越少，果不其然，另外一种金属很快替代了银，可谓是先见之明。他的另一个判断则是见欧洲开始打仗，他想铜铁黄铜等金属的价格肯定会大涨，便委托以前合作的灯泡公司，把人家不要的铁丝铜线、废旧铁轨和发电站设备，全都处理给自己。一开始那些公司也不知道这些废旧物品该卖什么价，便等于白送地卖给了他。后来人家摸清行情了，权右卫门便向设备科长行贿。见有同行也来收购，他还玩起了假投标的把戏。市治郎、传三郎和三龟雄，最开始就是以此发家的。他们不像权右卫门，没有干铜铁生意的胆量，他们靠大哥提供消息，在公司转让物资的时候参与竞标。其实大哥背后早就打点好了，只是借他们的名义而已，事成后给他们分好处费。他们几个挣的一万块钱，远不如权右卫门夫妻俩苦心挣的一百块的价值多，政江是这么看的。

不过，政江却把春松的功劳忘了。比如，她就没有想起春松被压得变形的右手大拇指。话说权右卫门去外面把中标的铜铁制品拉回来的时候，春松每次都跟着。他的任务是等称重过秤的时候，趁对方公司的人不注意，在秤砣下装上一个小铁球。有了这个小机关，一百贯的东西称上去只有六十贯。一次，监督员觉得不对劲，要上秤亲自量一量，毕竟自己的体重不会造假。春松慌了神，赶紧过去想把小铁球取下来。就在他伸手的一瞬间，监督员上了秤，他的手被压在秤底下。还没等他把手拿开，三四十贯的铜线被搬到了秤台上，春松的脸霎时变白了。而权右卫门只是在一旁若无其事地吸烟。春松很少向外人提起，唯独有一次跟千惠造喝酒，大概是醉了的缘故，他哭诉起当年的委屈。他之所以哭，是因为想起了他老婆。那女人原本在儿子家做女佣，是政江非要把她塞给春松的。她借着背后有政江撑腰，在春松面前作威作福。春松无处诉苦，才借着酒劲，把这个故事告诉了千惠造。

“我为了老板，像个小偷一样。这倒没什么，就是那老板娘……”

“别说了，别说了。”

千惠造一边劝，一边觉得自己和他有几分相像——春松那样一个老好人，竟被一个女人欺负得说起了狠话。

大正五年，权右卫门的存款已有一万。他也是从这一年开始蓄起了胡子。大正十年，存款升至十万。后来，到一百万的过程就轻松多了，这是政江的原话。存下十万块以后，他们当然不用再过每天中饭只配沙丁鱼的日子了。再说他们那时已经雇了个老妈子，总不能让下人笑话。政江的哥哥以前是卖豆腐的，后来收了摊子，开了个不用费力的烟草店。她妹妹也不当助产士了，跟一个牙医结了婚。当时，政江送了一个价值千元的钻石戒指当贺礼。总之，一家人越走越顺……

元旦那天晚上，权右卫门夫妇一夜未眠。他们本有许多话想聊聊，可往事轮番涌来，他们只是各自想着心事。

四

好在千惠造夫妇没有孩子，他们很快就分开了。

他很感激长兄坚持把自己也加进儿子兄弟的合资公司，为表心意才跟贺来子离了婚。一切都如政江预期的那样。说千惠造是为追求物质欲望而离婚是不大公平的，至少在他下定决心的那个瞬间，他是顾不上什么私心的。这一点，代表儿子家千里迢迢赶去朝鲜的船司船造非常清楚。

千惠造流着泪对船司说道：“我真不知道大哥为了我，做了这么多。我不能妨碍侄女的亲事……”船司原本是权右卫门兄弟出生的汤浅村的村长，如今混得不好，卖起了人身保险，竟也被骗了，田地房屋被卷个精光。从这点来看，他是个本性善良的男人，所以他见到千惠造流泪，并没有起半点疑心。眼前流泪的人心里想的其实是自己的私心私利，这已然超过了这个男人的想象。他并不知道，为了欲望哭泣，是再常见不过了。

有句话说，衣食足而知荣辱，仓廪实而知礼节。千惠造哪里懂这些，他接下来说的话就证明了这一点。“贺来子什么错也没有，却从此毁了一辈子，这该如何是好？”他这是暗示对方提分手费呢。船司回答：“权右卫门说可以出钱，已经准备了一千块钱。”

贺来子早就想到这一天迟早会来。听说千满子这回是要跟伯爵家成亲，她想，自己是该静静地离开了。最近，他们刚领养了一个男孩，小夫妻成了三口之家，日子过得正开心呢，所以她难免也哭了起来。这让船司愈发觉得自己对不住他们，他虽然来之前就知道这不是一个好差使，如今事情谈好了，他反倒怎么也高兴不起来。

船司给大阪的儿子家发了封电报，上面写：“一切谈妥打钱过来。”儿子家是以防万一才没让船司带着分手费过去的，钱汇到后，他取出来交给千惠造，谁知对方无论如何也不接，理由是：“不是我要离婚的，不能由我亲自交给贺来子，要我离婚的是权右卫门，就该由权右卫门的代理人转交。”船司也觉得他说的有道理，便照做了。千惠造此刻的固执让人啼笑皆非，船司反倒很钦佩他的举动，并感叹似的说道：“这哪里是社会主义者啊。”想到自己之所以来当这个棒打鸳鸯的坏人角色，完全是因为权右卫门答应事成之后买五万块钱的保险，他不禁替被利益驱使的自己感到害羞。每当看到千惠造夫妇感情和睦的样子，这个想法就更加强烈。船司不想被别人当成只知贪财的人，他想，得尽量拿出人情和诚意。

儿子家派船司过去可不是让他去当老好人的。前一段时间，他打着老乡的旗号去了儿子家，劝他们买保险。权右卫门假装不在，船司没有立刻回去，而是借来一张报纸，一看就是好几个小时，边看边耐心地等着主人“回家”。耐得住性子，非要做成生意的决心和毫不退缩的态度，让权右卫门很是看重。还有一点，船司现在五十八岁，算是老人了，按常理应该不会感情用事，所以是去朝鲜的合适人选。也就是说，船司是因为年龄才被选中的。现如今，他却要表现出人情味儿，主家知道了一定不同意。他和千惠造都算是天涯沦落人，所以互相同情。要是主家知道他其实是袒护千惠造的，一定有话要说。不过无论如何，事情是办妥了。一月下旬的一天夜里，千惠造回到了日本。传三郎夫妇到大阪站去接他。

火车一开进站台，传三郎就四下寻找起来，嘴里一边骂骂咧咧地数落妻子。他终于在一个车窗边发现了千惠造，而船司看到传三郎的脸，只是用手指了指旁边，一副兴致不高的表情。千惠造的身边是贺来子的身影。传三郎呆住了，准备对好久不见的兄弟说声“你终于回来了”，最终也没有说出口。贺来子和传三郎老婆寒暄的时候，兄弟俩只是呆呆地站在那里，面面相觑地望着对方，都是一脸尴尬。当时的传三郎也觉得莫名其妙。“那感觉就像是突然知道我老婆生了一对双胞胎似的。”他这样形容。

不过，询问清楚后他总算如释重负。原来，贺来子觉得跟千惠造分开了，自己也没心思继续留在朝鲜，所以决定也回日本。既然回来，就干脆和千惠造一起回来了。“都是要分开的人了，就让他们在火车上再叙叙旧吧。贺来子提出来，我也不好让她希望落空不是……”船司辩解道，心想幸亏老大一家没来接站。他再三交代传三郎说，这件事务必对大哥保密，绝不能让他知道。传三郎是那种别人有求，绝不说半个不字的性格，他答应了。恋恋不舍地道别了一个小时后，千惠造暂且跟着传三郎去了他家。至于贺来子在哪里落脚，他们没有打听。船司则仍旧一副僵硬的表情，去了儿子家。

兄弟几个都觉得再没有比千惠造更有福气的人了，因为他又要娶老婆了。他回到日本没过一个月，这事就被提上日程。因为家人怕不赶紧再让他成个家，他指不定又闹出什么乱子。千惠造还是以前那种暧昧不明的态度，不说娶也不说不娶，不过他看女方的相亲照时，倒是有些“食指动”。第一个是唱小曲的女人，虽说年龄稍大，可长得像极了市丸[①]，是个美女，三龟雄心急火燎地向他介绍。见面后，女方拒绝了。别人都说，那样的美人怎么可能喜欢千惠造这种毫不爽快的男人呢？三龟雄则想，那女人到三十了还是独身，恐怕有什么难言之隐，便起了意，想用钱把她收买了做自己的情妇。第二个候选人算不上好看，据说是个处女，今年二十六岁，配千惠造太过年轻。不过双方还是决定先见一面。这次，不哼不哈的千惠造出门时竟打扮得体体面面。亲事谈成了。

谁都没想到的是，千惠造竟然找贺来子去商量自己的婚事。这事其实不算奇怪，千惠造回到日本后，跟已与他分手的贺来子已经见过很多次面。她如今住在南海沿线的天下茶屋一间小房间里，千惠造频繁到那里去。其实，贺来子跟千惠造一起返回日本和继续见面的事，两人是早就商量好的。而给他们出主意的，正是船司。与其说是被千惠造笼络，不如说是他主动给二人出谋划

---

① 市丸（1906–1997），昭和时期的著名艺伎，内阁总理大臣近卫文麿的情妇。

策的。后来，此事通过传三郎手下的伙计传开了，那伙计受千惠造的委派，到贺来子的家去过两三次。反正两人又走到了一起，不知是因为贺来子宁可偷偷摸摸也不想跟千惠造分开呢，还是男方不想分开。反正人们听说此事后议论纷纷，都说“真不知这个男人哪里好了”。他们揣摩不透千惠造心里到底是怎么想的，既然如此难舍难分，为何又要跟别的女人结婚。他们想，这种两头都占的好事，贺来子一定不会同意。

人们猜错了。千惠造找到她问自己该不该结婚的时候，贺来子是这样说的：“表面上我们分开了，私下里却时常来往，这让我有愧于你的兄弟，我们干脆借此机会彻底了断吧。你去跟那个女人结婚，这是你对你的兄弟和侄女应尽的义务。再说，人家姑娘长得也不错。”如此等等。

千惠造的第三次婚礼，在三月三日桃花节举行。当天，千惠造闷闷不乐的样子好像在说自己是迫于亲情压力才无奈结婚的。这种神情很适合千惠造。再说，他要是表现得开开心心，外人岂不是更要说三道四。婚礼上男方来道喜的人很多。千惠造的四个兄弟和他们的妻子自不用说，松枝、民子两姐妹和她们的丈夫也来了。之所以此前没有提到过姐妹俩，是因为她们不大跟儿子一家来往。她们的丈夫都是靠技术吃饭的手艺人，本来就跟商人性格不合。春松夫妻也来了，春松老婆怀里抱的是正月刚生下的孩子。政江观察到孩子耳朵里塞着棉球，心想应该是得了中耳炎吧。千满子的出现尤其引人注意，想必是为了照顾千惠造情面才来的。传三郎揶揄道：“你这是学怎么办婚礼来了吧。”传三郎老婆在众人的起哄下唱了一首小曲儿，博得满堂喝彩。传三郎却哭丧着脸，怎么也高兴不起来。原来，他老婆为了千惠造的婚礼，前后花了不少钱。衣橱、书柜、饭桌、椅子、坐垫、水壶、雨伞、洗手盆之类全都买齐了，她不仅拿出自己的全部私房钱，还欠了一屁股债。她有自己的一套理论，为丈夫的弟弟就该尽心尽力。传三郎对此颇有微词，因为他最近崇尚的是政江的作风。千惠造的新婚妻子凭直觉感到，兄弟几个的妻子当中，数传三郎老婆人最好。婚礼上最难掩喜悦之情的，自然也是传三郎老婆。本来，最开心的应该是政江，但她全程忙着观察每个人，不知不觉忘了高兴。还有一点，政江这次没出多少钱。

千惠造的老婆没什么值得写的。总而言之，她是个不幸的女人，除了容貌，千惠造更对她的肉体不满，因为他总是拿贺来子与之比较。每每想起已跟他分手的前妻，他便去找她幽会。贺来子总是躲着。想不出原因的千惠造痛苦地生出某种莫名的嫉妒。一向优柔寡断的千惠造，唯独在感情上是个热情的男人。

一天晚上，千惠造和贺来子又私奔了。这事发生在婚礼后的三个月左右。家人的吃惊和愤怒不言自明。外人对此是这么看的：千惠造虽说是儿子兄弟合资公司的一员，可只不过是个每月领七十块工资的小会计罢了。他一来不满眼前的待遇，二来看不上新婚的妻子……真正的原因当然是后者，可以说，造成这一局面的根源是贺来子的魅力。千惠造抵挡不住这种魅力，并自以为是“弱者的伙伴”，通过对弱女子的保护，千惠造体味到些许英雄的滋味。千惠造太把一切当儿戏了，不过这样的他，也许倒能跟贺来子白头到老呢！

千惠造出走以后，儿子家可谓多事多灾。

第一，权右卫门因违反管制被拘留了。他打捞上沉船，完成船体拆除的作业后，为了把那些废铜烂铁卖个好价钱，竟违规交易。最多三毛钱一贯的铁丝，他转手竟要一块四。还有其他犯法的地方。本来，他干的行当不暗中操作是挣不到钱的。在平野署拘留了二十天后，权右卫门回了家。拘留期间，他就各种人生问题反复思考，却没有得出任何结论。他只吸取了一个深刻的教训，那就是以前商人都巴不得卖个高价，现在这样却不行了。他被罚款一万块。

其次，权右卫门进去之后，政江开始沉迷于“心灵研究”和“神算师父”。神算师父算准了权右卫门回家的日期，这是促使她走火入魔的一大原因。不过人们都说，那个神算师父是个出了名的色鬼，儿子家早晚会闹出家庭纠纷的。很多事值得在此详述，不过也都是些见怪不怪的常有之事，就免了。

再者，儿子千满子和伯爵家次子的婚事终于说定了。据说她带去的嫁妆并不多，只有两万。

昭和十四年六月八日

放　浪

一

乡下的外婆曾对顺平说过，位于大阪二井户的“不讲价”和服店的掌柜是个扫帚星，说得难听点就是个杀人犯。

不讲价和服店掌柜每个月都把有瑕疵的或是脏了的和服满满地塞到包袱里，然后乘南海电车在岸和田下车，再走二里的路来到六贯村卖。每个月来两次，每逢这时必定下雨，所以人们都说他是个“雨男”。三年前他来的时候也下雨了。偏巧当时顺平的妈妈即将分娩。平时总是骑自行车来的产婆因为下了雨，所以撑着伞穿着高齿木屐步履蹒跚地走来，看着都让人心急。因此误了大事，顺平虽然生下来了，母亲却没保住命。哥哥文吉出生的时候因为不足月而难产，不过当时天气倒还好……

顺平听后什么感觉也没有。他一进被窝，就习惯用大脚趾挤擦旁边的脚趾，每次都弄得小腿抽筋，而后沉沉睡去。好几次，还疼得下腹好像被吊起来似的。外婆没想到他疼得那么厉害，她尚未发觉，那是疝气的征兆。顺平一睡下就会小便，外婆为了不让他晚上随便大小便，连个安稳觉也睡不好，床铺一湿就叫醒他。“顺平啊，好好听着。”外婆又颤抖地说道，“你可是个继子啊！”她的声音里带着某种刻薄的快感。

泉北郡六贯村的杂货店老板高峰康太郎，跟外婆的女儿阿村一起生活了五年，还生下了文吉和顺平两个儿子。阿村生产时死去，康太郎反倒觉得侥幸，他随即娶了后妻。也许，觉得幸运的是后妻阿袖一方吧，因为康太郎是个广受好评的老实男人，还多少有些财产。哥哥文吉被康太郎的姐夫金造收为养子，倒也不错。弟弟顺平因为还是个吃奶的孩子，外婆觉得可怜便领了回去拿奶粉养活。外婆心想，自己死后，顺平无处可去，只能又回到继母所在的家里，如果不趁现在治好他尿床的毛病，将来肯定会被嫌弃的。那个后妻有自己的孩子，还给康太郎生了个男孩。

……外婆偷偷地恨着康太郎吧。如果女儿的肚子里没有怀着顺平的话，如果“雨男”没有把雨招来……外婆总是对顺平说，你妈肚子里没怀你就好了，“不讲价”的店主没把雨带来就好了。她从中体味到近似残酷的喜悦，却从不认为女儿的死跟年龄有关。反复几次，这些不中听的话就渐渐发挥了效果。顺平虽然还不知道给别人当继子是什么感觉，但年仅七岁的他，已然对“悲惨”二字感同身受。外婆的行动突然与往常不一样了，眼看着衰弱了下去，最后死了。顺平回到了父亲身边。

“怪癖”这个词终于包围了顺平周身。他有一个小他一岁的弟弟，还有一个大他两岁的姐姐，这位姐姐容貌姣好，就连还是个孩子的顺平都知道。也许是继母管教得好吧，这位毫无血缘关系的姐姐，在村里的小学对文吉和顺平露出同情之色，仿佛在说：“你们成绩不好，可真可怜。”哥哥文吉已经十一岁了，本应帮自己反驳着说些什么，可他只顾哈哈笑着。他的外眼角——莫如说是整个眼睛斜斜地往下垂着，笑起来很招人喜欢，看上去又像哭又像笑。文吉的个子比顺平还矮，脸色也不好。虽然是个无法依靠之人，但是对顺平来说确实是唯一能够依靠的哥哥，放学后，顺平就跟在文吉后面去了金造家。

金造拥有种满蜜橘的山林，是个贪婪的人。他本是因为没有儿子才把文吉过继过来当养子，但他在岸和田的工厂工作的女儿生了个男孩以后，他就变了。他随心所欲地使唤文吉，让他打扫牛棚、摘蜜橘、淘粪、砍柴、看孩子，还有很多其他工作。顺平常常帮着文吉。

“哥，你在教室拉屎了吧？”

“弟，你别尿床啊。”

这样肆无忌惮的话是两人的乐子。

康太郎的眼珠子还是黑的，不过这位父亲已经不是正常人了。他身患恶性疾病，浑身散发着臭味。为了除臭，他喷了很多廉价香水，也不知他脑子到底怎么想的。他还说自己睡着了，墙上就好像放电影似的。一天，有个说书人来到店门前说唱，康太郎让顺平去看看，顺平正要出门，却被继母大骂一通。“你也疯了？”继母痛苦地说道。那天以后，康太郎的身体愈发衰弱。嫁到大阪生玉前町的外卖饭店丸龟的妹妹阿代赶来后，他神志清醒了一会儿，不久就断气了。

因为烧香的顺序，姑姑阿代和继母阿袖吵了起来。姑姑说文吉和顺平太可怜了，要带他们去看红叶散散心，就领着二人去了附近的牛龙山。姑姑在瀑布前面的茶馆里给他们买了大福饼吃，还跟他们说：“姑姑给的礼钱可比谁都多，你们脸上有光了！”姑姑嘭嘭地拍了拍胸口，竖了竖领子。

十岁的顺平被姑姑阿美代领去了大阪。从村子到岸和田的车站有两里地的路，半路还有个池塘。池塘很大，顺平吃了一惊，他不由得想起了国定教科书里的句子：“作太郎被父亲领着穿过了山顶……”后面的句子怎么也想不起来了。文吉说是送行，也跟了出来。顺平背着信玄袋，左边的肩膀是空的。文吉的双肩都背着行李。姑姑只拿着一个装着蜜橘的竹筐，这是金造送的，他指望这份礼物的回礼将来能翻倍呢。

文吉从岸和田的车站回来时，天已经黑了，他害怕一个人走路，姑姑同情他，便给了他五毛钱。文吉说不需要钱，还说金造姑父给他开了个账户，硬是不收就回去了。电车开动以后，姑姑跟顺平说：“怎么会有那种好事呢！文吉被金造骗了，总有一天他会明白的。”这是顺平第一次乘电车，他显得手足无措，怯生生的，因此姑姑说的话也没怎么听进去。电车到达难波后，他的心里才稍微有了些劲头。他想起文吉一副哥哥模样地提醒他的话：“去了大阪，不乖巧些的话，别人可要笑话你是个乡巴佬的。”

姑姑家到了。在电灯刺眼的光线下，顺平被介绍给了很多人，他耳朵里面长鸣一声，人脸一下子变小了，转而又变大，他呆然而立。他告诫自己不能垮掉。姑姑在整理回礼和土特产，突然问他：“小顺，你上学用的东西呢？”顺平立即答道：“在这儿呢。”他立即把东西从信玄袋里拿出来，还稍稍有些得意。可是却有人嘲笑他，说“在这儿呢”这个回答好奇怪，原来是姑姑家的女儿。后来他才知道，她叫美津子，是寻常小学一年级的学生，比自己小一岁。美津子因为生了虱子而不住地挠脑袋，那只手白得让人吃惊。

晚饭终于迟迟地端上来了。因为有生鱼片，顺平显得有些拘谨，他低着头默默地吃完，舔了舔腌菜剩下的酱油。这时，姑姑说道：“从今天开始，你就是丸龟的少爷了，不能做这种小家子气的事儿。”然后故意地朝着女佣泛起眼泪。姑父一边喝酒一边说了些什么，姑姑说总比小猫小狗强吧。姑父突然点了点头，说：“就是太瘦了。”

顺平换上了干净的衣服，他一直以为养子就应该是哥哥文吉那样的，因此在这里有些摸不着北的感觉。还领到几个买零食的钱，他更觉得不可思议了。他乡下的家虽然是开杂货店的，卖着粗制点心，可他自己连碰都没有碰过。每逢带“一”和“六”的日子，驹池就有夜市，卖冰激凌的也会在丸龟饭后前面支摊子。去夜市的时候，他和美津子每人拿上两分五厘钱，把硬币塞到腰带当中，他不知道那个像倒竹笋似的装冰激凌的东西是薄脆饼，舔吃冰激凌的时候甜筒破了，他吓得脸色苍白地说必须得赔偿，因此还遭人嘲笑。无论他多么小心翼翼，今后要注意的事还是很多。

一天，他说去大众浴池，出了家门。姑姑说：“你认识路吗？”他只当耳旁风，随口说着认识认识。流畅而出的大阪话越发让他来了兴致，他咚咚咚地跑了起来。兴冲冲地一头冲进浴池，这才发现外面亮堂堂的，而里面一下子变暗，样子完全不对劲。“我……我……”他也不说话了，赶忙转身回去。其实，那是浴池旁边水果店的里屋，一位因中风躺着的老爷爷吃惊地目送着他的背影。来到外面，正巧碰到去外面办事回来的水果店小工，他个子很高，问顺平什么事。顺平突然扔出用来洗澡的一分钱硬币，也不说话，抓了个蜜橘就逃走了。经常到丸龟的厨房送水果的小工事后笑着跟厨师和女佣讲了这件事，说蜜橘原本三分钱一个，还说他当时慌里慌张的。这事儿传到了姑姑和姑父的耳朵里。姑姑问他：“你也太不劳而获了吧。”顺平一下子没了力气，眼里还泛着泪花，他紧紧地把手撑在榻榻米上，说自己再也不敢了。姑姑原本只是想打趣一下，却被他吓了一跳，觉得跟自己有血缘关系的顺平更可怜，也更让人害怕了。姑姑说：“你这是干什么呀，一副正经八百的样子。”说完还故意夸张地大笑起来。顺平终于放下了心，原来不是骂自己呀！他黄色的脸上满是媚笑，说水果店的老爷爷还问自己说，少爷是谁家的孩子呀，在学校上几年级呀。然而，水果店的老爷爷是个哑巴，不久就断了气。

他升入寻常小学五年级。也不用谁教，他已经习惯了睡觉前说晚安。姑姑因为皮肤黑而不喝茶，顺平也学会拍马屁，当面奉承姑姑说她皮肤白。另外，他还经常在厨房溜达，好像在等着姑父吩咐他拿这拿那。也许，他是读懂了姑父内心的想法，他以为只要他留心观察家里的情况，姑父就会教他大厨的本事，让他将来娶了美津子，还让他继承家业。

姑父老家在四日市，来大阪的时候身上只有一毛六，他在下寺町做过短工，推过货车，后来还在码头干过装卸工人，在饭馆打过杂做过厨师，还开过深夜乌冬面摊子、关东煮摊子，现在他终于在生国魂神社前开了一家饭馆。他总是说自己是吃过苦的人，正因为如此，他说要想当个好厨子，就得先学会用水，他不仅大冷天里让顺平在结冰的桶里洗盘子，还教他怎么给萝卜削皮，以及切丝（做刺身的配菜）的方法。他知道切两三次手指是不奇怪的。顺平菜刀拿不稳切了手，他只说“菜红了”，却问都不问手疼不疼。店里的女人们都私底下说，这对一个十三岁的孩子来说太可怜了。顺平听了，也觉得悲凉，心想养子到底跟亲生的不一样，他不免又可怜起了自己。

姑姑姑父并没有特意把顺平当“继子”区别对待，他们没那个闲工夫。虽然觉得这孩子挺怪，但也没太放在心上。他们做的这个买卖，靠的是婚礼宴席、片区运动会订餐、香客斋饭的订单，周围邻里的评价很重要。

生国魂神社夏天举行的祭祀活动上，姑姑姑父还给他做了好人家的男孩抬神轿时统一穿着的短外衣。那时，他点燃了当上美津子丈夫的希望，注视美津子的双眼放射着贪婪的光。他想，要是像其他人家的少爷那样撒撒娇，切萝卜的时候装模作样地挥舞菜刀，姑姑和姑父该是什么表情啊，然而他终究没有那样做。那时，他觉得自卑，好像自己是个残疾人。疝气——身体里的东西恶心地下垂着，他不想把这个秘密告诉任何人。不过，当时应该已被人察觉。他已经断了一切念想，觉得自己的一生将因此毁于一旦。每每想到这里，肚子里就会发出啊的一声悲鸣，嘴里还自言自语地说着呜啦呜啦的怪话。

一天，美津子在洗澡，那白花花的身子倏地站了起来。“闪开！”顺平羞得无地自容。晚上回想起此事，他突然叽里咕噜地念经一般念唱起来。他脸色苍白，觉得自己肯定被美津子讨厌透了。附近咖啡馆的流行歌曲旋律传来，他一下子被点燃了思乡之情，也想起了文吉。哭吧，他对自己说。眼泪溢出眼眶，他尽情地哭了个够。他下定决心再也不看了，可第二天美津子洗澡的时候，他仍是既兴奋又紧张。

负责教顺平的是厨师木下。厨师木下，原本在东京一边做送牛奶、送报纸、饭店的伙计等兼职一边完成学业，后来碰到大地震才逃到了大阪。地震的时候为了躲避火势，他跳进了隅田川。穿着裙裤的女学生也一起跳了进去，可她因为身上穿的东西太碍事，最后淹死了。听了木下讲的故事，顺平不自觉地被吸引而喜欢上了他。木下一边在长长的头发上涂抹洗发水，一边问，大阪也摇晃得厉害吧？顺平说晃得厉害，还详细地做了说明。那天刚刚开始摇晃，他就注意到美津子还没从学校放学回来，他一副悲壮的表情赶到学校。“地震把你吓坏了吧。”说着，他握住了美津子的手。“喊，傻瓜，地震算什么，一点儿也不怕。”美津子并没有抽开被握住的手，又道，“小顺真怪，流氓。”顺平听了觉得很丢人，可他嘴上什么都没说。

女学生的裙裤平平地摊在水上……木下讲的故事点醒了长大了的顺平。木下为了参加律师考试，在抄早稻田的讲义，每每在路上碰到芳龄女子，他都要跳一段扭屁股的摇摆舞。顺平也哈哈大笑地扭着屁股，然后环视周围。

一次，他鬼使神差地走到女佣房前，站住了。第二天，他走进千日前一家招牌上写着“海女实演”的小屋，久久地盯着海女白白的大腿和裹着布的隆起的胸部。过了几天，他又迷上那里一个脸色疲惫、长得像女鬼似的女人。顺平十六岁了。木下不负责任地夸他，说他是个帅哥，肯定会成为一个让女人流泪的好男人。顺平开始偷偷地从美津子的化妆台上拿雪花膏往脸上和手上擦。为了不被闻到香气，他尽量不到别人跟前，他怕美津子知道了笑话他。他以为自己生得好看，照照镜子，发现竟和哥哥文吉长得一模一样：眼睛斜斜地向下垂着，额头高，鼻子塌，脸宽，下巴尖。仔细瞅瞅别人的脸，竟都比自己长得好看。他觉得就算涂上一股硫黄味道的化妆水也比不上别人。顺平终于十九岁了。他本来就觉得自己很多地方不如人，再加上容貌，便越发觉得自己被美津子嫌弃了。

他唯一自信的就是做菜的手艺，就连姑姑和姑父都感到欣慰，觉得照此下去，将来能放心地把丸龟的后厨交给他。他本人也看出这个意思，因此越发表现得谦逊，把心思全花在厨房，一副忠心耿耿的态度。但美津子却不喜欢他，觉得他没有才华，其次是容貌。那时，美津子在上下学的路上跟关西大学某专业的一个学生搭上了腔。此人长得很奇怪，但人家就是知道什么叫“才华”，这点深得美津子的认同。俩人才交换了三封信，美津子的胸部就鼓了起来，这些顺平都看在眼里。一日，美津子深夜毫不设防地走在路上，忽被那个学生按住胸部，身体顿时扭作一团，丑态难看。牙齿咬紧时咯咯作响，在夜晚的生国魂神社的空气中，听得分外清晰。最后，万般无奈下美津子用干燥的声音说道：“你可不能抛弃我。”结果，她还是被抛弃了。

过了些日子，父母也知道她怀孕了。好在当时女子学校的毕业典礼已经结束，这事没有登上小报，父母多少松了口气。有人说顺平某日深夜曾站在美津子的卧室前，嫌疑因此落到他的头上。不知为何，他倒也没有否认，不过看美津子的目光充满仇恨。一个雨夜，他摇摇晃晃地走到正在睡觉的美津子身旁。他还是太鲁莽了。美津子醒了，双眼露出凄厉的白色，很吓人。狂躁的热血一下子从顺平身上消退了。

丸龟夫妇从美津子那里得知对方并不是顺平后，急急忙忙略显恭敬地把顺平叫到长火盆前面，说美津子虽是个不检点的姑娘，但还是请他娶她为妻。顺平连忙双手伏地说：“多谢了。”好像早就预料到这个结局一般，顺平眼泪扑簌簌地落到榻榻米上，也不揉一下眼睛，看上去好似演戏一般，丸龟夫妇也像登场演出一般表情凝重了好一会儿。随后，姑父递上一杯酒，说道：“喝一杯吧。”顺平毕恭毕敬地接了过来，一饮而尽。就在这动作来回之间，空气一下子变得凝重起来。

婚礼之日被提前了，因为必须赶在美津子的肚子还不明显的时候举行。看了看日历，没有一个好天气，选来选去，说十五号虽是佛灭之日，但在一月之中也算不错，就定在了那天。婚礼当天，六贯村的文吉一大早就从金造家出了门，他扛着一枝坠满果实的柿子走了二里地，从岸和田乘上南海电车，到终点站难波的时候，已经是正午时分了。因为是第一次到大阪，等他来到离车站不到一里的生国魂神社前的丸龟饭店时，已经黄昏了。

顺平正在做婚宴上用的加吉鱼，他扭了下头，看见文吉正笑呵呵地愣站着。虽说十年没见了，可哥哥还是一点儿没变，他马上就认出了文吉。“哥哥，你来啦！”顺平扇着团扇凑了上去。在文吉看来，穿着白色厨师服的顺平很精神，个子也长高了，他还把这些都告诉了顺平。其实，顺平是因为穿着做菜用的高齿木屐才看上去高了些。二十二岁的文吉只有四尺七寸，顺平却是四尺九寸。顺平剥起柿子来，柿子皮哧溜溜地就滑落下来，文吉很是佩服。

当天晚上，婚宴将近尾声的时候，文吉的肚子疼了起来。因为他把盘子吃了个精光，还喝了不少酒，况且他肚里老早就生了蛔虫。他站在厕所里，因为借来的礼服下摆太长而被绊住了脚，他跌倒了，痛得直叫。大家把他搬到别的房间，还找来医生。从肠子里挤出的排泄物弄脏了睡衣，散发出一股臭味，顺平只好陪着照顾他。总算等到文吉安静下来睡着了，顺平才回卧室。夜已深，美津子睡得正熟。他急急忙忙地把手伸了过去。“真是个傻子！”美津子一下子醒了，把顺平甩到一边。

第二天早上，文吉的腹痛好了，他说不早点回去的话会被金造骂的，顺平就把他送到难波。他们下了源生寺的坡，穿过黑门市场，走过千日前，来到出云屋。顺平想，虽然有可能会再闹肚子，可文吉在乡下只能吃些萝卜、菜叶之类的东西，还是想让他吃点好吃的。顺平带了两元零花钱，点了鳗鱼饭和鲫鱼生鱼片。出云屋的菜，除了鳗鱼饭、鲫鱼生鱼片和鳝鱼肝汤之外，其他都不好吃。“不过名店就是名店，鳗鱼饭的酱汁和鲫鱼生鱼片的蘸料是别家根本做不出来的。”顺平一副厨师的样子评头论足。文吉吧唧吧唧地一边吃一边说：“继母阿袖的女儿浜子从高等学校毕业以后，现在在大阪的大学医院当护士，很是出息，不过顺平的老婆要比浜子还好看。我这个哥哥很没出息，还在睡衣里拉屎撒尿的，你原谅我吧。”仔细听了听，才知道金造很贪心，把文吉当仆人使唤，看来开账户一事也是假的，证据就是文吉前几天为了买村雨羊羹偷了一毛钱，就被他打得脸都肿了。与哥哥告别后，顺平在回去的路上想，就算美津子一直对自己不理不睬也要忍耐，等到继承了丸龟，一定要把文吉接过来。他顿时兴奋了起来，心想必须得出人头地。他昂首挺胸地走着，往肚子上用力，疼痛比平时更剧烈了。

顺平这个丈夫徒有其名，日子就这么一天天虚度而过。厨师木下看出端倪，就劝顺平说："人心都是肉长的。你干脆冷淡一些，让她主动找你。"但顺平一来没这个打算，二来也不敢这么做。那个学生的孩子终于从美津子肚子里生出来了，家里人到处宣扬说这是顺平的孩子。他也在好奇心的驱使下想去看个究竟，但美津子不让他进产房。好在接生婆是个明白人，她把刚出生的婴儿抱了出来，递给顺平。他接过来端详了一阵，觉得婴儿是个塌鼻子，这点倒是像自己。他哪里知道，孩子的亲生父亲鼻梁也不高。

怕邻居说闲话，顺平也不敢对孩子不管不顾。他有时也在美津子的吩咐下抱着婴儿去洗澡。渐渐地，他对孩子产生了感情。谁知没多久，孩子就死了。医生说是因为洗澡水进了耳朵里。有人不怀好意地私下议论，是顺平故意把水弄进去的。一天，他听见这话，躲在厕所里偷哭。这时木下走进来，安慰地说道："有些话我早就想对你说了……"第一次真心实意地安慰起顺平来。接着，木下说："我已经再也不想在这个满是欺瞒的家里待下去了。"木下离四十岁还很远，头发却早已稀疏，律师的梦想也还很渺茫。因为没有用心，他掌勺的本事也一般，早就对这行生了厌。与他相好的女服务员最近要去东京，他也想跟着过去。为了去女服务员的店里光顾，他跟丸龟借了四个月的工资，也不打算还了。

当天晚上，两人去了咖啡馆。坐在自己身旁的女人身上廉价香水的味道，意外地让顺平想起了父亲。木下觉得表情沉重的顺平样子奇怪，就凑近他的耳朵说："这个女人，只要有钱就能让她自由，不如帮帮他吧。"顺平吃了一惊，脱口而出："钱我不出。"木下、疝气以及多得数不清的自卑感，像皮肤一样粘在他的身上。

二

文吉半夜里被叫醒，往大板车上装上笋，然后提着提灯走在漆黑的乡间小道上，拉着货去往岸和田。车辙的声音回响在肚子里，听上去让人害怕。天色渐渐变白，到岸和田的蔬菜市场时，已经是早上了。交了笋，领到三十元，他把钱紧紧地塞到腰围子底下。他想起金造告诉他要不时地按一按，便照做了。他忽然想到，有了这些钱，可以到大阪去吃鳗鱼饭和鲫鱼生鱼片，他的腿脚不禁都哆嗦了起来。他咯吱咯吱地拉着空车来到岸和田，听到电车的声音。他把车绑到车站前面的电线杆上，买了去大阪的票。来到月台，离电车抵达还有些时间。他显得有些六神无主，刚才的决心也渐渐不坚定了，还一直想上厕所。从厕所出来一看，电车已经来了，便匆匆上了车。电车刚一开动，他就睡着了。售票员摇了摇他，说："难波，终点站难波到了。"他终于醒了过来。他很高兴，心想，到得可真早呀。他在车站内小步快跑，直直地穿过阳光照耀下的南海通，来到出云屋的门前。可是，门还没开。文吉东张西望，抬头看电影海报，脖子都疼了。在去道顿堀方向的十字路口，还被交通巡警严厉地警告。他从道顿堀穿过戎桥，来到心斋桥一带。他一家店接着一家店地看橱窗里的装饰，后来累了，就折回去。他站在戎桥上，看见水上警察开着摩托艇从桥下驶过，接着，又见一辆装着大粪的船驶过。忽然，他想起了六贯村，仿佛听到了金造的声音。他有些饿了，想去出云屋，迈开步子后竟不知方向。想跟人打听一下，又不知找谁打听，不觉有些不安。他来到中座前面，闷闷不乐地抬头看海报，一个男人走过来问他要不要半价的电影票。他不知道半价电影票是什么东西，也不知该如何作答，干脆问起人家："我打听一下，出云屋在哪儿？""对面！"男人好像生气地说。一扭头，果然看到挂着的招牌。可是，那里不是顺平带自己去的地方。他不知道出云屋有好几家，只觉得莫名其妙。烤鳗鱼的味道强烈地吸引着他，他心想豁出去了，就走了进去，恶鬼一般吃了起来。付完钱，还剩二十七元。中座旁边卖留声机的店旁边有家饭馆，留声机店和饭馆中间有条狭长的巷子，穿过那里，是一片好像寺庙庭院的地方。往左走，看见"乐天地"几个字。得知那里就是千日前，他高兴地快步走去。乐天地对面的活动小屋铃铛声响个不停，他便急急忙忙买了票进去。节目还没开始，他不禁有些失望，发起呆来。客人越来越多，表演终于开始了。文吉喝着柠檬水，吃着炒蚕豆，电影也渐入佳境。他大吼"好，好！"，被周围的人骂了。演到美女嘴里被塞了东西的时候，他体内突然涌起对女人的渴望。出来结了账，还剩二十六元八角钱。他想起以前听人说过大阪有妓院，那里的女人很热情。他呵呵地赔着笑脸，向路过的人打听地址。"你小子怪早熟嘛，你才多大呀？"人家对他爱搭不理的。"我二十三了。"对方脸上仿佛在说"这不行"，却又热情地让他上了自己的轿车。这是他头一次坐汽车，就这样他来到了飞田妓院区的大门前。他在妓院里乱逛，忽然被人捉住，吊了起来。他发着呆，被人拿走了十块，还剩下十六块一毛六。在妓女的房间里，他唱起了盆舞的歌。妓女说他声音不错，让他再唱一遍。他正要放开嗓子唱，其他房间的客人和妓女都笑了。这时，妓女说："喂，我想吃寿司，你不吃点儿吗？”

“吃。”

他要了两人份的，还剩下十一块一毛六。正吃着，就有人来说时间已到。妓女故意哼哼着说：“你走了，我可不愿意，再待一会儿嘛。”文吉听了，也不想起身。有生以来第一次被别人如此亲切对待，他高兴到了骨头里。然后，又点上香，最后的十元也没了踪影。没想到妓女竟自顾自地睡起觉来，而且睡相难看。文吉喂喂地叫她，她也不起来。文吉眼前忽然飘过金造的脸，他害怕了，打算这就回去，赶紧下楼梯，大镜子里映着他和妓女并排的身影。他那四尺七寸的小身板儿，看上去越发蜷缩了。被妓女送出门外的时候，已经天黑了，柳树随风摆动，妓院里面却明亮得好似白天。他轻轻地走过飞田大门大街。文吉花五毛钱买了双书生木屐，因为鞋绳太紧，勒得脚疼，不过踩在地上发出的咔嗒咔嗒声很好听。他又买了一顶早就想戴一戴的鸭舌帽，花了一块六毛钱。帽子遮住了他的前额，散发着新布的味道。他喝了些酸梅汤，连着喝了三杯，直喝到嗓子眼儿。还剩一块一。接着进了乌冬面店，要了一份加油炸豆腐的乌冬面和浇卤乌冬面，各吃了一半。还剩九毛二分钱。吃饱喝足后他走在繁华的商业街新世界上，既不想看广告招牌，更不想进商店看看。他去药店买了些鼠药，来到天王寺公园，在汽灯下的长椅上坐下。他握着四枚一角的白铜硬币和两枚一分的铜板，手心里满是汗。他想看顺平一眼，又想，用光了三十元，还有什么脸见人。他想，扔在岸和田车站拉货的车不知怎么样了，得把提灯的火续上，金造也没什么好怕的。汽灯闪着白光，夜更深了。动物园老虎的吼声阵阵传来。他走进草丛，吞下了老鼠药，天空在眼前翻转而来。他嘴里冒出一股白烟，感觉自己转圈转了好长时间。

三

天亮后，文吉被抬到了天王寺市民医院。顺平也赶来了，穿着去鱼市时的衣服，可已经晚了。护士说，还在轻微地冒烟。顺平听了，放声大哭。文吉身上没有遗书之类的东西，腰围里面有封不知何时的已经揉得皱巴巴的旧信，人们据此才通知到顺平。别人劝他，好歹见到了最后一面，也算是兄弟两人的情分。顺平一直嘀咕着，虽说不知道到底为了何事，想不开的时候也该先来找自己，哪怕寄来一封信，也会有办法的呀。在医院的食堂里吃饭时，顺平的眼泪掉了下来，他把脸埋在鸡蛋盖饭上，对金造的愤怒让他的胸口窒闷。

然而，在村里举行完葬礼，他才注意到，自己没对金造说一句怨恨的话。他大人模样地啰唆着，说拿走的三十元钱一定会赔偿的，然后无精打采地回到大阪。碰巧当天有人订了婚宴，他就帮着往欢庆的婚礼人家上菜，帮着厨房尝汤的咸淡，还帮着斟酒，一直留到很晚。月色皎皎，他领了礼金来到外面。从下寺町到生国魂神社的坡道上一个人影也没有，只有自己的高齿木屐上坡时发出的声音、远处的狗叫声……他忽然从夜深人静的街道的寂寞中，感到一丝乡愁。“哥哥，你怎么死了呀！”也许是刚才热闹喝醉了，他突然一转身，下了坡道，来到道顿堀，双脚不由自主地朝芝居里的妓院走去。妓院大多大门紧闭，只有一家的老鸨在屋檐下打着瞌睡。他走了进去。里面的房间很脏，不像是做这行的。他孤零零地等了一会儿，一个妓女说着欢迎欢迎，走了进来。她长得不好看，香粉和头油的味道熏得呛人。顺平想，这个女人能获自由之身大概只是个梦了吧。

可是，顺平本能地害怕被女人拒绝，所以连碰她的肩也犹豫再三，正在不知所措的时候，妓女竟睡着了。听到她的鼾声，顺平不禁想起了在美津子身边度过的空虚而可悲的日子。

早晨，顺平想要回丸龟去，又担心姑姑和姑父责怪自己，他的心情灰暗起来，忽然想干脆从丸龟逃走吧。一旦下定决心，竟安下了心。他回到家里，别人问他为什么不回家，他也顾不得理会，拿出自己从各处领到的小费——他已经偷偷地存下两百元，然后换了衣服。他盯着姑父、姑姑和美津子看了一会儿，好像在说，我奔出家门可就再也不回来了。不过别人没有注意到他。他想，要是有谁注意到他的样子，挽留他或者跟他说些好听的话，他也就消停了。可别人就是猜不透他的想法，他顿时没了兴致，磨蹭了好一会儿，最后想，既然已经换了衣服，也别无他法，便灰溜溜地出了家门。

后来，姑姑到处跟人家说，顺平是因为被坏人挑唆才离家出走的。她喜欢离家出走这个词。姑父心想，还打算把家业都交给他呢，真是个傻瓜。美津子一时间也不敢出门了。她一觉得不顺心，就发脾气。顺平离家出走，她不仅觉得脸上挂不住，也多少有些凄凉。她也曾想过，顺平缠着不放，自己索性就从了他吧。但她旋即打消了这个可笑的念头。

顺平住到了千日前金刀比罗里的廉价旅馆里。他自己也说不明白是怀着怎样的心情从丸龟跑出来的，也许只是装装样子罢了。他买了藏青地碎白花纹的和服来穿，像个正经人家的少爷一样无所事事，只是漫无目的地到处闲逛。他白天去千日前和道顿堀的电影棚子，晚上就在旅馆附近的莉莉安咖啡馆找乐子。在莉莉安，钱五元十元地眼看着就没了，他心疼得像刀割一样。不过，被人高峰先生、高峰先生地叫几声就高兴得不得了，任由女招待围在身边。

一天晚上，他特意点了高汤煮年糕，才喝了一口，就用自己那点浅显的知识发表起评论：“这么难吃的东西，叫人怎么下口？汤这东西，全靠海带出味，海带烤成几分才是关键。”这时，一个长发男子突然走到他旁边，主动说道：“你我今日初次见面，幸会幸会，在下失礼了。”顺平被这过分的礼貌吓得脸色发白。就在这时，女佣说道：“高峰先生，买根烟吧。”说着，她掏出顺平去鱼市买鱼时拿的大钱包并打开。男子往里面瞅了瞅，突然像变了个人似的，脸上堆笑地说道：“好大的钱包呀。”皱纹像喝醉酒似的张牙舞爪地爬满脸。顺平身子瘫软得好像喝醉了一样。男人外号“追账株的北田”，在千日前一带是很吃得开的赖皮。

当晚，在追账株的北田的劝说下，顺平来到位于新世界的一户人家的二楼，跟四五个赖皮赌博。他们教顺平赌博，顺平不起劲的时候，竟然赢了钱。他恍恍惚惚地体味到有生以来的第一次胜利之感，这种自信让他热血沸腾。又继续了一阵，最后钱全部被掏空了。这当然是场骗局。可是，明知如此，他还是恨不起北田。第二天，北田给了顺平半碗肉汤。顺平低下头答谢：“多谢您了。”北田觉得他太可怜了，就说：“怎么样，去找女人玩玩儿吧。”还说，“不如就找莉莉安的小铃吧。”顺平被他猜透了心思，脸一下子变红了，觉得北田真是靠得住。他说：“我虽然喜欢她，可我不大受女人欢迎。大哥，你就带我去找小铃吧。”他的态度与以前跟木下说话的时候一模一样，只是，北田早就跟小铃好上了一事让他不快。

钱一花光，北田就干起了老本行。他专挑深夜的闹市，偷偷卖画，画上不是拙劣的西洋美人，就是义士袭击的场面。“这可绝对不是假的。”顺平先是动了心似的来一句，然后略微弯下腰，神情紧张地品头论足，他说得很快，好像害怕什么似的。等人聚过来，他这个托儿再第一个掏钱。北田绘画有些功夫，他有时也临摹了来卖。这种时候，买家辨别起来，眼神更严厉。总之，顺平这个当托儿的过得心惊胆战，每天都像在走钢丝。也正因为这样，他觉得自己身好像在一个遍布凶器的世界，连走路的步子都跟以前不同了。

北田干什么都没常性，有的时候也倒卖东西。他在天满京阪里的旧衣店花一块二毛钱买来印有大阪某报社字样的短外衣穿上，去卖《SUNDAY 每日》和《周刊朝日》之类的过期报刊。要不就用纸擦掉大阪的封面发行日期，到郊外的人家挨家挨户地叫卖，说三册一共五毛钱，如何如何便宜。有的时候，崭新的过期报刊，比如《KING》《讲坛俱乐部》《富士》《主妇之友》《讲坛杂志》等，五本合在一起才五毛钱，主要在戎桥大街的昼夜银行前卖给那些深夜回家的女侍应。进货的地点在难波的元屋，他们把低价收购到的旧书拆开，也不管有没有关系，就只为了厚度胡乱地叠放在一起，然后装一个看上去像模像样的封面，把边角裁齐，一本崭新的过期杂志就做好了。里面的内容断断续续的，根本没法读。为了不让人当场读，还包了层玻璃纸，怎么看都是本新书。顺平有的时候当托儿，有的时候也叫卖。因为生意都在深夜做，他的脸色也变得苍白了。追账株的北田把挣到的钱按一定比例分给他，顺平觉得这个男人还蛮规矩的，不禁对他生出某种女人似的怀念之情。

一天，北田没了赌博的本钱，也对倒卖失去了兴致，就说："高峰，你有没有什么可以要钱的地方？”顺平当然知道北田这话的意思就是让他去丸龟索要些钱。他有些为难，忽然脑海里浮现出姐姐浜子的身影。死去的文吉说过，她在阪大医院当护士。找过去一看，浜子个子长高了，已经出落成了一个漂亮的女人。当她得知是顺平的时候，就怀念似的叫了一声“啊呀”。她看到顺平的打扮，就知道他不像过正经生活的，就装着若无其事的样子说：“您哪儿不舒服吗？”她像对病人说话一样，给顺平使了使眼色，把他叫到了医院外面。在玉江桥的河畔，顺平按北田教的说：“原因我就不细说了，我现在从丸龟逃出来了，身无分文，从早上到现在一口饭没吃呢。”他这么一说，浜子遮遮掩掩地从红色的钱包里拿出一张五元的钞票递给他。他们还站着说了一会儿去世的文吉的事。浜子劝说：“意气用事可是要吃亏的，你还是回丸龟去吧，好好混出个模样来，好衣锦还乡地回到六贯村。”顺平觉得也是，突然涌起一股想哭的情绪，眼泪也唰唰地掉了下来。他说：“姐姐，我要好好干。我要金盆洗手，脱离现在的生活，好好干。”他说了些不说自明的话，竟无比兴奋起来，握紧拳头，颤抖着身体，一下子抬起低着的头，泪眼婆娑地看了看脏兮兮的江水。浜子小步跑回医院去了。追账株的北田不知从哪里冒了出来，使劲儿地表扬他说：“高峰，你小子演得不错嘛，哭得也真聪明，你可真坏呀！”顺平心里却不这么想。要来的这笔钱又在赌场上输光了。

不久，顺平听到美津子又要找一个丈夫的传闻。第二天，他装作不经意地去附近打探了一番，然后发现是真的。接着，他又去了阪大医院。倒也不是听了北田去哭一番的忠告，只是浜子语重心长地劝他，他就哭了。他又要到了五元。其中，他花了一块八买了瓶酒，在上面写上“高峰顺平祝”，送到了丸龟。他用剩下的钱拿去赌博，没想到傻人还真有傻福，他竟赢得顺风顺水。

他和北田对半分了钱，北田送他到梅田站乘上去东京的火车。一来，听到美津子招女婿的事儿，他觉得大阪这片土地太恐怖了；二来，他还为“必须要出人头地”的想法所迫。木下应该在东京，因为顺平在丸龟的时候，收到过他的一张明信片，上面写着："什么时候来东京玩吧。"

到了东京站，他花了半天工夫才找到木下位于荒川放水路附近的住处。还以为他当上律师了，结果到住的地方一看，就是贫民窟，木下晚上还去玉之井摆摊卖烤鸡肉。木下已经四十岁了，心里也打消了当律师的念头。他卖的烤鸡肉串一串二分，烤葱八厘，内脏二厘；日本酒、甜葡萄酒、冲绳烧酒和威士忌也比别的摊子都淡。木下每晚都要仔细算账，挣来的钱他拿四成应付生活开支，四成分文不动地存起来，剩下的两成则放进箱子，攒够了就拿去找女人买乐子。

木下跟女人玩乐的时候，顺平就一个人操持摊子。四周飘荡着臭水沟和消毒水的臭气，一到深夜，街头的按摩师傅还会吹笛子，听上去很是悲凉，这在大阪并不常见。月光冷飕飕的晚上，路上行人不多，阴森森的。跟大阪那些无赖不同，本地人生性爽朗，他们掀开门帘进来，常让顺平不知所措。"大哥，您是上方一带的人吧。"被人家这么一问，顺平只顾揉着手说是是，连客人吃了几串都算错了。从进货、焖牛肉饭用的米、洗盘子，以及其他凡是他能想到的事儿，顺平都认认真真地做着，木下让他去玩玩，他也不听。他忽然想到，木下这是厌烦自己住在他那里了。顺平知道，木下拐弯抹角地说："你厨艺这么好，在这儿不是委屈了？"其实是让他去别处找工作呢。确实，顺平来了以后，木下眼看着白米越来越少，痛如切肤。而顺平，他什么苦都能吃，唯独厨房的鱼腥气让他受不了。大概是因为会想到丸龟的厨房吧。他的心底里，还装着美津子。

最后，他住不下去了，在浅草的寿司店找了个包吃包住的工作。顺平干了几天，主人没想到他还有一副好手艺，根本不像个二十三岁的人，觉得招来很值得。

“来人了！”

“好嘞！”

“把锈擦掉！”

“好的。”

“把盘子洗了！”

“好的”。

什么活都追着找他，顺平累得头晕目眩。擦芥末的时候，眼泪流了出来，不知何时竟变成了真的眼泪，他抽抽噎噎地哭了起来。来东京本来是想出人头地的，可看来一点希望都没有。

一天夜里，他的下腹部突然剧痛起来，他受不了，就请了假在天花板极低的二楼下人房间里躺着休息。忽然，他仿佛身子都要跳起来，一时疼得大叫起来。

女佣听见声音，吃了一惊，上来看见他的脸已变得土黄，便急忙忙叫了医生。原来是疝气恶化，必须做手术。手术后，他足足睡了十天，一直静养，等到终于能起来的时候，主人才第一次问他有没有什么亲戚，听他说大阪有，就命人给了他到大阪的火车票钱。顺平恭恭敬敬地接过来，说将来出息了一定报恩，说着又流下眼泪，冷峻的脸上表情坚毅。然后，他坐上了开往大阪的火车。

傍晚，刚到梅田站，他就去了莉莉安。女侍应已经换了人，小铃不在。一个以前熟识的女人说，小铃私奔去了别府，对方是裱糊匠家的儿子。“你应该也知道吧，就是那个只要一杯海带茶，却大方地给了三块钱小费的那个人。”顺平这才注意到，自己现在也只点了一杯海带茶。然后，他要了一瓶酒，还叫了水果，打听起了追账株的北田的情况，没想到北田居然追着小铃也去了别府。他结完账走到外面，只剩两毛钱了。他在夜晚的街道上来回乱逛，在戎桥的梅枝吃了加油炸豆腐的乌冬面，只剩一分了。夜更深了，临近冬天，冷风透进身子，鼻子直疼。为了找一处暖和的地方，他从难波车站下到地铁，在南海高岛屋的铁门前，他蜷缩着身体横躺下来，不知什么时候睡着了。

早晨，他借着生国魂神社的鸟居的影子站了一会儿，然后朝田蓑桥的阪大医院走去。他漫无目的地走到生国魂，肚子越来越饿，一里路都仿佛很远。路上，他也想过自己为什么不去丸龟要钱，但没有找到原因。来到医院，浜子这次眼里竟泛起了泪花，声音也颤抖了。她满是悲愤，因为她工资原本就微薄，还被顺平要了钱去，可是见到衣衫褴褛的顺平，她什么话也说不出口。虽然觉得劝也没用，但她还是语重心长地絮叨了一番：“不要总是靠我，你也拿出志气来。”然后心有不甘地给了他七元。顺平从怀里掏出烟盒，把钱放到里面，一边放还一边流出泪来，然后微微笑了。与浜子分别以后，顺平反倒觉得心情甜丝丝的，希望她再说教说教。他走进玉江桥附近的一家小饭馆，点了碗牛肉饭。他觉得，大阪的牛肉饭到底是正宗啊，用的是真正的牛肉。木下的小摊上卖的牛肉饭，用的是纤维多、颜色黑红的马肉。吃着饭的工夫，顺平想，去别府的话，没准儿还能见到小铃或者北田。

他在天保山的大阪商船候车室里买了去别府的票，还剩下八毛钱，就花两毛钱买了个豆沙面包上了船。在船上，毛毯花了他一毛五，正觉得很不甘心之时，饭上来了，他又转而高兴起来，他本来是想靠豆沙面包撑到别府的。小豆岛的海面上起了雾，船走得慢了，驶进别府湾的时候已经是晚上。山脚的灯火逐渐迫近，堤坝上森永奶糖的霓虹灯一闪一灭。

船一横靠在码头，栈桥上的灯就啪地亮了。“啊！”顺平的眼睛里不禁泛起了泪光。北田罩着旅馆的短外衣，提着灯笼，正死死地盯着自己这边，眼神还是一如既往的可怕。“大哥，大哥！”顺平叫喊着下了船。北田大吃一惊，好一阵子说不出话来。顺平说：“大哥，你居然知道我来别府了呀！”

“傻瓜，我不是来迎接你的，我是来招呼客人的。”北田怕人听见似的小声说着，可声音还是很尖厉。

一打听才知道，北田现在在温泉旅馆里负责招揽客人，小铃在同一家旅馆里当女佣，也就是说，两人共同挣钱，成了真正的夫妇。又聊了聊才知道，北田以前就跟小铃关系密切，后来小铃怀孕了，当然是北田的。可北田说谁知道是哪儿的野种，他对小铃也日渐冷淡起来。他本意是想用这话搪塞过去的，没想到小铃居然跟常到莉莉安去的裱糊匠家的儿子私奔了。他气得心里翻江倒海的，心想她到底还是有别的男人。听人家说他们去了别府，他就跟了过来，果真在此。他在温泉旅馆抓住正在温存的两个人，找碴儿让他们分开了。讲到这里，北田说：“你猜小铃当时说了什么？”被这么突然一问，顺平根本答不上话来，只是呆呆地。北田接着说下去：“小铃说，我是觉得孩子可怜才私奔的，我不知怀了哪个坏种的孩子，人家还不承认，我不想让孩子在别人面前抬不起头来。正巧裱糊匠家的儿子对我着了迷，我就死缠烂打地跟他说私奔的事儿，死活说这是他的孩子。然后公开地成了夫妻，肚里的孩子也好过些。我是这么打算才私逃的，你现在却来找碴儿。阿北，你究竟是怎么想的呀？”北田本来是不会对这么不贞的不道德之事让步的，也许是萌生了父爱，也许是现在重又喜欢上了小铃，他软了下来。他做倒卖用的本钱也花光了，住宿费也越来越多，就这样，他们商议小铃在那里做女佣，自己则靠着自来熟的本事当拉客的。第二天起，北田就穿着短外衣站到栈桥上。

这时，从船上下来两个相伴而来的女人。他立即靠了上去帮着拿包，就这样，连小费在内他挣了三元。北田说，他打算存了钱跟小铃，还有即将出生的孩子三个人踏踏实实地生活下去。他还说：“高峰，你也去找家温泉饭馆当厨师，把工资存起来，在海边开个烤鸡肉的摊子，好歹也做个有出息的人。”

当晚，北田自掏腰包，在他工作的旅馆为顺平安排了住宿。吃饭的时候是小铃负责招呼的，顺平忘了被北田取笑“既然那么喜欢小铃就跟她过”的话，竟客气地说：“真没想到追账株能跟你做夫妻，实在可喜可贺。”

第二天，北田帮顺平在流川通一个叫都亭的小饭馆介绍了一份工作。都亭的老板说他自己在大阪的宴会料理店做过，还在浅草的寿司店待过一段时间。他还说：“正如您所见，我们店是个小店，不做什么正式的菜品，现在这个季节做的大都是河豚料理。你知道河豚的做法吗？”被这么一问，顺平实在说不出来“不知道”三个字，因为还得考虑北田的面子。而且，厨师手艺是他唯一可以夸耀的了。“是吗？你知道啊，那太好了。”老板说道。不过，眼下几天，顺平还是当小工被人使唤，他倒也放心了。

过了一个月，一天，大清早的来了四个客人，他们点了河豚生鱼片和河豚什锦火锅。店里的两位厨师，一个人请了四五天的假，另一个人在前一天晚上关门后就不知去哪儿玩了，到现在还没回来。只有打杂的顺平一个人在打扫店面。顺平跟老板说了情况，老板说你会做吧，他自信满满地答说会的。他觉得一个月的时间已经看明白了河豚的做法。他觉得这是让老板承认自己厨艺的大好机会，不仅刀法显摆得熟练，就连醋也试了好几回。

晚上，警察来了，带走了都亭的老板。一会儿，顺平也被叫走了。他战战兢兢地去了才知道，原来早晨的客人因为河豚料理中了毒，三个人保住了性命，但有一个死了。老板先被放了回去，顺平被拘留了。他拖拖沓沓地拖着和服，伸着脑袋，像个老头儿一样在板子上坐着，一想到不知要待多少天，就连哭的力气也没有了。北田怕他冷，还送来了毛毯。

十天后的某日中午，一个和服上印着家徽的人被扔进了看守所。此人嘴边生着胡须，默默沉思的样子很威严。一想到这种有身份的人都会被拘留，顺平感到些许欣慰。他突然想，这个人也许是违反了选举法吧。他礼貌地跟那个人打了个招呼，然后拿出毛毯，说请用。对方只是横着眼瞅了他一下，然后一声不吭地接了过去。后来顺平被叫去问话的时候，向负责的刑警打听了一下，那人其实是个混吃混喝之人。哪里有葬礼，他就假装成亲朋好友去殡仪馆或告别仪式现场，递上一张胡乱写的名片，冒领给参加遗体告别的来宾送的面包或礼券，他是此类犯罪的惯犯，已经给别人造成了数千元的损失。顺平觉得自己还真傻，但他就是没有勇气要回毛毯。顺平以为，因为中毒让一个人死了，最坏的结果无非是死刑。想到这里，顺平已经心如止水，只是小声地念着南无阿弥陀佛。混吃混喝的罪犯见顺平这副模样，觉得他既可笑又可怜，就算是因为河豚料理杀死了人，又怎么会被判成死刑呢？最坏也就是过失致死罪……虽说也没听过这种例子，不过最多也就是你的老板被责令停业整顿罢了，这人安慰着顺平。现在，这个人是顺平唯一的依靠。

可是，都亭的老板并没有停业。都亭的老板四处宣扬，说要是有了这样的范例，不光是都亭一家，温泉镇的所有饭店都将蒙受污名，甚至被说成不要在这里吃河豚，这样就会影响城市的繁荣，等等。他甚至煽动了饭店联合会。他还说，身为都亭的老板，在此事情上肯定有责任，不过真正且直接的原因在流浪到此处打工的顺平身上，这点毋庸置疑。他说自己之所以让那样一个四处漂泊之人做河豚料理，正是因为自己对他会做河豚料理的谎言深信不疑。自己信以为真确实是轻率了，不，该说是被顺平骗了才对。先是受了骗，又因此失去开店的信用，自己真是屋漏偏逢连夜雨，祸不单行的是都亭才对。当然，为了严防此等事件发生，惩罚是理所当然的。可问题是该惩罚漏屋，还是连夜雨呢？他拼命地据理力争，强调这个事关系到整个温泉镇。追账株的北田听了也觉得窝火，可是他现在刚被当地接受，而且小铃马上就要生产了。他为了澄清顺平的无罪四处哭着求人，最终也别无他法。

不久，顺平就被送到了警察局，宣布为过失致死罪，刑期为一年三个月。听到一年三个月，顺平高兴得流下了眼泪。

然后，他又被送到了德岛看守所。他被分在厨房工作，还被警告说“可不是让你来这儿做河豚料理的”。自己的厨艺竟然在这种地方派上了用场，他有一种奇妙的感觉。做饭的工作很轻松，不过，要遵守绝对不能把做的东西送进嘴里的规定，让他很痛苦。一天，他终于忍不住犯了禁忌，又被人看见。作为惩戒，他被转送到了仙台的看守所。

护送的路上，火车路过了大阪站。从草笠的缝隙朝车窗看去，只见车站前并排立着两个巨大的剧场，也不知是何时建的。护送的巡警在车站给顺平买来红豆馅的面包。他已经好几个月没吃过带馅的东西了，掰面包时，他的手都发抖了。

因为是惩罚，所以在仙台看守所做的工作很辛苦。不是运沙土，就是搬木材，虽然不知道这么做究竟是为了什么，但每天都要做这样的劳动。眼看着他的脸色越变越差。早上要去工作的时候，他的脑海里就浮现出浜子；傍晚收工的时候，他就想起了美津子；吃饭的时候，他就想起了小铃的笑脸。夜里睡觉的时候，做着有关她们的梦。刚梦见背着穿水手服的美津子，美津子又一下子变成了浜子，忽又觉得其实是背着穿护士服的浜子，却立刻又觉得摸到了小铃柔软的肩头。

过了一年，因为纪元节的大赦，他的刑期缩短了两天。听到这个消息，他高兴得哭了。从看守所出来，警察听说他要去大阪找工作，就给了他到大阪的车票钱和买便当的钱，还给了他二十一元说是劳动报酬。他在仙台的街上花十四元买了人造丝绸质地的旧衣服、腰带、衬衫、短布袜和木屐等身上穿的东西。不知不觉间物价竟上涨了这么多，让他震惊。买东西的时候，他从纸袋里拿出钱来，看了看又装进去，然后又掏出来，交钱的时候也是一张一张地数，还考虑考虑，想通了才递过去。拿到找过来的零钱，刚放进袋子里又拿出来查看，然后考虑一番，才好不容易想明白。走在街上，他经常突然分不清方向，不知道来时的路和要去的路，只好愣愣地站在街上。

他从仙台站上了火车。火车上卖的便当很好吃。在东京站换乘的时候，他想下车看看街道的样子，但心里好像被什么追着似的，就直接上了开往大阪的火车，到大阪已经是晚上了。看着霓虹灯和街道上的灯都灭着，大阪一片黑暗，他觉得有些生疏和奇怪，他不知道这是为了省电。他先朝千日前走去，在咖啡五分一杯的木村屋要了一杯咖啡和果酱土司，花了一毛一。他没发觉咖啡已经涨了一分钱。在柜台结账等找零的时候，他想了好半天，很费工夫。他去大阪剧场的地下室听了免费的少女爵士乐队的表演，然后去了生国魂神社前面，一直在那里站到天黑。总算没白费，他看到了美津子的身影。美津子看样子是要去洗澡，包袱里裹着的是铜盆，天虽然黑，他也认了出来。他目送着渐行渐远的美津子，眼泪突然流了出来，什么都看不见了。他一边哭一边想，看我一眼吧。也许是心里的呐喊起了作用，美津子突然回了一下头，不过她是近视眼。

当天夜里，顺平住在千日前金刀比罗里的第一三笠馆的通铺，一晚两毛钱。早晨一睁眼，他啊地大叫一声坐起身来，后来才想到这里不是看守所，想睡多久就能睡多久，不觉高兴，竟然哼起了别府的小调。

“在开往别府的汽船窗口上凝神相视的两张脸……”

两毛钱一晚的旅馆的规矩是，上午九点就掀开被子赶客人出门。顺平九点出了旅馆，花一毛一吃了早饭，又乘电车去了田蓑桥。过桥的时候他心里很焦急。赶到阪大医院，浜子不在。一打听，说是结婚了。顺平在为患者准备的长椅上坐下来，好长时间一动不动。他嘴里嘟囔着，我今天来不是来勒索钱的，只是想看你一眼。他走到了玉江桥。他从桥上看着流动的河水，觉得自己活得没有价值，好生可怜。忽然他又想起了怀里的钱，心想，对呀，还有钱能用呢，便取出纸袋，花很长时间点了点，一共是六块五毛二分钱。他想，该用作什么好呢？想来想去也想不出一个好办法，就觉得要再清点一遍。纸袋刚从怀里拿出来，就掉进了河里。他吓得眼前发黑，想到只有向警察求救一个办法。他迈出步子，抹了抹不小心滑落掉纸袋的右手。他全身丑恶，只有这只手血色充盈，肉鼓鼓的，这是厨艺本事散发的美。他顿时发现，只要还有这只手，就能吃上饭，苍白的脸才隐约泛起了红色。他不知道去警察局的路，刚站住，又失去了方向，头脑发热，还嗡嗡地响着。

顺平像他的父亲康太郎以前那样，歪着脖子，一直在那儿呆呆地站着。

昭和十五年五月

天衣无缝

大家都嘲笑我，说我出门相亲的时候，鼻子上满是汗，呼吸急促，走路像小鸟一样跳着，总之就是难掩兴奋。其实并不是这样的，我才没有兴奋呢。当时，我那个年龄的女孩子嘴上都总是故意说“讨厌死了”——她们说谎。说来惭愧，也不知为何，我在那之前从来没有谈过恋爱。我不像有些头一次相亲的人，欢欣雀跃又坐立不安。但不可否认的是，这份希望让二十四岁的我心里感到了温暖。不过，跟兴奋不沾边。他们怎么能这么说呢？

华丽的婚礼——这个词光是想一想就觉得讨厌，我还真没做过这种美梦。什么“贵公子”“白马王子”的出现，光是在这里写一下都让人觉得后背发凉。可是，我到底是个与他人一样的普通姑娘，我也充满向往和憧憬，期待或许什么事情会降临到我头上，或许会发生什么意想不到的好事。因此，当一张大煞风景的照片突然扔到我面前时，当我不由分说地被逼着去相亲时，我答应道：“好的。”不，应该说是被迫答应的——可有些人居然还说我很兴奋，真是过分。我虽然用了“大煞风景”这个男人才会用的词，可若要表现我看到那张照片时的心情，则非它莫属。或者，我应该说“残忍”才对吧。要是考虑到我的难处，那些人就不会在背地里说我的坏话了，他们说我“鼻子上满是汗水”。

照片上的那个人戴着眼镜。这么说，想必大家也不会懂吧。至少对我来说，那个人是戴着眼镜的。算了，我还是不要用这种令人作呕的说法了——真是的，他明明才二十九岁，为什么要那样戴眼镜呢？最近，有些年龄很大的老辈人都很讲究，在满是皱纹的脸上学着年轻人戴赛璐珞质地的宽边眼镜，那个人为什么就不能好好学学呢？开始的时候我甚至想，他该不会是故意的吧——他那副眼镜眼看就要从鼻子上滑下来了，鼻涕也要流出来了。我甚至还能想象出他的动作，他哭的时候会把拴镜框的绳子从薄薄的耳朵上取下来，一边抽动着微肿的眼皮，一边用粗短的大拇指擦拭模糊的镜片。总之，他戴眼镜是老头的戴法。不，这么说还不到位。其貌不扬之人世上有很多，但像他这样怎么看都看不出哪里好看的人还真不多。不管谁看他，就算是我偏袒他，他也……别，还是算了，我也不算漂亮。要是矫正矫正牙齿，也许还能看——不，我其实是个难看的女人。所以，那个人看到我的照片时，也一定很失望吧。用我出生的大阪的当地方言说，我就是个丑女。想到这儿，我顿时觉得蹊跷，甚至纳闷地流出了眼泪，这眼泪中还包含着好不容易有人来给我提亲的激动心情。“走着瞧。”脏话不禁脱口而出，我伤感起来，再也提不起兴致。我又要啰唆了，可居然还有人说我兴奋……

话说当日，我有生以来头一次精心地化了妆，还光着膀子在后背涂上白粉，那架势就像要登台表演。眼看就要迟到，我赶紧化完。虽说是去相亲，可毕竟打扮得隆重夸张，我难掩女孩的兴奋。外人看在眼里，说不定也觉得我一副兴高采烈的模样呢。我总认为是他们误解了我。

总之，我出了门。可是，当我急匆匆地来到约定的地点时，那个人还没来，我在另外一个房间悄悄等了一会儿。媒人露了脸说，对方父母早就来了，只是当事人因为有事要晚一些。媒人还说，男方今天出于工作原因不能缺勤，就像平常一样去上班，说是下班了就来这里。可能是因为突然有了急事无法脱身，还没赶到，请我再等一会儿。还说现在就给他公司打电话，今天真是个好天气呀什么的。真讨厌，真讨厌，我就这么被放了鸽子，我私底下想要睁大眼睛、鼓足干劲地观察一番的卑鄙想法，仿佛一下子泄了气。我原本想，绝不能做呆站着连他的长相都没看清的傻事，一定要看清他挑领带的品位是好是坏，等等。我抱怨起来，早知这样真不该来，我故意学着二十出头的姑娘忸怩作态地耍小性子。旁人看了又要说我了。总之，就这样静静地过了一个小时，那个人终于来了。他满脸通红，呼呼地喘着粗气，一眼就能看出喝了酒。

我后来才听说，他那天下班后，按照早前就安排好的程序本该去相亲，就在这时朋友却邀请他去喝杯酒。本来，他只要说去相亲就可以拒绝，况且这个借口绝对能应付过去，而且他本来就应该这么说，可他却没说出口。这对我来说，意味着什么呢？他说他平常就经常陪人，因此无法断然拒绝别人的邀请。这真是浅薄的借口。他的性格就是这样，无论什么事都不能干脆地说个不字……可是，这不是跟平常不一样吗？难道说，相亲对他来说无所谓吗？难道是因为觉得和我这种人相亲太丢人，才不敢说自己要去相亲的吗？总之，我听了很是委屈。不过，我还是不想这么想，我想象的是——他总归还是想着相亲，只是考虑到时间上还有些富余，就决定稍作陪伴，等时间快到的时候再往外赶。他是在心里打好了算盘才出门的，可离开的时候不那么容易，最后又被绊住，才迟到了。总之，我直到后来才打定主意坚定自己的想法，他只是个极其胆小之人，既没有不重视与我的相亲，也非故意迟到的。这么一想，我多少宽了心，可他到底还是个不能依靠之人。听他说迟到的原因时，我就可怜兮兮且震惊地想：真是个不能依靠的人哪！不，不能依靠这一点，在他跟我说出迟到的理由之前，我就已经在相亲的饭桌上看出来了。这个人不仅迟到，还喝醉了，怎么能跟这种人结婚？这样一想，我反倒觉得轻松不少，在他开口之前我先说了话，问他在大学学的什么专业。

“啊，线香吗？我喜欢。”①

除了让人觉得不能依靠，这回答更让人感到滑稽。大家谁都没有笑，全都惊呆了。我反倒觉得他有些可怜，竟不敢抬头看他父亲。等我好不容易抬起头来时，发现一个敦实的塌鼻子正默默地骑在他那张规矩的脸上，那个人的脸上也土气地装着一个与之形神相似的鼻子。我觉得滑稽得想笑，可又莫名其妙地陷入忧郁，不想跟他结婚的心情越发强烈。后来我再也没有说话，一直紧紧地咬着发紫的嘴唇。相亲终于结束了。

我当时的态度还真是一副不高兴的样子，旁人看了肯定要捏一把冷汗。就在我觉得对方肯定也讨厌死我了，并因此反而释然的时候，居然不可思议地得到对方对我很是满意的回信，我惊呆了。我也立即回信，说没有什么其他意见，然后单纯地开心起来——丢死人了，我连想都没想就下定决心地回了信，好像自己主动扑过去似的，真是害羞 。我早就暗下决心，并且对其他人也都说过我绝对不会和那种人结婚的，现在立刻来了个一百八十度的大转弯，还真是卑鄙。也许我是真的急了吧，若真是这样，就更丢人了。不，不会这样的。我才不会急呢，我只是想被别人喜欢，想对自己重拾自信，想为自己的容貌所陶醉。所以，当我第一次

① 日语中，“专业”和“线香”两词的发音相同。

相亲之后，被媒人告知说对方真的对我从左到右都满意得不得了之时，我才发觉，我其实也是女人。我稍稍改变了对那个人的看法，我想起那个人浅笑的时候会露出白得惊人的牙齿，于是我硬是说服自己：那个人的笑容是多么高贵呀。我在心里得意扬扬地对自己描述着，心想这样我也会因此得到拯救。我没有被男人喜欢过的经验，也没听哪个媒人亲口对我说对方从头到脚对我的一切都很满意。我当时确实心动了，可是请各位不要说我下流。自从那晚听了媒人的话，一直到深夜，我都悄悄地坐在床边对镜自看到深夜，也请不要笑我。

可是，究竟是怎么回事？当被朋友问及相亲的感受时，那人居然说："我喝醉了，根本不知道那女人长得什么模样。不过，既然已经去相亲了，拒绝对方就会伤人家的心。相亲这事儿一辈子只要一次就好。就这样，我才决定娶她！"这是后来他的那位朋友半开玩笑似的告诉我的。我尴尬万分，脸上好像着了火，怒火又渐渐烧到了心里，起先的自恋和自信早就跑得无影无踪。接着，他那位爱嚼舌头的朋友又说起了歪理："所以，夫人，您是幸福的。我不是骗您，我的朋友里有个人相过六十次亲。那家伙过分也就算了，他的老妈也是个女中豪杰，一直帮儿子找老婆，可这个也看不上那个也相不中，最后竟跑到他儿子工厂的老板家，一下子跪倒在西洋风格的客厅里的坐垫上，成千上万次地请求老板把女儿嫁给她儿子。那小子是那家工厂唯一的大学毕业生，老板本来也是看中这点才要他的，其实那小子上到一半就退学了，简历上都是乱写的。现在，他已经成了老板的女婿，并成功地当上了工厂厂长，前段时间还开着日产公司生产的达特桑到处乱转呢。夫人，与其跟那种男人结婚，还是跟轻部君结婚幸福。不，不用我说，您身为轻部夫人肯定更明白。"不想听，我真是不想听这种冗长的说教之词。我越发觉得上当受骗了，根本听不进去这种说辞，只是觉得怒火丛生。不是对那个朋友，也不是对那个人，而是对自己发怒……说到发怒，订婚期间让人发怒的事情更多。真的是动不动就发怒，怒得连自己都吓到了，我越发觉得自己可悲，又觉得那人可怜。不，都是他不好。

从订婚到举行仪式之间的三个月，我跟那个人见了好几次，跟他看戏、吃饭。我们两人第一次单独约会那天的事，我现在还记忆犹新。不，并不因为那是甜蜜的回忆，直截了当地说，正好相反。他说要带我去看木偶剧净琉璃，我就按照约定时间来到位于四桥的文乐座[①]前面，谁知三天前最后一场演出都已经结束了，剧院关着门。我呆呆地站在空无一人的剧院前面，等那个人来。约好的时间早就过了，那个戴眼镜的人还是不来。我不由得不安地打量起四周来，心想别人看了肯定要笑我，顿时觉得真是可悲。我等得不耐烦了，便从手提袋里拿出那个人写给我的信，重读了一遍。上面除了写明当天见面的时间，还说他自己非常喜欢木偶剧净琉璃，非常想让我也看看文三的木偶剧净琉璃。看到信上那蚯蚓爬似的字迹，我重又讨厌起他来。而且，这文三又是谁呢？根本没有叫这个名字的木偶师父。大概，他是把文五郎和荣三[②]搞混了。另外，他还把文乐错写成了“文药”[③]，真不愧是东京帝国大学出来的学生。我气得眼珠子乱转，心想居然发生这种事情，真是可笑。等了好半天，那个人才慢吞吞地来了。他吞吞吐吐地辩解说，他代替一个缺勤的同事工作所以才迟到的。

我用朗读的声调说：“我可等了一个小时啦。”

---

① 演出木偶剧净琉璃的剧院。

② 吉田文五郎和吉田荣三都是木偶剧净琉璃演员。

③ 日语中，“文乐”和“文药”分别写作“文楽”和“文薬”。

“啊，您等了一个小时了？”他说。

我又说：“今天没有木偶剧净琉璃的演出。”

“啊，今天没有啊。”他只是一个劲儿地模仿我说话。

我们并肩走过御堂筋，我又说道：“今天稍微有些风，还真冷啊。”他也嘟囔道：“啊，还真冷啊，因为有风。”我本来就够气的了，现在恨不得跳进河里。也许是他明白了我的心思，又带我去了另一个地方，明明还有别的地方可去，可他竟带我去了法善寺的曲艺场看《花月》①。我并不是说曲艺场有什么不好，可毕竟是两个订婚的年轻男女，应该去音乐会剧院电影院之类的适宜场所，他居然领我去了表演相声和魔术之类的地方，那种地方一刻都不得安宁。一想到这，我就笑不起来。散场的时候天已经黑了，他说要送我回家，我们就并肩从车站走到我家，在那八町②长的又黑又静的夜路上，我死撑着一句话都没有说。其实，说出来不怕笑话，我肚子饿得空瘪瘪的。那个人居然忘记请我吃晚饭了。我一整晚都皱着眉头埋怨，真是个没有眼色的呆子呀。

也许是他注意到了上次的失误，我们第二次见面的时候，他先约了我去吃饭。也许他事先考虑好了，竟直接带我去了最适合冬夜吃饭的地方——位于道顿堀的牡蛎舟③。我们吃了醋拌牡蛎、菜泡饭，还吃了炸虾。波涛不时袭来，我们所坐的船随之晃动，隔着被热气打湿了的玻璃窗，能看到倒映在河里的对岸灯火。我没想到能度过如此良宵，隐约觉得这才像订了婚的人见面的样子，转念又想，其实也没必要这么煞费苦心。等到结账的时候，我的好心情转瞬间灰飞烟灭。看到服务员递过来的账单，那个人大叫

---

① 日本能剧名剧。讲述的是半俗半僧的花月千里找寻四处云游的父亲而偶然邂逅的故事。

② 日本长度单位，1 町约合 109 米。

③ 停靠在大阪的岸边、经营牡蛎料理的屋形船坞。

一声坏事了，舌头还从白白的牙齿间伸了出来。他的脸色越来越白，身子也瘫坐下去。那个人费了好大功夫从钱包里取钱，服务员干脆一屁股坐了下来，把手胡乱地靠在火盆边上，看那样子好像恨不得抽根烟，还不时地盯着我看。这服务员也太没礼貌了，我哼的一声把脸扭到一边。然后，我马上想到他肯定是钱不够了，这才从手提袋里拿出钱包，默默地放到那个人前面。真是丢人，丢死人了，我的心都在哭泣。就这样，好不容易才付清了饭钱和小费。可是，如果我当时刚好也没带那么多钱，该怎么办呢？光是想一想就让人后怕。我真不是说他，连我一个小女子都把钱预备好了，他的钱居然不够结账，究竟是怎么想的？要是穷，没钱也就算了。可他父母都在，就算没钱，跟父母说清楚也能要到一些的……一想到再有一个月就要与此人结婚，我不禁悲从中来。

我也是后来才知道的，那天其实他父母给他钱了。但白天一个同事在公司死皮赖脸地跟他借钱，他无法拒绝，就把钱给那个人了。因为还剩下一些钱，他天真地以为差不多够用，就邀请我去了牡蛎舟。虽说想法天真，但他其实也担心，担心钱万一不够可怎么办呢，所以吃饭的时候根本食之无味。这都是他告诉我的。原来如此，怪不得我跟他说话的时候他总是含含糊糊的。虽说他平时就是那个样子，可多少也有不安心的原因。但如果他真的担心或者真怕给我丢人，就应该在同事借钱的时候断然拒绝才好，不，是本来就应该这么做。听他解释原因的时候，我想，那个人是绝对不会这么做的。他的性格就决定他不会，而且这不是这一两天刚开始的事，据说从在京都的高等学校上学时就染上了这个坏毛病。其实，这是他那位爱嚼舌头的朋友告诉我的。

当时，他只要看到别人就说“我借钱给你吧，我借钱给你吧”，就好像口头禅一样。所以刚开始的时候大家都误会，他说这小子还真失礼，有点钱就想显摆。其实，当时那人常常连五十分都没有。不管是在学校的食堂还是在其他的饭店，他都经常跟别人借吃饭的钱，也就是说，他根本没钱可借给别人，可他竟还张口闭口对别人说“我借钱给你吧”。别人找他，他很少说不，总是当场随便应承说“好的”。也许因为他是个标准的老好人吧。还有一个原因，他性格乐观，总以为马上就能找到筹钱的办法。然而，其实并不容易。别人也许不知道，筹钱对他来说尤其困难，甚至可以说是绝望。

每当别人找上门来，他总是说：“好的，我现在没有，不过马上就能凑到，请你等两个小时。”然后他就飞奔出教室，其实他根本不知道该去哪儿筹钱。他想了很多办法，最后头想得都疼了，心想为什么自己非得四处借钱呢？可他又觉得既然别人找了他，应该说是既然他答应了别人，筹钱对他来说就等同于义务。于是，他想挨个找亲戚借钱。他在京都有两个亲戚，分别住在下鸭和鹿谷。他立即从学校出发，这种火烧眉毛的时候还想，哪家离得更近。其实，他谁家也不想去，是不能去。因为他以前就经常跟两家借钱，早就债台高筑了。他又想不到别的地方，就稀里糊涂地走到下鸭。但他并不进去，只在门前站了一会儿就往回返，然后又去了鹿谷。下鸭到鹿谷的路程相当远，他也不乘市营电车，只是慌慌张张地赶路。

我都能想象出那人当时的窘态。他一副高等学校的学生打扮，屁股后面还耷拉着一条毛巾，看上就去没有气势。不，一定是这样的。当时，他还戴着那副眼镜吧，老头儿的戴法……

最后，那个人从银阁寺的公车站附近拐到了疏水，终于来到了鹿谷。可是，他还是不进门，又匆匆忙忙地径直走了过去。他稍微想了想，接着一瘸一拐地朝神乐坂走去……神乐坂下那条满是垃圾的小路上，有个以学生为对象的小型当铺。他现在把那里当成了唯一的指望，却没有能典当的东西。思来想去，他想到了插在口袋里的钢笔，就又天真地以为，这样总能借到十万元了吧。这想法无论谁都觉得无知无谋，可他竟一直没有发觉。他以为肯定会有办法，就大摇大摆地掀开门帘走了进去，果然被人奚落一番。走到外面，他看见大学的座钟塔，发现离约定的时间已经过去两个小时了。这都是常事。

对方正冒着怒火，心想轻部这个家伙又让我白等了。此时那人才刚刚乘上了京阪电车。他并非忘记了约定的时间，而是作为最后一招，回大阪的家里要钱去了。他努力鼓足勇气跟父母说，三番五次这么说真难为情，可现在已到了约好的时间，等等。等他总算要到些钱，再次回到京都的时候，已经是傍晚时分了。等得不耐烦的朋友早就不在约好的地方了。他这才想到坏了，已经过时间了。于是，他就在京都城里东奔西跑地找起了朋友。就在他慌慌张张地徒劳行走时，又碰到另一位朋友。朋友冷不防跟他借钱，他既说不出没有，也说不出不借。毕竟，那笔钱是要借给前一位朋友的，他不好当即答应。就在他犹豫之时，又落得糊里糊涂借给别人的下场。

可是，开始的时候谁都不知道这些情况，大家根本想不到他会特意跑到大阪筹钱。因此，当别人等他等不来的时候，都觉得是被他放了鸽子。别人本来就是利用他不会说不这个弱点才跟他借钱的，这么一来更是觉得被他耍了。大家都以为他嘴上常说的“我借钱给你吧”这句口头禅，是看穿了别人想利用他的卑鄙想法才说的。后来大家才知道他根本没有这么多奸诈的心眼，他只是个单纯的老好人中的老好人。他心地纯净，觉得钱借给朋友用比自己用更有意义，这点说不定连他本人都不知道。就这样，后来不管是谁都开始问心无愧地利用他了。那人本来以前见谁都说：“我借钱给你吧。”现在变成了见人就说：“借钱给我吧，借钱给我吧。”他会龇牙咧嘴地边笑边说：“您带钱了吗？”以前无论是谁都瞧不起他，可现在眼看着那个人因为被别人借钱，居然发愁到了这步田地，看到他变成这副样子，大家都惊呆了。尤其是他发笑的样子，简直让人受不了。那笑容好像看穿了其他人以前千方百计利用他的丑恶嘴脸。因此他找别人借钱的时候，别人只要有钱就会借给他，没有也不好说出不行二字。毕竟，以前那人就算没钱也会毫不犹豫地答应。考虑到以前对他的利用，别人都不好把不借二字说出口。不过，大家跟他不同，没有的时候还是会说没有而断然拒绝。这样，那人就再也不说了，只是傻笑。当别人辩解说“有钱一定借”的时候，那人会说“没关系，没关系”。这种无所谓的语气，反倒刺痛了大家的心。大家这才意识到各自的丑恶内心，都表情严肃起来，觉得以后在他面前再也抬不起头来了……

他那位净说些废话的朋友，就这么絮絮叨叨地讲了好半天的陈年往事，接着又说：“在轻部君面前，我真是深刻意识到了自己的可耻之处。别人都在他找别人借钱的时候，了解到了他的伟大之处。”都是些滑稽之谈。那人果真是伟大之人吗？我也曾借给那个人钱，可我全然不觉得他有多伟大。不，应该说，我越发对他绝望了。

离婚礼日期日益临近的时候，又发生了一件事。我听了别人的建议，去了一趟美容院。回来的路上，在心斋桥筋附近的人潮中，我发现那人正小步朝这里走来。我立刻停住了脚步，那人也注意到了我，笑着靠近。他连个招呼也不打，就突然低声冒出一句：“啊，居然在这里见到你。能借我点钱吗？”边说还边傻笑。

我心头的怒火一下子蹿了起来，就在我恨得不行的时候，他又开口了："两元就行。"我真是服了，把钱递了过去，只听他说了句"我忙着赶路"，就低下脑袋一溜烟地走开了。居然在心斋桥筋这种闹市区跟未婚妻借零花钱，这真是即将成为我丈夫的人吗？我顿足捶胸，懊悔不已。回到家里，我跟家人说了刚才的事，还说现在就要马上退婚。谁知父亲听了居然说："啊？轻部君居然做出这种事？真有意思。"他只顾高兴地笑个不停，根本没有听我的想法。我觉得自己也被小看了，心想：真烦真烦，刚以为他是个台灯一样呆傻的无法依靠之人，没想到他居然脸皮厚到在大马路上跟我借钱，真是个龇着白牙的卑鄙小人，我多么不幸啊！这时，母亲发话了："说什么呢，丈夫的就是妻子的，妻子的就是丈夫的。你这孩子从小就不喜欢借钱给别人，对妹妹也很小气，不就是两元钱的事儿吗？"没想到她居然说出这么不合常理的话，实在让我心寒。"你把轻部先生说成那样，我倒觉得他是个不谙世事的率真之人。要真是把你嫁到只是耍些小聪明的小气人家，你现在肯定不知被虐待成什么样了。把你嫁给轻部先生那样的人，我才放心呢……"母亲接着说道。我当即反驳她净说些歪理，谁料母亲继续说："而且，世上不是有这么一句话吗？被老婆骑在头上的丈夫反倒会有出息……哈哈……"听了这些难听的话，我皱紧眉头，事后又仔细想了想母亲的话，竟放了心。

二月的一个良辰吉日，我们举行了婚礼。然后马上向所有的亲朋好友寄出了写有"轻部清正、轻部政子（旧姓读出）"等内容的结婚通知，一共寄了三百多封。当然，我花了很多心思，也许谈不上是什么心思，可那些细节我若也放着不管，那人是不会注意到的——纸质、字体等我都亲自过问，还把校样过目一番。不久，就如我上面写到的那样，我听到了有关那个人在金钱方面的不良习惯，就让他发誓以后绝不把钱借给任何人。我每天检查两次他的钱包，还不给他多余的钱，发工资的日子我会到他们公司亲自去领。当然，我每天检查钱包的时候会严厉地问他都用到什么地方了。我以为，防范得这么谨慎应该没事了吧。谁料，一天，那人不在家的时候，来了一位不速之客，他自称八木泽，然后就再也不说话了，只是站着不动。我觉得有些不妙，就问他有什么事。此人表情顿时变得很怪，问我："夫人，您难道没有从轻部君那里听说什么吗？"我心里咯噔一下，连忙说："没有。"那人说："我已经跟轻部君约好了找他借钱，轻部君说他已经跟夫人说过了，让我来找您拿，我就来了。"他没想到我居然什么都不知道，轻部君根本没跟我说过，他脸上现出发怒的表情。我觉得这种事还真像是轻部能干出来的事，就相信了那人的话。但我毕竟不知道有这么一回事，也不能把钱借给陌生之人，就编了好多理由把他打发回去了。虽说面子上很难看，可我更觉得可悲。晚上，那人刚一回来，我就抓住他的胸口发问——虽说这做法实在不文雅。果然，他说是他忘记说了。我听后呆住了，顿时提高嗓门，大声说道："你就能沉得住气吗？你知道八木泽先生今天要来吧，你怎么向他解释呢？"我哭闹着，声音大得连自己都不好意思。那人也突然哭丧着脸，说："我现在就拿钱去给八木泽君，这总可以了吧？"我说："那钱是怎么来的，你是从哪里搞到的？"这时，我才发现那人的胸口处与平时不同。我立即让他把大衣脱了，果然不出所料，他的上衣和坎肩都不见了。不用问，肯定是当掉了。我重又开始数落他，我使劲骂他，连自己都觉得歇斯底里。可是，我不希望任何人指责我，说我太厉害。如果设身处地为我想想，谁都会那么做的。而且，我说的还不只是去当铺当东西一件事。就在我痛骂他的时候，他并没有喝酒，但不知什么时候竟然甜甜地睡着了。这个人可真是的！我想说的是这个。先别说结果到底是怎么回事，看到他睡着了，我想无论是谁都会更想骂他吧，至少也会捅捅他、捏捏他的鼻子，总之会批评他的。要是各位觉得我说得不对，那你们就跟他结婚试试。不，谁都不会跟他结婚的，我才是他的老婆。就这样，看到他熟睡的脸庞，我竟突然涌起一种莫名的嫉妒。那人是我的，只属于我，因为，我怀孕了。

我觉得，为了我即将出生的孩子，也得让那个人有出息，于是骂他的声音越发大了，但他还是没有长进。难道母亲说的“被老婆骑在头上的丈夫反倒会有出息”这句话是骗人的？或者说，我根本就没有骑在那个人头上？他们公司一年有两次加薪的机会，哪次他都会被剩下。他们公司并没有多少像他一样毕业于帝国大学的学生，再说他比别人更加勤勤恳恳，从未迟到早退旷工过——不，其实是我不让他那么做。他任劳任怨地工作，工资奖金却总是比别人少，这究竟是为什么？我很是不解。我事后才知道，那个人总是忘记打卡，管后勤的人以为他常常无故缺勤。这件事影响到了一切，所以加薪才没有他的份儿。我得知以后悲痛万分，便把此事跟他说了。谁知，他竟然史无前例地、满脸恐怖地瞪着我说：“总是纠缠这种小事，怎么能做大事呢？”

就这样，他说完马上躺下睡着了，大概是白天帮别人做了工作，太累了吧。①

① 初次发表于1942年4月。

萤火虫

登势是独生女。她总是央求母亲说：“我连个弟弟妹妹也没有，可孤单呢，给我生一个吧！”每次都把母亲羞得面红耳赤。过了好多年，她十四岁的时候，五十一岁的母亲竟然真的怀孕了。为此有些害臊的母亲后来生了个女孩，结果为此却搭上了性命。家里赶紧雇来一个奶妈，不巧那女人患了感冒，也许是传染的缘故，孩子生下来十天就夭折了。父亲为此伤心欲绝，不到半年也跟着去了。

登势没哭，只是愣愣怔怔的。住在彦根的伯父领养了她，说：“你这种耳朵片子薄的女孩，大多不走运。”登势觉得这话没错，打从那时起，她就对自己的将来死了心。这样一来，她反倒没什么可担心的，天生斜眼的毛病不知不觉没有了，愁眉苦脸的表情也不见了，深深的酒窝越发显眼。十八岁那年，她嫁到了伏见。虽然鼻子上的白粉总是因为爱出汗而掉一块，但她到底是个皮肤吹弹得破的水灵可爱的姑娘。

到了丈夫家“寺田屋”，婆婆阿定不知为何突然说自己头疼，连婚宴都没露面。阿定是寺田屋老店主的后妻，也是新郎伊助的继母。可就算不是亲生骨肉，老店主已经仙逝，按说比谁都该列席的她却推说头疼，这事新娘子家的人当然不依，他们悄悄找到媒人抱怨不满。媒人赶紧从寺田屋的亲戚里临时找人当家长，才压下了这场风波……登势倒像个没事人似的，冷眼看着整个经过。就在这时，一小团微弱的萤火穿过房间，仿佛躲着婚礼上明晃晃的亮光似的，蓝色的萤火转瞬即灭。“啊，萤火虫飞走了！”登势情不自禁地叫出声来，并探出白皙的小手，想要抓住它。

媒人到底是见过风浪的过来人，见新娘这一唐突之举，还没喝酒便赶紧说：“连宇治的萤火虫都闻到伏见的酒香，坐上三十石赶来了。船是三十石，酒也有三十石，今夜就来个……”这略带醉意的漂亮话巧妙地把场面圆了过去。伏见是有名的产酒地，寺田屋是此地一个专供船客住宿兼营船运的客栈。所谓三十石，指的是在伏见和大阪之间的淀川上航行的客船①。这个俗称参加婚礼的客人无人不知，媒人的俏皮话虽说不大高明，却一下子缓解了尴尬的气氛。

隔了一会儿，吉时到，敬酒仪式开始了。只见新郎伊助好像拿着什么污物似的，用大拇指和食指夹着敬酒杯；亲戚回敬后递上的杯子，他非得用盘子里的水彻底洗干净了，才勉强接住并拿另一只手用白布毛巾擦得吱吱作响才算作罢。越来越看不下去的伯父等到次日天亮，便赶紧回彦根了，临走时给登势留下一句话，“你不用忍，过不下去随时回来。”

伯父果真看透了吗？这一日，登势来到婆婆枕边问安，推说自己头疼还没好的阿定不哼不哈地撇了撇嘴，一个劲儿地笑话登势的江州口音。小姑子阿杉也跟着笑起来，登势薄薄的耳朵一下子变得通红。不过三天以后，看见有人取笑自己，登势也只是露出浅浅的酒窝莞尔一笑。

---

① 因可装米三十石（1石约180升）得名。

这三天里，阿定不离开被窝半步，俨然一副当家老夫人的样子。下人都纳闷，不知这是哪一出。阿定自己也觉得一直这么下去不像样子，再加上早就没了耐性，便打算起身，不料一下子闪了腰，终于没能下了床，医生看了说是中风。

阿定先是庆幸这次是真得了病，转念又黯然神伤，不停哼哼唧唧地念叨："死神来了，死神找上门来了。"登势心里掠过一阵寒意，她知道，这话的意思是说，媳妇进门那天得了病，媳妇就是死神。登势心想，世上常听说的受气媳妇的好戏就要开始了，不由得死了心。不过，此时的她还不知道自己不受待见的原因。

寺田屋有个喜欢讲几句闲话的女佣，名叫阿富。她告诉登势："少奶奶，您现在哪还能顾得上笑呢？"原来，老店主前妻之子伊助是个老实人，也不大精明，阿定便总想着给自己的亲生骨肉阿杉找个上门女婿，再把寺田屋的大业交给他。亲戚们当然都不同意她的打算，说既然伊助糊涂，给他找个能干的媳妇便是了，并张罗着硬把登势娶进门，这才是阿定头疼的根子所在。在她眼里，登势挡了她的路……不过，登势倒没有什么想不开的，她担心的是自己的丈夫。

伊助每日忙忙碌碌的，手里停不下来，就差没穿上围裙当个下人了。他不是忙着送客迎客或在账房管账，而是看见什么，不管是家具、榻榻米、被子、隔扇、柱子还是走廊，都一边嘟囔着脏死了、脏死了，一边一样接一样地扫了擦，擦了扫，直到天黑。那一丝不苟的死板样子，让人看着都着急。

但凡肉眼能看见的灰，一丝也逃不过他的眼睛。他还时不时催落座的客人站起来，把人家的坐垫啪啪地敲打几下，再把周围全都擦拭一遍。这怎么看都不像是普通的爱干净。联想到他在婚宴上的动作，登势一下子闭上眼。她转念一想，这看似癫狂的神经质，也许是小心谨慎的祖上一辈一辈传下来的毛病呢，毕竟，谁不想把客栈一尘不染地保留下来呢？想到这儿，她对丈夫多了几分同情。伊助说话稍许口吃，还喜欢摸着长在鼻子边上的大黑痣。

有洁癖的伊助就连登势白皙的手臂都不愿碰，二人的新婚谈不上甜蜜，可习惯了之后，登势又觉得不长痣的人都算不上男人呢。为了永远不让寺田屋被别人从丈夫手里夺走，登势真可谓不惜心血，每天起得比哪个下人都早。左撇子的她提着重物小步快走的时候，沉重的双肩上仿佛承担着某种老早就有的断念：无论我怎么吃苦，总有一天还是会被赶出寺田屋吧。

当时，从西部诸地去往京都或江户的一般路线，是先从大阪八轩家[①]沿淀川到伏见，再从伏见进京都，回程也是这个走法。伏见自然而然成了连接京都和大阪的要塞。除了奉行所[②]，各个藩还在这里设置了藩屋敷[③]，商船往来，贸易繁盛，淀川河道东西共有几十家客栈。别名三十石的客船每日分早中晚三趟从伏见的京桥出发，离港时分，掌柜女佣的招揽声，小商小贩的叫卖声，喧闹不止。

“有上行[④]的人吗？”

“有下行的人吗？”

“下行的人这边走。”

“来点儿土特产怎么样？”

“这儿有草纸，也有奄梵丹……”

大约以山崎为分界，北部的京都方言和南部的大阪方言在语

---

① 指位于大阪府大阪市的八轩家码头。

② 泛指江户时代执行警察、司法等职务的衙门。

③ 即各藩的藩邸。

④ 往京都、江户去叫“上行”，返程即“下行”。

音语调上略有不同，伏见属京都话。从小在滋贺县的彦根长大的登势要学要记的东西可不少，草纸指的是京花纸[1]，奄梵丹则是一种点心。好在只用了一个月，婆婆小姑便不敢再笑话登势的口音了。

以一知万，登势能做的全咬着牙做到了。婆婆中风，丈夫整天只知道忙着嚷嚷不干净、不干净，小姑子成天到京都看戏，寺田屋上上下下全靠十八岁的登势打理。她不仅得吩咐下人，招呼客人，还得跟船夫和商贩打交道，尤其是跟那些五大三粗的轿夫周旋，最伤神劳力。伏见的轿夫在本地是颇有势力的地痞流氓，靠一条兜裆布就能从当铺借到一贯钱。

登势姿态放得很低，就连安排女佣做事，都要先抱歉似的来一句"对不住了"。那些无赖在她面前，就像在棉花堆里打拳，根本威风不起来。再说女佣，她们其实很佩服登势的干劲，不过私下里小看她的也大有人在。但自从登势去了一趟大阪，第二天回来以后，就再没人敢看扁她了。

照说这三十石船，一艘可搭乘客二十八人，船夫六人，走半日半夜便可到大阪的八丁堀。但登势从大阪回来后，寺田屋跟八丁堀的界屋联手，把船换成了八名船夫的八梃橹，比别家的船快了一半。自然，寺田屋的生意越来越好，登势也随之越来越忙。

她还得照顾中风的婆婆——

"登势，我要尿尿！"

"来了。"

"登势，给我敲敲背！"

"好的。"

---

① 一种高级和纸，质地轻薄。

“给我倒杯茶！”

“这就过去。”

隔一会儿登势就被阿定叫到枕边。伊助那性子，当然指望不上他；阿衫一听尿尿也跑得无影无踪；下人没有好脸，阿定要不是由她不待见的登势搀扶着，连上厕所都没办法。

登势毫无怨言，一次都没显露出不厌烦的表情，她伸着用惯的左手给婆婆抓痒痒的时候，阿定有时竟也有几分心疼。不过大多时候，阿定总是瞪着两只三角眼，怒气冲冲地抱怨：“笨死了，连右手都不会用！”还老在大半夜没事找事地把人叫过去。就这样，登势连宽衣解带躺一躺的工夫都没有，眼圈总是瘀着黑青，脸就像一块千搓万揉的老棉花似的，皱巴巴的，谁见了都想不到这个女人就是当年在婚礼之夜失声喊出“萤火虫飞走了”的那个天真无邪的登势。大家都暗暗猜测，这下那位婆婆大人总不能赶她走了吧，没承想阿定反倒觉得失了水灵劲儿的登势愈加不顺眼，老太太总是念叨：“我可真憋屈啊，得了这病，都没法子跟人家骂骂我这儿媳妇。”

一日，一位梳着细银杏发髻，满头都是沉香发油味道的男子来到寺田屋。他把一个布包袱交给登势，并带着几分威胁似的嘱咐：“这里面装的可是贵重物品，绝对不能打开看。”说罢就走了。此人名叫五十吉，是西洞院一家纸铺的掌柜，外号“烟灰缸五十吉”。阿富他们老早就认识此人，且向来看不惯他那副“我迟早是寺田屋驸马爷”的嘴脸，等他一走就默默地往门口撒盐[①]。至于阿定对这个五十吉是什么看法，就没人知道了。

五十吉出手阔绰，为讨阿杉喜欢，陪她买票看戏更是舍得花

---

① 日本人有在门口撒盐驱邪的风俗。

钱。阿杉装的是女人的小心思，当然美滋滋的。

第二天，五十吉绷着脸又来了，他刚接过包袱，就怒视着登势的脸嚷道："你看了吧。"登势一惊，赶紧老老实实地回复："我没看。"

"不，你肯定看了。"五十吉不听解释，两人说着便争论起来。"看没看，打开不就清楚了。"说着，五十吉打开了包袱，只见里面装着一个玩偶。"看了！"突然，那玩偶叫喊起来，声音让人不寒而栗。登势一下子吓破了胆，她还来不及打量这个头一次碰到的会说话的人偶，便先想算了，只当是自己不走运。就在她低声下气地赔礼之时，五十吉提高了嗓门说道："这个人偶是我奉一位大名之命，让阿波的人偶师父做的。被你一个女人家偷看，这是不净，我可没法再献给大名了。说吧，你怎么赔我……"说着，一群人吵吵嚷嚷地走到阿定的房间。

"人家说了不让看的东西，偷看了还偏说自己没看，你这是什么人品哪？"阿定特地把亲戚叫来，当着众人的面，用不大灵活的口齿，絮絮叨叨地数落着登势。

没精打采地低垂着脑袋的登势忽然抬起头来，眼里缓缓地流着泪。她想：我不过是个旅人，在这个客栈只是暂住罢了。不知怎的，那种天生的悲观和断念浮现在她的脑海，她想起了彦根下雪的清晨。

就在这时，医生恰好来了，他给阿定号了号脉，笑道："亲戚都来了啊，没事，老夫人的病还没那么严重呢。"又说，"各位最近听说什么逸闻趣事了吗？"然后自言自语起来，"最近，京都城里流行起一种奇妙的碰瓷新法，叫什么'看见的人偶'。咳，就是用人偶找碴儿罢了。在里面装一个净琉璃戏用的机关，动一动就能让人偶张嘴。至于人偶说的'看了'，其实是腹语。这把戏大家渐渐知道了，还引起了官府的注意呢……"医生的话还没说完，五十吉便起身走了。过了两三天，京都和伏见便再没出现过他的身影。

没过多久，阿杉不知为何也从寺田屋消失了。家里找了一年，也没打探到她的下落。夏天一个辗转难眠的夜晚，远远传来一阵婴儿的哭声，登势听见后便再没有合上眼，许是想起她那出生十天便死去的妹妹了吧。说不上为什么，登势很喜欢婴儿的哭声。她父亲也说过，世上再没有比婴儿的哭声更纯洁真挚的东西了，还说只要听到那着火一般停不下来的哭声，自己的心也随之平静。登势并不理解父亲说的话，只是哭声一传到她的耳朵，她便莫名地为之吸引，仿佛回到当年独自心焦地注视着萤火的那个时刻，并随之体味到某种恨不得咬手指头的自虐般的快感……

婴儿的哭声没有丝毫消退之势，反倒如火星一般，飞向笼罩大地的夏日星空。屏气静听的登势突然起身，朝蚊帐外走去。她来到屋外，终于在屋檐下的暗处发现了哭声所在。“谁把你丢在这儿了？”说着，她抱起婴儿哄了哄，那孩子竟一下子不哭了，笑了起来。孩子满脸是蚊子咬的包，再加上流泪，小脸脏兮兮的。不过有个酒窝，塌鼻梁，大脑门，竟和伊助有几分相似。“不如我们领养了吧？”她把心思跟伊助说了。谁知伊助撇撇嘴说道：“我、我们家，岂不是要弄、弄脏了嘛。”说不定，登势至今没有生养，他反倒暗地里偷着乐呢。

别看平日里从不主张什么，登势这次却一反常态，非领养不可，伊助只好不情愿地点头了，不过他心里盘算，就算过了自己这关，阿定也肯定不会答应的。伊助把希望寄托到后妈身上，没想到，平时绝不会同意此事的阿定，不知怎的服了软，竟没有过多反对。

孩子起名阿光，当时已经断奶，也不用再找奶妈，全凭登势一手带大。孩子四岁那年夏天，正好是黑船在江户闹事那段时间[1]，登势生下了女儿千代。这样一来，阿光就成了继子。下人私底下生出某种残酷的期待，都盼着好戏开始，可登势依旧对阿光疼爱有加，比对亲生骨肉千代还要亲。没看到笑话的下人说，老公就是继子，果然对继子不一般啊。他们转而留意起阿定，谁知那脾气乖戾的老太太，倒也没有冷落阿光。

赶上心情好，阿定便起身颤巍巍地坐下，偶尔给阿光缝上一双布袜，借此打发时光。可惜就在那年年底，她一病不起，第二年开春，医生说没法治了。没等梅雨停，阿定便停止了呼吸，死的前一天，她终于不再牢骚满腹，而是平心静气地交代一句“好好疼阿光”，便打着呼噜睡着了。第二天一早，大家醒来一看，老太太已经去了。临了也没有提及失踪的阿杉半句，真不愧是那个要强的阿定。

阿定的卧房是寺田屋通风最好的一间屋子，她死后，登势把她房里散发着陈年草药味道、旧得发黑的榻榻米换上了新的，还在床铺上搭了蚊帐。寺田屋总算落到了夫妻俩手里，登势也终于能在浴室里洗个冷水澡了。爱出汗的登势因为害怕婆婆，以前竟从没有在家里洗过澡。此刻，她一身轻松，不用再顾虑什么，水星飞溅在她白皙的身体上，如做梦一般。

洗完回到床边，阿光和千代在蚊帐里睡得正香，头顶上飞的是伊助捉来的萤火虫，蓝色的萤火晕染着河岸上吹来的微风。“啊，这儿有只萤火虫！”登势像个十六岁的小姑娘似的，在蚊帐里欢心雀跃地想要捉住它，却把孩子吵醒了。哄孩子再次睡着后，伊

① 指嘉永六年(1853年)美国海军准将马休·佩里率舰队驶入江户湾浦贺海面的“黑船来航”事件。

助怯生生地开口了："登、登势，我想学学净、净琉璃，行吗？"伊助不喝酒不抽烟，除了成天擦灰扫地，没有一样爱好。以前总担心被别人抢走的寺田屋，现如今也到了夫妇二人手上。听了丈夫此时提出学习净琉璃的想法，登势心里暖乎乎的。她连忙答应："学吧，学吧……"

伊助唱的净琉璃，虽谈不上朗朗上口，倒也不赖。学了一年，名字便上了当地的票友排行榜。没过多久，登势又生下一个女孩。伊助非要给孩子起名阿染，说只有"阿光"，没有"阿染"，就不叫"野崎村"了；他还管千代叫"鹤千代"，又或"千代荻"。[①]别看他一口一个脏死了、脏死了，其实挺疼几个孩子的。他说净琉璃的唱词里有宇治捕萤的典故，还带着孩子去玩。可以说，此时的登势，正处在幸福的顶端。

不过，她心里仍有几分宿命的悲观，心想说不定幸福过头，就要发生什么祸事呢。

阿染四岁那年秋天，彦根那位大名鼎鼎的城主当上了大老。[②]一日，西北上空突然出现一道彗星，开始只有两三尺长，后来越现越大，最终变成个魂魄一般的怪物，横在空中翻腾。与此同时，地上流行起疫病，阿染不幸被夺去了性命。

不幸总是一件接着一件。那年冬天，八年没露过面的阿杉突然回来了。看见阿光，她一把抱起来说道："啊，这个孩子，这个孩子是我的。是我七年前扔到寺田屋门前的。我现在都说了吧，可这孩子后来是……"登势听完呆住了，她连忙把孩子拉到自己身边。"我有证据，孩子背上……"听到阿杉这样说，登势心里也犯起嘀咕。阿光后背有个跟伊助同样大小的黑痣，痣上长了两根

① 以上均为歌舞伎的曲目及出场人物。

② 这里指的是日本明治维新时期的井伊直弼。

大人才有的长毛，拔了就长出来。以前登势还担心，阿光出嫁之前这两根毛也不知能不能去掉。现在，她顾不上担心这些，只是脸色煞白地听阿杉讲述自己的经历。原来，五十吉走后，阿杉跟着追到大阪，后来生下他的孩子。那时，他们住在长町一个破破烂烂的大杂院里，房租都快交不出了。走投无路的五十吉只好到曲艺剧场打杂，阿杉则在那里干些端茶倒水的活儿。对二人来说，阿光成了累赘。阿杉想，把孩子扔到寺田屋门口，嫂子那人肯定会捡回去领养的……“真没想到您把孩子养大成人，我太感激您了，”阿杉低头道谢，又对阿光说，“走吧，跟妈一起走。你爸爸现在找了个踏实的活计，每天做梦都在想你呢。”说着，便领着阿光上了寺田屋的船走了。

阿杉瘦了，样子憔悴，想来是日子过得紧巴。登势望着她说走就走的背影，心想，到底是寺田屋的女人。这样一来，她也没心思追出去把阿光要回来了。本指望伊助能替自己说几句话，谁知人家竟说：“这种事啊，净、净琉璃里有的是。”他也只是呆呆地目送着走远的二人。

“这儿有草纸，也有奄梵丹，客官要不要来点啊……”登势怅然若失地听着船边小摊贩的叫卖声，忽然想到，死去的婆婆应该老早就察觉阿光是她的外孙女吧。“血浓于水，血缘到底割舍不断啊！”登势一边自言自语地在嘴里嘟囔，一边伤心地喘着粗气，肩膀一上一下地震颤。“啊，我的阿光！”登势突然叫出声来，起身朝码头方向跑去，她追到岸边时，八梃橹已经顺着淀川往南开走了。她呆呆地在那儿站了一会儿回到家后，伊助正在打磨账房的火盆。她一句话也没说，只是一屁股坐到旁边，失神地注视着榻榻米的某个地方。过了一会儿，只见她仿佛什么事都没有发生过似的，捡拾起掉落在上面的线头，那动作竟和伊助有些相像。

突然，她猛地回头，尖声叫道：“啊，快请进来。”原来是轿夫送来了客人。登势又回到从前快活的样子，可在下人眼里，她招呼客人时那满脸洋溢的热情劲儿竟显得轻浮，她的高声欢笑也成了放荡。

没过多久，登势收养了一个女孩，名叫阿良。她本是京都一个姓樽崎的郎中的女儿。郎中死后，她流落街头，被人收留。那人把她带到寺田屋，登势往她的包袱里倒进半升米，问她多大。“我十二了。”没想到女孩的声音竟如此甜美。

阿光走后，伊助的净琉璃飞速长进，他还在寺田屋二楼的大厅办起了净琉璃票友的聚会，叫“素义会”。就这样，寺田屋过了四五年太平日子。后来，西部诸藩的浪人偷偷聚集到了此地，这些人总是围在一起议论什么，还会毫无忌惮地大声争执。当然，官府对各家客栈的检查也越来越严厉。胆小的伊助觉得有这些人在始终不安，他也没心情唱什么净琉璃了，就算看见他们把房间家具搞得一团糟，也不吭声。这些人每每一番高谈阔论之后，房间总是一片狼藉，烟灰缸打翻在地，茶杯随处乱放，酒壶跌碎，有人把榻榻米抠破，还有人举着大刀四处比画。每一样都折磨着伊助的神经。

登势却毫不畏惧那发出瘆人白光的刀刃，她很喜欢这些客人爽快的性子，总是笑嘻嘻地招待他们。可看到丈夫嫌厌的态度，她自然也高兴不起来，逐渐显出不耐烦的表情。话说一年初夏时节，八十多号人一下子涌进寺田屋，分别住在了二楼和楼下，他们大多是萨摩藩的武士。同一时间，八个同样操萨摩口音的人也赶到了，好像是来捉拿什么人的。说话间，两拨人争吵起来，事态越来越严重，闹剧终以同乡七人当场死亡的结尾收场。骚乱刚一开始，登势就连滚带爬地带着千代和阿良逃了出去。“连我一起刺死”，唯独偶然听到的这句话，在她耳边挥之不去。

等她后来静下心细细想了想，才发觉这好像是一个叫有马的武士的声音，她对那人满脸痘痘的相貌略有印象。登势依稀记得，他把一个闹事的人逼到墙根，咆哮着对同伴说："只要杀了这个人，就一了百了了。快，连我一起刺死，从我的后背刺过来。"这是他留在世上的最后一句话。

这声嘶力竭的呐喊悲怆万分，一点点灼烧着登势的耳朵。忽然，登势明白自己不能忘怀的原因了，那个坚定的声音，听上去仿佛婴儿久不停歇的哭声。

从那天起，三十五岁的登势就义不容辞地当起了这些人的年轻妈妈。可疑之人前来投宿，伏见另一家客栈水六的老板会立马告官。登势不然，来住店的浪人没路费了，她不仅不收船费，还偷偷地把钱包在纸里，让他们留作他用。她认定，敢当机立断地说"连我一起刺死"这话的，绝不是些凡夫俗子。碰到被追杀逃命的，她还会替他们早早地预备好船离开。

后来，萨摩藩邸的人找上门来，说是想请登势帮他们藏个人，此人正是坂本龙马。伊助却对此事不上心，毕竟，上一次骚乱后，地板、墙壁、柱子，屋里上上下下都染上血迹，他亲手打扫了十天才收拾干净。之后的三个月，他一有空就一边闻着手，一边发牢骚。"既然如此，等坂本来了，您到木屋町去住好了。"听到登势如此坚持，伊助也没有再反对。

寺田屋在京都的木屋町有房子，伊助以前去京都找师父学戏的时候，就在那里住一晚。登势把阿富也安排到木屋町帮忙，她嘴巴不严，还给坂本起了个外号"鬼点子"。一天，阿富偷偷跑回家，煞有介事地说道："夫人哪，不得了了！老爷的相好也住在木屋町呢……"

登势不动声色地说道："你就是来说这事的呀？"然后就把她

打发走了。也不知阿富回到木屋町是怎么汇报的，过了四五天，一个三十多岁、黑黑瘦瘦的女人探头探脑地走进来，一见登势便开口道：“请问，您是寺田屋的老板娘吗？”

“没错，我就是。”

“其实，小女子三年多来一直承蒙贵店老板照应。我早就想到府上拜访，一是谢罪，二是答谢。可……”此人正是伊助的相好。不知她来者何意，是想厚着脸皮得到承认，以后好公然到这儿来，还是真心致歉来了，让人猜不透。

登势依然笑盈盈地，迎上去说：“哎呀呀，哪里的话，照顾我家伊助，您才受累了。他跟一般人不一样，不好伺候，麻烦事多，您一定受了不少苦吧……”这话并不是故意说给那女人听的，而是真真切切地透着股亲切劲儿。受到款待的女人回去，再三考虑一番后跟伊助分开了。事后想想，那女人其实不错，脾气挺好的。

一次谈话，登势偶然把这事告诉了坂本，还说“长得黑的人看来性格都不坏”。

“我也长得黑，”坂本天真地回应道，他又对登势说，“我后背有一个长毛的大黑痣，从未让人看过。这事你可不能告诉任何人。”听了此话，登势立刻想到阿光。打那以后，虽说身材肥胖上下楼梯十分不便，但她执意亲自给坂本送饭端菜。碰到不得不出门的时候，她宁愿阿良帮忙，也不劳烦女佣。

此时的阿良已出落成美丽的大姑娘。“我不是把你当用人使唤，只是坂本非一般客人。”在登势的培养下，阿良也学着照顾起坂本的起居。坂本后来去了西部，每当他突然现身寺田屋的时候，最开心的莫过于羞涩得脸红到耳根的阿良了。一天夜里，阿良脸色苍白地从坂本的房里跑了出来，问她出了什么事，原来是坂本讲鬼故事吓唬她。“你都二十岁了，怎么还像个小孩？”登势笑道。

又过了半年，第二年正月的一天夜里，正在洗澡的阿良隐隐觉察到有动静，好像是官府的人来捉拿坂本了。她一下子冲出浴室，顾不上穿衣服，裸着身子跑进坂本房间，通知他出事了。那时的她，已不再是那个听鬼故事吓得魂飞胆破的姑娘了，她的神情似乎在娇羞地说，不跟坂本结为夫妻就活不下去，这种主意已定的决心，像极了婴儿不停的哭声。登势不禁被她的真心感动。等在伏见的萨摩藩邸避难的坂本娶了阿良，带她一起回长崎的时候，登势以一种从未有过的有力眼神凝视着坂本："你胆敢让这孩子过得不好，小心着点！"

就这样，阿良和坂本乘上夜船离开京桥，送行的登势看着从船头芦苇帘漏出来的光亮越来越弱，就要看不见的一刹那，她的目光落在暗夜中静静流淌的水流上，随之涌上某种对遥远的未来的断念。第二天，那个临近年关的夜晚，登势听说坂本遇难了。就在那时，伊势神宫的平安符不知从哪儿飘舞到伏见上空，人们见了都欢天喜地地说："真好啊，真好啊，就随淀川的水流走吧！"登势听着屋外呼呼作响的风声和人语，体味着如水车般反复降临到自身的不幸。

可到了第二天，登势又如往常一样，跟女佣一起扯着嗓子招揽起客人。"有下行的人吗？寺田屋的三十石就要开了。"再后来，淀川通了定期航班，巡航船取代了三十石。虽然这呼喊声只存在了短暂的一段时间，但始终明快无比。登势如萤火虫一般，总是在有限的生命中全力点亮自己。[①]

① 初次发表于1944年9月。

乡　愁

一过晚上八点，车站的工作人员都回去了，检票口一片漆黑。

开往大阪方向的站台上，除了一盏没有灯罩的灯泡还孤零零地亮着，其他的灯都熄灭了。对面站台上原本一直亮着的灯也不知为何熄灭了。

车站里除了新吉，别无他人。

在那唯一一盏还亮着的昏暗的电灯周围，夜晚的静谧如光晕一般蠕动。虽然刚过八点，却给人一种骤然夜深的感觉。

在那寂静的灯光下，新吉无力地坐在长椅上，等着开往大阪的电车，孤独之念突然涌来，仿佛心在沉向夜幕的深处。

眼底泛出泪水，但那绝非伤感。不过是四十个小时没睡觉、连续写作过后的疲劳之感，首先向双眼袭来罢了。好想睡觉。

再也没有比与睡魔做斗争更为痛苦的事了。连续两晚的通宵工作之后，除了睡眠，新吉已经没有任何欲望——包括情欲和食欲。财富、名望、权势亦不存在。他真想哪怕能提早写完一分钟也好，从附近的邮局寄走，然后直接钻进被窝，死一般地沉沉睡去。新吉只是一直想着这些。这部稿子早就过了截稿日期，东京的杂志社已经多次拍电报催促。如果今天下午三点之前拿到附近邮局去的话，或许还能赶上。

“三点，三点……”

到三点就能睡觉了，新吉像哄小孩子似的一边写作，一边自言自语，声音最后大到隔壁房间的用人进来问有什么事。

然而直到三点，他还在桌前坐着。最后一页无论怎么改都不满意。

以前，新吉也曾为文章开头而苦恼过，但从来不曾在结尾陷入僵局。新吉写的小说都有一个完整的结尾。只要写出开头的一行，头脑中就会构思好结尾。不，应该说，没有浮现出结尾之前，新吉是不会下笔的。有完整的结尾，也许那结尾意味着人生无憾吧。古人有言：“一叶落而知天下秋。”新吉认为，最后一行的结尾可以浓缩人生。他一直沉浸在这样的自负中，从未迷茫过，张望现实的眼与将其写下来的手之间从没有产生过矛盾。

然而，那种挥洒自如的自信突然停滞了。新吉歪着脑袋，心想真是奇怪。所谓结尾，就是如同将棋[①]里最后一步把敌人逼入绝境的狠招一样的东西吧。任何死局都有攻杀制胜的绝招。将棋的名士考虑突围的绝招之时，是不会先考虑直接将军的，而是考虑王将[②]会在棋盘的哪个位置被逼到绝境。与其说是考虑，倒不如说是头脑中先凭直觉浮现出围剿成功时的棋盘布局，然后再倒回来考虑怎样走棋。新吉的做法也是这样，先浮现出结尾，然后再考虑文章的开头。然而，现在的情况迥然不同。他根本想不出大功告成时的棋盘布局。虽然文章的开头写得格外顺手，也不过是一时兴起、碰巧想出的招数罢了。不，这甚至称不上制胜的招数。这到底是怎么一回事呢？新吉突然想到，会不会是这次的棋盘并不是平常那种长方形而是圆形的缘故呢？实际上，新吉想写的是当今的世相。

---

① 日式象棋。

② 将棋的棋子名称。

世相一副歪曲的模样，可是对新吉来说，世相既非三角形，也不是四边形，而是在坡道上滚动的沾满泥巴的鸡蛋。无论怎样追这个圆鸡蛋，也无法捕捉住世相。瞬息万变的世相让人眼花缭乱。将多边形的边无限增加的话，就会接近圆形吧。就这样，新吉将世相表面浮现出的现象尽可能融入大多数的作品中。但是，将多边形的边无限增加就会接近圆形，也许这只不过是几何学的梦而已。鸡蛋有时也会因切法的不同变成四边形，但是新吉已经找不出那种切法。报纸每天描写万千世相，政治家在评论世相，老百姓也在谈论世相。而且，无论报纸还是政治家，抑或是老百姓，他们所说的都相差无几。也就是说，对世相的谈论方式已有了公式。战败、战争灾害、失业、道德的沦丧、军阀的暴行、政治的无能——这些全都是理所当然、见怪不怪的事情，任何人都会得出一个结论——粮食的三合配给[①]才是首先需要解决的问题。这道理就连三岁的小孩子都知道。鸡蛋应该这样切，这道理就好像地球是圆的一样明白。然而，新吉无法依靠这一明白的事实。他想，纵使利用公式可以将鸡蛋切成四边形，也还是会剩下碎屑吧。

新吉必须通过这部试图描写世相的作品结尾处理碎屑。可直到三点也没做完。其一是因为大脑已经极度疲惫。迷迷糊糊的大脑已经丧失了思维能力，跌跌撞撞地忽然闯进一条逃遁之路，没承想睡魔却在远处挡住了去路。

新吉的内心传来如同被火烧了一下的婴儿的哭声。那是一种本想着到了三点就能睡觉，却迟迟无法入睡的、焦躁的哭声。难受啊难受，他痛苦地纠结着。新吉心想，反正也赶不上了，不如请人家宽限一个月，下一期再写吧。他揉着血红的眼睛，无精打

---

① 日本战败后在统治经济条件下将紧缺物资按规定方式定量出售给消费者。

采地想着。但是，新吉今天早晨已经不小心给东京那家杂志社发去了“稿件刚已发送，请查收”的电报。现在回绝说不写已经太迟了，可是赶也赶不上了，三点已过。

新吉想象着编辑发怒的表情，钻进了被窝。就在闭上眼睛的一刹那，他突然想到，如果今天晚上写完，然后从大阪的中央邮局用快递寄走的话，没准儿还来得及。因为就算下午三点从附近的邮局寄走，最后也必须要绕到中央邮局才会送上火车。

新吉想着，已经从床上爬了起来，然后先做好了注射的准备。他要打的是一种叫非洛芃[1]的兴奋剂。前一阵，他还不会自己注射。甚至医生打针的时候，他都把脸转向一边，从不看针头。然而最近工作繁忙，睡眠时间越来越少，非洛芃已经成了唯一的依靠。半夜里，疲劳和睡魔袭来的时候，以前都是很快就睡着了，但是现在如果不强迫让神经兴奋起来继续工作的话，接手的工作连三分之一都无法顺利完成。万般无奈，新吉只好战战兢兢地替自己注射。非洛芃的效果很神奇，可是对心脏不好，而且用过之后会感觉更累，所以打一次都不行。但是，一想到工作的事，他就顾不得那么多了，明知有害，也要每天注射，有时甚至一天之内会注射两三次。同时，他也坚持注射葡萄糖和维生素，这才勉强缓解着滥用非洛芃带来的副作用。

新吉将左手腕消过毒，正准备将针扎进去。然而，他从前天开始就连续注射了很多药，皮下到处都是注射液结成的硬块，针根本打不进去。他狠狠心决定强行扎进去，针却弯得都要折了。他忽然觉得，被注射折磨得痛苦不堪的左手真是可怜。

新吉只好放弃左手，挽起了右手臂。右手上几乎没有针扎过

---

① Philopon，毒品甲基安非他明，今俗称“冰毒”。“二战”时日本曾把它当作军需品合法出售。

的痕迹，但扎针得使用不太灵活的左手。新吉忽然陷入不安，随后又想，针折了的话再说，然后极不熟练地握住了针头。他脸涨得通红，咬住嘴唇，一下子把针推了进去，随后感到一阵莫名的悲凉。为工作牺牲到如此地步，他觉得自己很是可怜。可是，现在除了工作外，还有什么值得期待的吗？战时一心想写的小说，现在终于可以尽情地写了，这么一想，他觉得自己虽然可怜，与其他人相比也许还是幸福的呢。即使工作报酬全部拿不到，至少应该完成接手的工作。新吉一边想着，一边注射完了，手臂感到一种自虐般的疼痛。

写完之时已是晚上八点了。最终还是没有构思出好的结尾，他绞尽脑汁，勉强写下了“无法将世相书写完尽，世相的现实在嘲笑自己的文学现实”这样一个似是而非的结尾。真是可悲，他并没体味到工作完成时的喜悦。如此辛苦，才只写出这么一点东西，他觉得悲哀。

然后，他拿着稿子，拖着沉重的脚步走到车站，打算到中央邮局去。他本想让女佣送去邮局，自己赶快睡觉，又觉得这个时候让女人出门太危险。再说，这稿子品尝了阵痛般的折磨，虽说写得不尽如人意，也还是如同自己的孩子一般可爱，要是不亲自送去，拿到挂号信的收据，总觉得无法安心……电车却迟迟不来。

新吉坐在长椅上，觉得自己的姿势就像耷拉着的葫芦一样有气无力。

新吉经常使用“仿佛把旧棉花扯碎扔掉一般筋疲力尽”这样的表达，还总觉得那旧棉花的颜色有些泛黄。

四十个小时没睡觉地连续写作这样的惊人之举，不免让人想到明治时期在艺术追求道路上的艰苦修行，可是即便经过那样的历练，能学到极致的人也屈指可数，大多数的人只能达到二流以下水平，并那样了此一生。难道自己也是其中的一人吗？新吉自嘲式的伤感，如同遥远的幻想一般倏地划过他那恍惚的心底。

他只是出神地呆呆坐着，也许已经昏昏欲睡了，就连电车进站的声音听起来也像做梦一般。周围瞬间变亮，他霍地站起身来。来的却是开往宝塚的电车，新吉要等的是开往大阪的电车。

空荡荡的电车开走后，新吉发现对面站台上有一个人影在动。也许是刚才下车的乘客吧。好像是个女人。她心神不定地环顾着四周，出了检票口后停步站了一会儿，然后又转身朝新吉这边走来。这女人四十岁上下，衣衫褴褛，天气这么冷，却赤脚穿着草鞋。她瘦削而毫无血色的脸上，露出忐忑不安的表情。

"那个，我想打听一下，荒神口车站是这里吧？"

"什么？"

"这里是荒神口车站吧？"

"不是，这里是清荒神车站。"新吉指着照映在微弱灯光下的站牌。

"这附近没有一个叫荒神口的车站吗？"

"嗯，这条线上没有。"

"是吗？"女人又走出检票口，在黑暗中四下环视了一圈，然后马上走回来。"我确实是听说这里是荒神口车站才来的呀……"

"这么晚了，您这是要到哪里去啊？"

"不是，我收到电报，说让我在荒神口等……"

女人好像要哭出来了，她突然从怀里掏出电报给新吉看。

"速来荒神口。原来如此，您知道发信人是谁吗？"

听新吉这么一问，女人略带羞涩地说：

"是我丈夫。"

"这么说，您在荒神口应该有亲戚或认识的朋友吧。"

“可是，我怎么也想不到啊。荒神口这个名字，我从来没有听说过。”

“那真是怪了。如果在荒神口有熟人的话，对方应该会在那里等的，要不也会在车站等吧。说是速来，可是现在的电报都不好说，再说也没写碰头的时间，就算您收到电报后立刻赶过来，也根本算不准何时才能到荒神口吧。一直在车站等下去的话，实在是……要是写上约在几点就好了……”

“我也觉得很奇怪，但总归是丈夫让我来，虽说正在喂孩子吃饭，我还是急急忙忙出门了。”

她突然理了理凌乱的衣服下摆。

“您确定那是您丈夫吧。”

新吉突然涌起一股小说家惯有的好奇心。

“我让附近的人帮着看了看，说是从大阪的中央邮局发来的，还教我去查一下。我去查了，果真是丈夫发来的。”

“您家住在……”

“今里。”

新吉心想，若是今里，从中央邮局乘市营电车一个小时就可以到达，何必特意发电报叫呢。但这么问似乎管得太多，新吉于是不吭声了。

这时，女人说道：“电报是加急的，可同城电报也要七个小时才能收到。我也觉得可能会赶不上，但还是打算先找找看，就一路打听了很多人，问有没有叫荒神口的车站。大家都说我找的肯定是清荒神车站，我才又坐车来到这儿的……”她又不放心地问了一遍，“别的地方有没有叫荒神口的车站呀？”

“嗯，应该没有吧。”就在新吉讲话的工夫，开往大阪的电车进站了。

“就算您在这里等，恐怕也没用吧……”新吉提议她不如乘这班电车回去，但女人似乎下不了决心，犹豫得手足无措。

最终，乘上电车的只有新吉一人。

从已经开动的电车车窗望去，女人正坐在新吉刚才坐过的地方，茫然若失地望着前方。夜渐渐深了，她打算等她那可能根本不可能见到的丈夫到什么时候？她不甘心回去，恐怕是有什么必须见面的要紧事吧，还是只是温顺地服从丈夫让她来的命令呢？

电车里坐在新吉对面的两个男人正在高声地说着话。

“听说在旧券时期，有人买了一万张市营电车的联票。”

“哦，真是聪明啊！一张五元的话，那就是五万元呢。现在一点一点卖出去的话，能收入五万元的新券呢。”

“如果便宜五角钱卖的话，会非常抢手的。就算是一张卖四元五角钱，也有四万五千元呢。”

“买市营电车的联票真是聪明啊。我也曾经想过，等到了京都，也顺手囤一些旧书回来。用旧券先买下存着，等变成新券，就把那些看都没看过的书统统卖给别的旧书店。”

“是吗？一万元买进，就算七折卖出也能赚到七千元的新券呢。”

“但是，那么多的书根本带不回来，最后还是放弃了。我都没有注意到市营电车联票的这码事。”

“话说回来，大家新券、新券地当宝贝一样稀罕，也就一阵子罢了。过了三个月就跟从前一样，新券会通货膨胀。”

“到最后，什么金融措施呀，都是些一惊一乍的骗人东西。”

“如果不同时进行生产，无论采取什么措施都是一样。况且，这次的措施又是类似暂时停止生产一样的东西。不同时生产注定最终失败。措施本身就是在停止生产，怎么可能起作用呢？”

二人在对面愉快地笑着。那愉快的声音对新吉来说是难以理解的。新吉的注意力开始从聊天转向刚才的女人。

发了那样一封电报的女人的丈夫，一定是相当愚蠢之人，让人不禁以为他根本连怎么发电报都不知道。但转念一想，肯定是有什么让他非常慌张的事才会发了那样一封电报。再者，如果是平常的女人，肯定会立刻回去，但是她一直等在清荒神那里。新吉觉得，这女人的情感，并不能说是顺从或者愚笨，而是一种钻牛角尖似的一意孤行。

新吉突然从那对中年男女之间闻到了一种痴情的味道。痴情这个说法不好，他们夫妻之间肯定有需要发电报把人叫来一起商量的事情。女人那在喂孩子吃饭的时候突然跑出来的慌张劲儿，表明他们夫妻之间的关系绝非寻常。新吉妄自如此以为。也许是夜已深的缘故。

但是，想到女人光脚穿着草鞋的凄惨相，新吉觉得被拉回了现实，那痴情的味道即刻淡去。

那女人一心想着无论如何都要见面。从这种毅然决然里闻到痴情的味道，已是昨日之感。对于对现在的世相不抱任何希望的新吉来说，这种感觉突然复苏并无突兀，但他仍无法将视线从蒙在那一意孤行女人身上的世相的黑色阴影上移开。

但是，对连续思考了四十个小时世相黑暗的新吉来说，再次触抵它，已经作呕般恶心。新吉不再想那个女人的事，不知何时迷迷糊糊地睡着了。

电车一路颠簸着，新吉睁眼醒来，已到了终点的梅田站。

送完稿子后返回到阪急车站时，人影变得稀疏寥落。刚才还在卖晚报的人也不见了踪影。新吉想，地铁站里说不定有卖晚报的，于是走下了楼梯。

来到阪急百货店的地下室入口前，新吉瞪大了眼睛。

一个乞丐横躺在地上，旁边跪立着一个五六岁大的男孩，看样子是乞丐的孩子，他睁大眼睛，目光空洞地仰望着上方。

那空洞的眼神充满了不解：为什么自己得在这样的地方过夜？为什么要过得如此悲惨？为什么半夜醒来？为什么这么冷？

父亲呼呼地熟睡着。那孩子刚才也在睡觉吧。然而，他半夜突然醒来，霍地起身。他也不哭，只是茫然地睁着那充满不解的眼睛，灌了铅似的一动不动，用那空洞的眼睛……

新吉不由得停住了脚步，长久地注视着那个孩子，眼神茫然得跟那孩子一样。

此时，他的感觉已经不是所谓世相、黑暗以及绝望，也不是虚脱或茫然。

这是一种无论怎样的时代，无论世相如何，无论男女老少都会遭遇到的，突然扑面而来的，身份不明的异样之感。

只要人这种生物还活着，忧愁之感就会毫无理由、毫无原因地存在吧。那个孩子的坐法看上去已经不像是人在坐着，好像放了一个铅块，然而对新吉来说，他从没有像今天看到那个孩子时一样真正体会过“人”在坐着的感觉。

上楼梯的时候，新吉已经被对人的乡愁攫住，他想，所谓世相，不过是人为了忘记人本身而创造出来的方便之词罢了。新吉觉得很是想不通，为什么不写作“人间”而写作“世相”呢。同时，他恍惚间又觉得一种大路畅通般的豁然开朗，然后乘上了摇摇晃晃的回程电车。

一小时后，新吉在清荒神站下车。女人仍旧眼神茫然地仿佛化石一般定身坐在刚才的地方。

---

① 初次发表于1942年4月。

夜光虫

赤裸的姑娘

那天，早晨起雨一直下，华灯初上时眼看就要停了，没承想到了晚上突然下起暴雨。

这件夜晚的怪事就发生在雨中。

这件事不好形容，不知该说是不可思议，还是奇异古怪。

新闻记者大概会起个“深夜的怪事”之类的标题，不过大阪没有一家报纸报道此事。

那天正好是五一劳动节，报纸必须把更多的版面分给这个专题，发生在大阪一隅的那件事，对他们来说是无所谓的——理由并非如此。

说到底，是因为那件事本来就是一桩不值一提的小事。相比“事件”，“小事”的说法更为准确。不过，即便是小得用挖耳勺挖出来的琐事，有时却比世上很多鱼目混杂的所谓大事件更具新闻价值。比如，比起大官义正词严的演讲，演讲中途突如而来的一阵狂风把大官的丝绸帽吹跑了，这类描写读者通常更爱读。

事实上，那件事情没有被报纸登载，是出于极其简单的原因罢了——除了仅有的一位目击者之外，没有一个知道那件事的人。

也就是说，除了当事者本人之外，知道那件事的，在整个大阪仅有一个人。

从这层意思上来看，这位目击者可以说是相当重要的人物，就让我先来说清他的姓名吧。

小泽十吉……二十九岁。

那天夜里，小泽冒着暴雨，一边淋得湿漉漉的，一边沿着外语学校前面烧毁的马路，朝细工谷町方向笔直地向东走去。

也许是夜深的缘故，也许是下雨的原因，总之一个人影都没有。那条路上就连一个简易工棚都没有，寂寞而空旷。

就在走过上之宫中学后，终于看见了几户人家。很奇怪，这一带没被烧掉。

小泽想，照这样看来，现在正要去投奔的细工谷町的朋友家，也许会平安无事吧。等到来到十字路口的时候，小泽愣住了。

一个一丝不挂的裸体少女，突然飞奔到了小泽的眼前。

因为身上流淌着雨水，那白花花的裸体显得更加鲜活了。

小泽连忙移开视线。与此同时，姑娘也很快耸了耸肩，然后蹲了下去。

他们的目光再次相遇的时候，姑娘说道：

“救救我吧。”然后紧跟在小泽身后缠着不放。

这是发生在昭和二十一年五月一日深夜的一件事。

小泽怀疑起了自己的眼睛。

虽说是在深夜，虽说是在战败的大阪，虽说自己的神经已在战争的摧残下变得相当大胆，可一位年轻姑娘赤裸着身体突然飞奔到自己的眼前，这感觉还是不一样。

而且，仿佛要加强这种异样之感似的，雨也故意下得很大。

溺水身亡之人、海水浴、洗澡、海女……或者说得更色情一点，裸体一般都会让人联想到“湿了”的感觉。确实，当时的那场雨让姑娘一丝不挂的身姿看上去越发鲜活……不，应该说是看上去更加让人心痛。

那里是十字路口，拐角处只有一户人家点着门灯，隔着雨水微微流淌的朦胧灯光下，姑娘的面容隐约可见。

脸庞长得天真可爱，是一个十六七岁的少女。然而，肩膀处的肉丰满结实，胸部已微微隆起，身体那诱人的曲线从胸部向下缓缓延伸，中途略有凹陷，然后又在腰部附近打着弯。一切都清楚地说明，她已经是一位完全成熟的姑娘，甚至让人想吞口唾沫。

然而，小泽并没有一个劲儿地吞唾沫，也没有一个劲儿地观察。

他没有那种闲工夫。

总之，姑娘在说话："救救我吧。"

然而，怎么帮她才好呢？不，现在也不是考虑这种事情的时候。

不管怎么说，小泽先慌慌张张地把穿在身上的雨衣脱了下来——那件雨衣是军队发的，本来应该有其他的专业名称，不过现在，这种事也无所谓了。

接着，他把雨衣霍地一下披到了姑娘赤裸的身体上。

"谢谢。"姑娘的声音小得被雨声盖住一般，说完，她就飞快地裹上了雨衣，好像放心了不少。然而，她眉头的恐怖表情仍旧没有散尽。

她紧贴着小泽，身体一直在颤抖。

正因为她一句话也不说，反倒显出她的毅然决然。

小泽也不张口，赶紧重新站了站，然后朝着姑娘走来的方向望去。

透过在黑暗中阴森森地闪着亮光的雨点，他一直向前望着，忽然觉得有一个黑色的东西动了一下。

他啊地吓了一跳。

也许多心了。或者，是下雨的关系呢……

那个黑色的东西蠕动了一下，就再也没动静了。

"并不是有人追我。"小泽小声嘀咕了一句。这时，拐角人家的门灯也一下子熄灭了。

雨越下越大……

小泽吓了一跳。

拐角的人家那仅仅亮着的一盏门灯突然熄灭，好像意味着什么似的。

也许只是偶然罢了。即便是偶然，小泽也觉得是一种不吉的偶然。

就算是下雨导致停电，他也觉得电是故意停了一样。

然后，也没发生什么其他的事情，也没觉得有谁会再次突然猛扑过来。

这么说来，只是门灯不知为何熄灭罢了。但是，不好的预感仍旧挥之不去。

总之，得先把事情搞清楚。

“你怎么了，究竟……”小泽向黏着自己的姑娘如此问道。

姑娘什么也没有回答。

“你被抢劫的剥光了吗？”

从一丝不挂的裸体上能够想到的，仅仅是强盗罢了。

小泽从外地复员回来，今晚刚到故乡大阪。他在火车里听说了战败后城市以及近郊劫匪横行的传闻。

姑娘默默地摇了摇头。

“那么，到底怎么了……”

姑娘没有回答，只是说：“请快点把我带走。”

说得也是。小泽也想，这里还是早点离开这里为好，于是迈出了步子。

姑娘虽然穿着小泽的雨衣，可脚步看上去还是对下半身赤裸的身体有所在意。

“家在哪儿……”

“……”姑娘仍旧沉默着。

“你不说，我可怎么送你呢？”小泽的口气忽然严厉起来。

“什么都不要问。”姑娘猛然抬起耷拉着的脸，朝小泽看去。

在黑暗中看不大清楚，但姑娘的脸满脸泪水，仅听一下声音就知道了。本来总算见到成片的人家，然而因为停电，门灯熄灭了，一束光也没有，一片漆黑。

“往前应该有警察署……”小泽突然的一句话，好像让姑娘一惊。

“我不想去警察署，拜托了。”她抓住了小泽的胳膊。

“那么，该去哪儿好呢……”

“哪儿都行……你家也行……”

“可是，我没有家呀。我是一个流浪之人。”小泽脱口而出，声音极其微弱。“无家可归之人，流浪之人啊。”

这句话流畅而顺口地从嘴里飞了出来，然而与轻松的语气相比，小泽的心却犹如湿透了的鞋一般沉重。

上学的时候，有道题问“LUMPEN（流浪之人）”是什么。“是指合金笔。”他写了一个奇怪的答案。其实，LUMPEN 一词本来是垃圾和碎屑的意思。现在，LUMPEN 指无家可归之人、失业人员、流浪汉，因为这些人就是人中垃圾，或者叫人渣。

没有住处，就意味着是垃圾。无家可归之人就是如此辛酸。

现在，小泽就深切地品尝到了辛酸的滋味。

说到底，在细工谷町捡到一个奇怪的裸体姑娘，完全是因为小泽没有住处。

小泽是一个没有父母、没有亲戚的孤独的男人。他应征入伍前曾在天下茶屋的公寓住过一段时间。今晚，到达大阪站后，他先把行李暂寄在车站，以免背上的行李淋湿（而且下雨天背着东西很麻烦），然后径直去了天下茶屋的公寓。

然而，踪迹全无。小泽站在被火烧掉的废墟上，不知该怎么办，他忽然想起了细工谷町的朋友。

“对了，今晚就到那里去投宿吧。”

他这才来到这里。可是现在捡了一个裸体的姑娘，也就不能再去投奔人家了。

深夜带一位姑娘到别人家里，请人家收留一晚，这话他无论如何开不了口，何况人家家中还停电了。要是自己一个人，倒还能勉强恳求。可是，也不好把姑娘赶走。

无家可归之人的悲哀，如同倾盆大雨似的落在了小泽的心上。

“这该怎么办呢……”

小泽无奈地垂下了淋湿的眉毛，小声嘀咕着。

因为没有打伞在雨里走了很长时间，内衣甚至毛孔都湿透了。虽说已是五月，但天气仍然很冷。

“也许，姑娘觉得更冷吧。”

小泽感到姑娘在哆哆嗦嗦地抖个不停，他想，得赶快为她找个躲雨的地方。

“你真的不回家吗……”

姑娘点了点头，然后小声答道：“不回。”

“这儿有没有什么旅馆呢？”

“朝阿倍野方向走，也许会有。”姑娘说话了，大阪口音。

看样子她是铁了心地打算跟到旅馆去了。

“那我们就走吧。”

两人像恋人一样肩并肩地朝阿倍野桥的方向走去。

过了玉造线的电车大街，来到寺田町附近的时候，两人都累得摇摇晃晃。

在寺田町朝西拐，然后在天王寺西门前往南走，就是阿倍野桥。

途中，一辆路过的电车也没有。即便有，以姑娘的那身打扮也无法上车。烧毁的街道寂静无声，也不大有人经过，这反倒万幸。

姑娘光着脚不好走，紧赶慢赶，到阿倍野桥还是花了一个小时。

阿倍野黑市上搭着的简易棚里，有一两家还开着灯的店铺。

本想过去吃点暖和的东西，可姑娘赤裸的身体上只披着一件雨衣，脚也是光着的，这副打扮让他们断了念想。

但是，看到灯光毕竟让人高兴。看来这里没有停电。

下了大铁百货店前面那宽阔的水泥坡道，来到地铁线的动物园站附近，那里零星分布着几家宾馆和旅馆。

挨个儿问了一遍，全部拒绝了。

“不行呀。”

“看来我们只能到地铁里面过夜了。”小泽哭丧着脸，朝姑娘扭了过去。

“再问一家吧。看，那里有……”

小泽走过去，按响了门铃。过了一会儿，一个女佣穿着睡衣起来打开玄关的门。

小泽让姑娘在外面等着，自己一个人走了进去。

“房间有空的吗？多贵都没关系。”

说着，他迅速朝女佣手里塞了张十元的钞票。复员的时候，他领到三百元的新币。

“您一位吗？”

“不，跟女人一起。”

“请……”

看来，钞票起了作用。

小泽出门去叫姑娘。然后，他好像把姑娘藏在后背一样走了进来。

女佣扫了姑娘一眼。这里一看就是专供男女幽会的旅馆，女佣的眼神毫无嫌弃之色，她把二人带到了二楼的房间。

那是一间上着锁的、摆着一张粗陋的双人床的西式房间。

女佣迅速离开了，然后拿来了茶和睡衣。

“请把姓名写在这里……”

小泽写下自己的名字正要递过去。“这位的姓名请一并……”女佣看也不看蜷缩在椅子上的姑娘，说道。

小泽朝姑娘的脸看了一眼。

“雪子……”姑娘机灵地说道。

小泽在自己的姓名旁边写下“妻雪子，二十岁”，递给了女佣。

“晚安。”女佣说完，走了。

小泽放下心来，环视起房间：床只有一张，上面还挂着一幅廉价的裸体女人画。

“果不其然，这肯定是间情人旅馆。”

小泽好像终于验证了似的嘟囔了一句，然后苦笑了。

双人床，但不是豪华宾馆里那种很宽的床。看上去只比普通的单人床稍微宽一点，只能说是张刚能并排放下两个枕头的双人床，上面煽情地铺着一床花里胡哨的大红图案的被子。

靠近枕头的墙上，挂着那幅廉价的镶框裸体油画。也许是故意选裸体画的吧。

这不得不让人发笑。一定是老板为了配合这个房间的使用目的而特意挂的。

而且，画的廉价反倒更具效果。

可是，这种画有的时候也有反作用，它往往会让来到这个房间的客人害羞得不敢轻易行动。

至少，小泽就有些不知所措。

“挂这种画，简直就是故意的。”小泽心里想。

这是因为，那幅画让人不禁联想到雨衣下姑娘那一丝不挂的裸体。

“总之，先得想想办法，给找身衣服。”

幸好，女佣拿来了睡衣。然而，姑娘不好意思当着小泽的面更衣。

“你，把这个穿上吧。”小泽说完，马上走到房间外面。

然后他故意慢腾腾地上了一趟厕所，回来后，姑娘已经把睡衣换好了。

然而，那睡衣有些长，姑娘不得不提着衣角。那样子看上去有些滑稽，还有些妩媚。

“好长啊。”小泽说。

“嗯。”姑娘脸色暗了下来，抽动鼻尖轻轻一笑，好像突然想起什么似的吐了一下舌头，然后又迅速地缩了回去。

也许是因为换上睡衣，才终于恢复人气了吧，小泽心里忽然亮堂起来。可是也正因为如此，他觉得这个不幸的姑娘更可怜了。

“我再问一次，你为什么那副模样飞奔出来？”小泽实在是想再问一次没穿衣服的事。

姑娘的声音突然悲伤了起来。

“这个，不要再问了……”依然是大阪口音。

“好吧，我现在不问了。”小泽意味深长地故意说了“现在”这个词，“那么，我们休息吧。你在床上睡。”

“好的。”姑娘点了点头，顺从地爬到床上，突然扭过脸问，“你呢？”

她问的是，小泽在哪儿睡。

“我在这儿睡。”

小泽坐在椅子上说道，他故意不看姑娘的脸。

“那怎么行？”

姑娘在床边上稍稍蜷曲着身体，声音好像是鼻子里发出来的。

大阪话从女人嘴里说出来，总是充满深情。因此，姑娘的话语和声调，听上去既像是放了心，又像是假装责备小泽，又好像还在害怕。

“那怎么行？”

可是，究竟怎么个不行？不，是真的不行吗？小泽完全搞不懂。

也就是说，小泽根本不明白姑娘心里是怎么想的。

为什么不明白呢？

老实说，小泽的心底，此时已经悄悄涌起对那个姑娘的某种特别的（甚至可以说是复杂的）兴趣——也许真是因为兴趣，才不明白姑娘的心思。

所有的兴趣当中，最强烈的当属对姑娘身体的本能的好奇。被雨淋湿后的动物的感觉，又着实加剧了这种本能。尤其，与一位裸体的姑娘深夜共居一室这个条件，此时更是起着决定性的作用。

然而，一想到造成现在绝好环境的原因，小泽还是犹豫了，他不敢碰姑娘的身体。

“毕竟，姑娘是来向我求救的。我不能居心不良。”

这样想着，小泽用豁然开朗的语气说道：“没什么不行，你一个人在床上睡。”

“可是……”

“我已经习惯在椅子上睡觉了。”

姑娘听了，稍微踌躇了一下，说道：“那么，晚安。”然后钻进了被窝。

小泽扫了一眼，看到姑娘把脸埋到了被子里。也许是太晃眼了吧。

“把灯关了吧。”小泽招呼了一声。

姑娘露出半张脸说：“好的。”她盯着天花板点了点头。

小泽站起身，按下墙壁上的开关。

走廊上的灯早就熄灭了，因此没有灯光从外面射进来，房间一下子变得很暗。

摸索着回到原来的椅子，小泽换下淋湿的衣服，穿上睡衣，闭上了眼睛……

外面仍然是瓢泼大雨。

雨声在耳边焦躁地响着。或许是其他原因 ……小泽怎么也睡不着，他心神不定，突然，从床那里传来大声的叹息声。

看来姑娘也没有睡着。

也不知过了多长时间，姑娘突然转了个身，搭话问道：

“为什么不来这儿睡呢？”

“啊？”小泽不由得睁开眼，朝床那边看了看。

黑暗中什么也看不见，不过姑娘确实脸朝这边躺着。

姑娘沉默片刻，然后用略微沙哑的声音说：

“小泽先生，你讨厌我吗？”

知道他姓小泽，大概是刚才在住宿登记表上看到的吧。不过，她突然喊起自己的名字，让小泽稍微意外。

但是，吃惊之余，还有小小的高兴。

小泽刚复员，他已经好久没被别人称呼过“先生”了，何况又是从年轻女人嘴里说出来……

“什么为什么……也不是讨厌。”

“那么，为何……”

小泽不知如何作答。黑暗真是意外地帮了大忙。一位二十来岁的年轻姑娘如此说，小泽不光是不敢看她的脸，就连想想都觉得满脸通红，自己都觉得害羞。

“看来，您还是讨厌我呀！”

见小泽默不作声，姑娘又一次说道。

小泽默默地站起身来，然后一副发怒的表情钻到姑娘旁边。床上到处都散发着年轻姑娘的体温和味道。

床很窄，能感受到她的体温。

小泽因为知道姑娘的睡衣下面赤裸着身体，反倒僵住了。

是姑娘叫自己过来的，而且自己也并不是对此很抵触，过来的时候还多少有些兴奋。因此，两人陷入司空见惯的男女关系，只剩下一个简单的理由罢了。

比如，把胳膊稍微伸过去，姑娘的身体就会像磁铁一般紧紧地贴过来。小泽知道，女人不会因羞耻心而拒绝，而是会在本能的驱使下依靠着什么，这是本性。

可小泽并没有伸胳膊。这就是所谓知识分子的胆小之处吧。

另外一个原因就是，对姑娘的来历毫不清楚，也让小泽不得不自重一些。再者，虽然是姑娘主动邀请小泽到床上去的，可万一只是她单纯的好心，那小泽的误解将会令她很尴尬吧。

“你，这样不害怕吗？”小泽试着问道。

姑娘说：“不害怕，我不会生气的。”

小泽好半天不知该说些什么。

那天夜里发生的事全是些让小泽意想不到的事。然而，最让小泽吃惊的，还是姑娘的这句话。

这怎么能是从年轻姑娘嘴里说出来的话呢？不，对恋人说倒也罢了，可我不过是个偶然路过的陌生人啊。小泽心想。

小泽的样子傻乎乎的，完全不知该如何应付。最后，他张嘴：

“真的，我做什么你都无所谓吗？我做什么，你都不生气吗？”

姑娘默默地点了点头，悄悄地靠到小泽旁边。

小泽的身体一动也没动，也没动她一根手指。

“你以前……”接着，他粗鲁地说道，“跟男人来过旅馆吗？”

“什么？”

姑娘被这冷不防的问题弄得沉默了片刻，然后腾地一下抬起下巴。

“来过。”一副昂然的口吻。

“是吗？”小泽觉得自己有些没出息。

“跟喜欢的男人？”

“怎么可能是喜欢的男人呢？”

“那么，是讨厌的男人？”

“也有讨厌的男人。”

“为什么跟讨厌的男人做那种事呢？”

小泽问道，认真得连自己都觉得好笑。

“为了吃饭呀。又不是我的错。”

姑娘真言不讳地反驳道，与睡前截然不同。

“那么，你是……”小泽稍微犹豫了一下，然后干脆地接着问，“你是打算向我卖身？”

“不是。我不会向你要钱的。你不是帮了我嘛，因此……”

“因此，什么？”

“因此，你干什么我都无所谓。”

“你这样答谢不害羞吗？你觉得，我会那么做吗？”

“可是……”姑娘撒娇似的说道，“男人，不都那样吗……”

“……”

“傻瓜，你真是……明明不喜欢我，还说这种话，有你这样的人吗？睡觉吧！”

小泽一下子把后背扭给了姑娘。也许是知道了姑娘的职业以后，那股涌动的激情之血一下子消退了吧。或者，这是一种耍小脾气的反抗呢？

姑娘默默地喘了一会儿粗气，然后把脸贴住小泽的后背，哭了出来。

“你在哭什么……”

小泽一边听着窗外的雨声，一边故意冷淡地说道。

恶之花

凌晨六点的朝日会馆。

——这么写，读者或许以为是把“下午六点的朝日会馆”写错了。

确实，一说到凌晨六点的朝日会馆，就好像周日的教室，不，应该比它更加鸦雀无声，沉闷无聊且空旷无人，是一幅乏味的风景。

然而，若想要描述凌晨六点的朝日会馆，不能仅用乏味二字形容。

比如，那个时间就算老鼠四处跑，也不会出现一只猫。可是，如果突然传来一声不合时宜的鼾声，也就不能说它没有任何意义了，更不要说平庸乏味了。

鼾声是从演出厅休息室一角的沙发出来的。

究竟是什么时候、从哪儿、怎样潜入进来的？为何沙发上有一个人在睡觉？

这对无家可归之人来说是再好不过的床了。他穿得还很漂亮——那是因为他从服装上根本看不出是个流浪汉，素雅脱俗。

说脱俗，是因为一看他那睡脸，就能看出是个甚至让人打冷战的美少年。

他像身患肺病的少女一样脸色发白，睫毛很少，面颊消瘦，一副楚楚可怜的模样。

终于，他醒了，然后目光锐利地扫了周围一眼，眼睛从深处发出青色的亮光，仿佛豹子一样锐利。

他名叫豹吉，当然并不是因为眼神才起了这个名字，今年十八岁。

豹吉的“豹”字，跟冰河的“冰”以及意表的“表”发音相同。一语双关地说，他的灵魂冷漠似“冰”，觉得只有做些出人意“表”的事才有人生价值，是个与众不同的少年。

他自己对什么事情都不吃惊，却总吓唬别人，这是豹吉的信条。

他严厉地环视一周，然后打了两三个哈欠，接着灵巧地从大门紧闭的会馆里面成功地跑了出去，也不知他是如何溜走的。

昨夜的大雨已经停了。

时值凌晨六点，这附近万籁俱寂，一个行人也没有。

“什么呀，一个人也没有吗？”

豹吉呸地吐了一口唾沫，这是他的习惯。

正在此时，一位在淀川垂钓的男人的瘦削背影，映入了他的眼帘。

那是过了渡边桥南边的桥头往西刚过两三家店的河边，一看就是个危险的地方。从后面看上去，男人好像现在就要掉到河里去似的。

豹吉盯着男人的后背，心里忍不住发痒。

今天一早就碰到这个男人，他非得做些出人意料的动作不可。他的坏毛病早已经按捺不住了。

“什么都行。吓他一跳的事……”正想着，豹吉头脑里冷不防浮现出一个野蛮的想法：“对了，就把那个男人推到河里去吧。”

“借个火。”

豹吉从背后粗鲁地搭讪。

“……”

男人一声不吭地扭过头，把衔在嘴里的烟递了过去。豹吉用它点着自己的烟，正要还回去的时候，男人说道：“给我扔了。”

他取出一根新的烟，点着了火。

豹吉觉得他也太傲慢了。

“谢谢。我的打火石用光了……”少年常有的虚荣。他觉得，抽烟却不带火柴，会让别人看不起。

“别说些不伦不类的东京话。你应该是大阪的吧？”

突然，男人又出声了。

这个男人三十岁上下，瘦高个，表情恍惚。眉头隐藏着一种神经质般的阴影，这种男人一般都很刻薄。

“哦，那该说什么话呢？”

“说鬼话吧。”男人自言自语地板着脸说道。

豹吉没有听到他开的玩笑，灵巧地吹了一个烟圈，借以虚张声势。

“你多大了？”男人问道。

“十八。十八就不能抽烟吗？”豹吉抢先地反驳道。

男人盯着鱼线，说：“我从十六就开始抽了。”

豹吉想，又被他打败了。

“大早晨的就来钓鱼，是准备午饭的菜吗？”

豹吉打算以此回击。

“就算混不下去了，我也不会吃鱼的。吃了腥臭的东西，我就会吐。”

“我以前就不喜欢买呀、卖呀。”

“……”

“干吗那种表情。我说的是吵架，我不喜欢主动找碴儿，也不喜欢别人找我的碴儿。”

男人又在玩文字游戏。

“说相声的也会玩文字游戏。”豹吉心想不能让对方占了上风，不甘示弱地说道。

“哈哈哈……”男人开始笑了，“我本来就不太喜欢什么笑话呀时髦呀之类的。可是，如果不开些玩笑，日子就没法过。钓鱼也是一样。”

“哦，你是失业了闲得慌吗？”

“这个嘛……”

“你是干什么的？”

“做医生的。”

“医生，是不是都得准备着杀人？”

“是的。”

“心情如何？”

“跟你说了你也不懂。没有经验是不会懂的。”

“哦，那我现在就经历一下吧。”

说着，豹吉抿嘴一笑，然后突然啪地一下推向男人的后背。

男人转瞬就掉到了河里。

看到男人掉进了河里，豹吉阴森森地笑了。

可他到底还是吓得脸色发白，看了看周围。

没有一个人看到。凌晨六点。一个人影都没有。

豹吉四肢僵硬地走着。

“一个人都没看见。这好是好，可是如果有人看见了，倒更有价值。”他嘟囔着，沿着渡边桥朝北走去。走到一半的时候，又忽然一下子跑了起来。

他好像被什么东西追赶似的跑着，看都不看后面一眼。

“坏了。要是在推那个男人之前掏掏他的口袋就好了……”他后悔道，这反倒让他鼓起了力量。“可是，就算掏了，那男人看起来那么小气，肯定连五十元新币都不会带的。早晨刚开工，就做一笔不到百元的生意，会招来晦气的。”

他这么一想——不，他还有心思考虑这些，至少自尊心也多少得到一些安慰。

可是，奔跑的脚步还是很快……

然后，将近四个小时后，也不知豹吉是怎么一路走来的，他像风一样出现在难波的黑市。

昨天因为下雨和五一劳动节的关系，黑市冷落萧条。今天虽然还没过上午，黑市上的人就已络绎不绝。

他被人推挤着向前走。

“老板，擦鞋吗？”两个少年同时招呼道。

两人的脸长得很像。而且都瘦瘦的，脸色不好，脸脏兮兮的，无精打采，好像干巴巴的旧抹布。除此之外，长相也很相似。两人的眼睛都好像受惊一样要突出来似的。

也许是兄弟俩。

豹吉瞅了一眼手表。差十分钟到十点。

“还有十分钟。”

豹吉朝两位少年走去。“你来擦。”他把脚伸向了年龄小的一个。

年龄大的少年脸色顿时黯淡下来。

擦完一只之后，豹吉说：“行了。”

“还有一只没完。”

“没关系。”

付了钱，豹吉又把脚伸向年龄大的少年。

“你来擦一下这只。”

“……”

“别担心，我会付给你两只的钱的。”

“好嘞！”

少年高高兴兴地擦了起来。

路过的巡警打量了豹吉一番，然后走了。

豹吉突然想到，杀了香里一家人的杀人犯，就是在擦鞋的时候被逮捕的。

擦完，刚付过钱，豹吉又想到一个巧妙的主意。

他呸地吐了一口唾沫。

他并非不高兴，反而是很开心。双颊上泛起充满魅力的酒窝，就证明了这一点。

他完全沉浸在自己不经意间想到的好点子之中。

“喂，你没喝过咖啡吗？”豹吉朝擦鞋的兄弟俩说。

“咖啡吗？没喝过，不过好像很好喝。”年龄大一点的次郎说道。

“真想尝一尝。不过，不行啊。”年龄小一些的三郎轻易地断了念头，脸上并无悲哀的表情。

“为什么不行啊？”

“不问也知道吧，没钱啊。”

“别说些扫兴的话。虽说战败了，可尝尝咖啡的滋味有什么不行的呢？怎么样，我请你们喝杯咖啡吧，是真正的巴西咖啡哟！”豹吉说。

两人根本不知道巴西咖啡是什么东西，只是滴溜溜地转着吃惊的眼睛。

“真的吗，老板？”

他们叫十八岁的豹吉为老板。

“别叫我老板老板的。日本怎么有老板呢？你们两个收拾一下工具，跟到我屁股后来。”

豹吉朝着南海通方向大步流星地走起来。接着，次郎和三郎也连滚带爬地迈小步跟了上去。

与南海通的波屋书房隔着两三家店铺，快要到千日前街的地方，原来是家叫出云屋的饭店，现在开了家名叫花屋的咖啡馆。

花屋本来在千日前的弥生剧座剧院的斜对面，烧掉之后，就在这里新盖了一座简易房。

虽是个临时搭起的房子，但那粗粗刨过的木材的原始味道，以及刚刚涂上的油漆却没有廉价和俗气之感，在这附近算是家装饰得很洋气的店。

豹吉在花屋前面又看了一眼手表。十点……

“正好。”

正准备进去，从里面走出来的一个男人与豹吉撞个满怀。那人趁这工夫偷偷地把手伸向豹吉的上衣口袋。

“笨蛋！”

豹吉的声音低沉而锐利。

男人一下按住了自己的手，血流了下来，好像是被锋利的刀瞬间划了一下。

拿刀的是豹吉，他贴着目瞪口呆的男人的耳朵说道：“想偷东西的话，看清了再偷。”

“是豹吉吧。”男人瞪大双眼说，“你给我记住。”然后消失在人群中。

“笨蛋！我怎么可能一直记着你这个笨蛋。”

豹吉好像被这突如其来的小事故激起了兴致，他踩着轻快的步伐带着兄弟俩走了进去。豹吉立刻环视了一下店里：不在……他失魂落魄、脚步踉跄地一屁股坐了下来。

“怎么，雪子还没来吗？”

寂寞的阴影罕见地从他的眉头闪了一下。

雪子。

记性好的读者一定还记得吧。

就是与小泽一起在阿倍野桥的旅馆投宿的那位赤身裸体的姑娘。登记住宿的时候她说自己的名字是雪子……

就是那个雪子。

豹吉之所以一边在意时间一边来到花屋，是因为那个雪子每天十点必定会出现在花屋，就像一位严谨的女职员一样准时，好像上班一样。

然而，她也没有什么事情可做。只是一到十点，就像风一样过来，一边喝茶，一边呆呆地坐着。

过半小时后，会又一阵风似的出去，仅此而已。天天如此。

“真是个奇怪的女人。”豹吉觉得她是个碍眼的女人。

花屋是豹吉和他的同伴的老巢。来到花屋，肯定会看到同伴叼着香烟窝在那里。在那里既能听到同伴的消息，也可以跟他们联系。

这个跟他们既不认识也没有任何关系，且身份不明的女人，每天都会在同一时间叼着香烟独自出现，而且不是来跟人碰面的。这么一个人看着确实碍眼。

确实碍眼。

“你叫什么？”从没与女人主动说过话的豹吉，有一天终于忍不住了。

“雪子……你问名字干什么？”

“你不会以为我看上你了吧。”豹吉说道，那口气老成得根本不像十八岁。“我觉得有些奇怪。”

“什么？”

“你是来南边跟男人见面的？”

“哼。”女人嗤笑着豹吉并不高明的玩笑。

“也许是来见你的吧——我走了。”女人站起身来，风一样地向雨中走去。“明天见。”

豹吉好像被温柔一击，骂了句“浑蛋”，然后跟了出去。可又一下泄了气，踉跄了一下，目光呆滞地望着她的后背。

背影消失后，豹吉也一直凝视着白色的雨点。

豹吉仿佛被雨水浇了一头似的，感到再也不能对雪子的存在视而不见了。他有些狼狈。

这是昨天的事了。

今天。

“究竟是怎么了……那个女人……”

百思不得其解的豹吉也在十点来了。

然而，雪子没来。这在以前从来没有过呀，豹吉重又环视了一圈，突然与一位年轻姑娘妩媚的视线撞上了。

可她不是雪子。

“原来是加代呀！”

豹吉呸地吐了一口唾沫。

来人是他的同伴，一个人送外号“唬人加代”的“蔷薇屁股”。“蔷薇屁股”的意思大阪人都知道，就是“小流氓”。

可是，加代不偷东西。她不灵活，不适合偷东西。

她干的是，抓住那些出入电影院和剧场等地看上去老实的学生，跟他们要钱。

加代样子虽然长得善良无比，好像虫子都不杀似的，两只手臂上却有文身。哪个中学生见了都要吓得哆嗦，更不要说女学生了。

她就这样勒索人家，也就是所谓的威胁。

因此，她被叫作“加代”，另外还有一个名字“兵古带[①]加代”。

为了遮盖手臂上的文身，她从不穿洋装，只穿和服，还一年到头都紧紧地系着紫色的兵古带腰带。

因此，头发也梳了与腰带相配的辫子，还留了刘海儿，看上去一副普通人家的女儿模样，还有种魅力难挡的异国风情。

有很多学生情不自禁地对她说，她简直就像“夜深越恼人”那句歌词唱的一样，因此吃了苦头——加代挑逗着少男的春心，很有魅力。也许是出于同样的原因吧，朋友中的很多男性都被她迷得神魂颠倒，说什么“我一想到加代，就浑身不自在”。唯独豹吉

① 和服腰带的一种，使用丝绸等柔软的面料加工而成。

一人，听了只是照例吐了口唾沫，无动于衷。

因此，见到的不是雪子而是加代，没有什么比这更让豹吉失望的了。

“原来，是加代呀！”同样，没有什么比这句话更让加代失望的了。

然而，加代到底还是没有流露出一丝寂寞的神情，她说：“是我，真对不住了。那你是特意来见谁的呢？”她到底比豹吉大了四岁。

“别说什么傻话。我只是想请他们喝咖啡才来的。”

他带来的擦鞋兄弟，这时成了挡箭牌。

当然，他是因为这个才来花屋的。只是，当豹吉内心深处浮现出带这两人来的想法时，确实也想到了雪子。

一个人来多少有些害羞。而且，他平常都是一个人来，今天想突然带别人一起，好吓雪子一跳，这是豹吉的习惯。

但不管怎么样，最重要的人——雪子不在。豹吉就好像唱独角戏的演员，铆足了劲儿奔向舞台，却发现没有其他演员。为了掩饰尴尬，他至少得跟加代这个偶然来到舞台上的人说点什么。

“哼，你还挺好心嘛。不过，小心好心招来恶果哦。”加代并不是一个蹩脚的演员。

“好心招恶果？为什么？”豹吉问了一半，又停住了。

他人的意见，无所谓了。只要坚持按自己的想法做就行了。能够依靠的，最终只有自己。这是豹吉的一贯主张。

“喂，八重……”豹吉叫来了店里的女孩，“把菜单上的所有东西，都给这俩孩子上来，让他们吃。”

看来，豹吉是想用请擦鞋少年吃饭一事，来跟反对他的加代赌气，才故意这么说的。

“是全部的意思吗？”女孩不知如何是好。

“是的。”豹吉急躁地说道，“Hurry up！”

咖啡、蛋糕、草莓牛奶、炸虾、蛋包饭……

每端上来一道菜，擦鞋兄弟就说：“哇，看上去真好吃呀！”他们一边一副馋相地咽着唾沫，一边说，“吃这些真的没关系吗？不会是吃霸王餐吧。”他们不安地向豹吉再三确认。

“别担心。”

“老板，你真的有新币吗？”

“别净问些没用的。”

豹吉啪啪地敲了敲上衣的胸部，说：“看到了吧，小偷可是偷也偷不走的。你们放心地吃吧。”

他一边想起刚刚在花屋的入口想要偷自己的那个笨手笨脚的新手，一边咧着嘴笑了。豹吉突然看了一下手表，酒窝一下子从他的脸上消失了。

十一点半……

雪子平常十点来十点半回去，因此，这个时候是不可能再来了。

“可是，她为什么不来呢。难道是我昨天说的惹她不高兴了吗？还是发生什么事了？”

他小声嘟囔，突然传来加代的声音。

“你还真是个好事之人哪！”

“你不用说我也知道。要是去了好事二字，也就没我这个人了。”

“这我知道。毕竟，你还把中学的体操老师给扔了出去，还因此被赶出校门——”

“住口！”

“不，我偏要说。”

“选举可是已经结束了。”

“你要请客我管不着，不过常言说请神容易送神难……那俩孩子赖上你可怎么办？”

“你一个小丫头，别跟我讲大道理。”

“就是因为你不讲道理。”

“你说什么？”

“你要是懂道理，就不会被那种来历不明的女人迷住。你看看你，一直心神不宁地看表……”

“来历不明？你说什么叫来历不明？”

“哎哟，你竟然不知道那女人的来历？”加代抬高了嗓门。

“我怎么可能知道她的来历？”豹吉呸地吐了口唾沫，然后滔滔不绝地说道，“要是看上一个女人，非得先调查户口才能再看上的话，我就不会一开始从父母家跑出来了。”

他本来死也不打算承认自己爱上了那个女人 。可这个时候，只有满不在乎地大胆声明才能驳倒加代，才能体味到恶鬼般的快感。

果然，加代变了脸色。

她当然知道豹吉对雪子有好感，可是，真的从豹吉嘴里听到以后，她才感到嫉妒。

加代皱了皱额头，“不能就此善罢甘休”，她感到一种自尊心受损带来的伤痛。

“是这样啊。不愧是离家出走的人，说的就是好听啊。不过，把我们的贝贝吉迷得神魂颠倒的，可是街头的娼妇啊！这可不是什么好事吧？”

贝贝吉是豹吉的爱称。以前有部法国电影《逃犯贝贝》，里面有个名叫贝贝・勒・默果的传奇主人公。“贝贝吉”这个名字不知是模仿而来，还是源于豹吉“呸呸”吐唾沫的习惯。

“街头的娼妇？”

信奉“吓唬别人自己不惊”主义的豹吉，到底还是吓了一跳，不过他没有露出惊慌的神色。

“少骗人了。”

“眼神别那么恐怖好不好。我不是骗人的，证据就是，我亲眼看见了，她昨天下雨的时候钓到一个男的。”

“在哪儿？”

“戎桥……我还知道那男的是谁呢。我不光看见了他的长相，说出他的名字你一定会惊得跳起来，就像脚底踩了针一样。”

“说，是谁？”

“针助，”说完，加代坏坏地笑了一下，“你问问他好了。”

“……哈哈哈，谁会上当啊。哈哈哈……”

豹吉故意大笑，然而，那笑声听上去空洞呆滞。他真的慌了。

针助——

谈这个名字古怪的男人之前，作者得先停一下笔。

正在这时，一位十七八岁、鼻尖通红的男子一边哼哼唧唧地说着，一边走进花屋。

“大哥！”

他称呼豹吉为大哥，看来，应该也是小偷。他名叫龟吉。

脖子短、宽肩膀、黑皮肤。他本名就叫“龟吉”，这个颇像他本人的名字，也就没必要再取外号了。

他来到豹吉身边，突然脸色大变地说道：“大哥，出大事了，条子来了！”

加代的脸上瞬间划过一道不安的阴影，然而豹吉脸上却纹丝不动，他脸色阴暗，表情愈发消沉。

“……条子插手了。”

龟吉本来期待豹吉对“条子插手了”这句话做出反应，没想到对方并不理会，他只得缩了缩脖子，同时笑着说道：“咯咯咯……没吓到你……呵呵呵……想吓到大哥可真难啊……呼呼呼……大哥，你怎么就能从来都不害怕呢？嘿嘿嘿……”他变着法子卑微地赔着笑脸。

“当然了。我怎么能轻易地吓一跳呢？龟公，你要是能把老大我吓一跳的话，我就给你一千块新币。”

豹吉一笑不笑地盯着龟吉的脸，龟吉不断地抽动着鼻子，好像得了鼻窦炎。

“——你是个小偷，却还没拿过一千块吧？”

“你想要吧？这里有……”龟吉按了按胸口的口袋。

豹吉看了一眼，说道：

“原来如此。你有啊，最多不过两千块吧？”

“嗯。”

“怎么样，被我猜中了吧。哈哈……要是我连这点都看不穿的话，还怎么当小偷呢？你可得小心不被偷掉呀。”

豹吉说完，加代笑了一笑，说道：

“这对龟公来说可是一笔大钱呢。是你捡的？”

被这么一讽刺，龟吉一下子噘起了嘴说：

“你乱说什么呀。要是捡来的钱，应该还给别人哪。”

“那么，你拿的是偷来的钱吗？”

“是的。”

“真的是你偷的吗？”

“当然是啦，可不是……另外，我偷的是一张票子，这票子竟换了两千块，吓人吧？”

“你又在开玩笑吧？”

“听好了……”

龟吉讲了如下的故事。

……昨天夜里，龟吉在大阪站东出口的行李寄存处，发现了一个准备寄存行李的复员军人。

龟吉一下想到了什么，他走了上去，只见复员军人在卡片上写了“小泽十吉”几个字。

接着，小泽把行李的领取票塞进裤子屁股上的口袋，走进地铁。龟吉悄悄地跟在后面，在拥挤的人群中把那张行李票偷了出来。

两个小时以后，龟吉大摇大摆地领走了行李，拿到了黑市上。

“只是一根烟的工夫，竟卖了两千块，真是好事呀。”

他正趾高气扬地说着，忽然脸上啪地响了一声。

“傻瓜！我不是一直说，唯独复员军人和侨民不能偷吗？你怎么还不明白？复员军人和侨民都不好过呀。快去把偷的东西买回来！”

豹吉大声怒斥道，那声音听上去让次郎和三郎很害怕。

“大哥，你太无情了。”龟吉按着被扇的脸颊，对豹吉说。

“什么叫无情？”

“……你，你让我把偷来的东西还回去，这，这也太胡来了吧。”

“喂，龟公，你有良心吗？”这话不像是从豹吉嘴里说出来的。

“没有。”

“没有？你说你没有良心？”

“有过，现在没了。”龟吉难过起来，“两个人都死了。”

“傻瓜，我说的不是双亲，是良心。”

“啊，这个意思啊。那我，还算有点吧。”

“那你就给我还回去。”

“……”龟吉噘着嘴，似乎有话要说。

“你知道什么是复员军人吗？他们是被逼着出去打仗的，现在回来了，世界却全变了。他们跟浦岛太郎一样。人家浦岛太郎还有个玉匣子，可这些复员军人，背上的行李是他们仅有的财产。你把人家的财产偷得一干二净，你就没什么感觉吗？”

龟吉哭丧着脸，朝加代看去。

加代吸着烟，插嘴道：

“……良心？贝贝吉，你竟然也开始说什么良心了，看来真是没救了。没想到你迷上了女人，连说话都变得客气了呢。干小偷小摸的，老是觉得良心上过意不去，或动不动就对人同情，那还怎么得了？”

“你给我闭嘴！”豹吉瞪着加代，“我说的良心，跟你说的那种狭隘的良心不是一码事。”

“那你说说，狭隘的良心又是怎样一种良心？”

“不做小人做的事，这就是小偷的良心。趁着刚刚复员的男人在发呆，就盯上人家，这是小人才干的事。龟公，你小子要真是个小偷，就再去真真正正地偷一把——”豹吉情绪激动地说，“把东西还回去！”

“你让我还回去，可我该上哪儿找去呢，我是真不知该怎么办啊。”

“不知道就一直跑，跑上一整天也给我找回来！不愿意？不愿意，你就直说！”

“我还回去，我还，我还回去还不行吗？”龟吉嘴上这么说，却迟迟不见行动。

“Hurry up!”

直到被豹吉催促，他应了一声“OK”，然后像被自己的回答轻轻推了一下似的，跑出了花屋。

次郎和三郎吓得面面相觑。

大阪的忧郁

正当此时——

正当龟吉在豹吉的吩咐下为了漫无目的地找小泽十吉而走出花屋的时候——

雪子正窝在阿倍野桥的旅馆的一间房间里，焦急地等待小泽的归来。

度过巧妙的一夜，小泽早上醒来，对雪子说道：

“你，怎么办……”

“什么怎么办……”

“你这副打扮，能回去吗？”

“回不去。”

她身上只有睡衣和一根细带子。而且睡衣还是旅馆的东西。就算能借，要是在温泉的夜晚也还无妨，这大白天的一个年轻姑娘穿着睡衣走在大阪街头，可就太扎眼了。再说，还没有鞋。

“不如我去找旅馆的女佣说明情况，请人家把和服借给我们吧。”

“不。”

“为什么？”

“可是……”看来她想一直避开为何裸身而来的理由了。

“那么，有没有什么你认识的能借到和服的地方呢？我就代你去那里走一趟……”

“……”

“没有吗？”

“嗯。”

“那么，我出面想想办法吧。”

“你有办法吗？”

“首先，只能买回来啦。黑市……吧。我刚复员回来不大清楚，不过那里应该有卖的吧。只要有钱，什么都会有的。”

“可是，那钱呢……”

“我把行李寄存在大阪站了。有毛毯什么的，卖了的话能换成钱。”

“那……真是不好意思呀。”

“我现在就去，你等我回来。”小泽说完，出了门。

雪子正焦急地等待着他的归来。

当然，她在等的是和服，可是还莫名有些许等待恋人似的甘甜的焦躁。

她想，要是小泽能早点拿回和服，自己穿上它与小泽告别，像以往那样十点钟到花屋去。可是，她觉得就算小泽回来，自己心里可能也多少有些舍不得离开小泽。

她反倒有种跟小泽难舍难分的感觉。说是难舍难分，并不是说他们的关系已非同一般。毕竟，小泽一晚上都是背对着雪子睡的。

然而，这反倒让雪子的内心燃烧了起来。那颗过去从未为男人心动过的心，不可思议地急匆匆烧了起来。

因此，无止境地等待小泽的归来，甜蜜地摇晃着雪子的心。

可是，小泽怎么也不回来。

小泽在忧郁。

可是，小泽的忧郁不也一样是大阪的忧郁吗？

首先说小泽的忧郁。

小泽留下雪子一人，走出阿倍野桥的旅馆，然后上了地铁，来到大阪站。

他走到位于车站东口旁边的行李临时寄存处，想要拿出行李票，这时才发现它丢了。

他急急忙忙地四处找行李票……还把衣服翻了个遍，仍旧没有。

“怪了。难道是掉了吗？”他根本没有想到是被偷了。

“我把行李票丢了……”小泽已不再寻找，转而向行李员问道。“没有票的话能不能取到行李呢？”

“不行。”

当头一棒的回答。

“我认识我寄存的东西……”

“哼，肯定是些黑货吧。”

小泽怒从心头起，然而，声音还是温柔的，不，应该说是软弱地问：

“我昨天刚刚复员回来，那是我的行李。毛毯用麻绳捆着，一看就能找见……对了，上面应该还有名字。叫小泽十吉。”

“啊，是复员军人的行李呀。”行李员冒出一句。

“是的。”

小泽很恼火，但更悲愤。

这里的人们那种常有的高傲态度，与打仗的时候没有任何改变。他们回到家里应该都是善良的市井之人，在单位里滔滔不绝地提倡和倾听什么民主主义。可是，忘记了人道之爱，何谓民主主义之人呢?

当然，小泽也不是不知道这些人冷淡地对待复员人员的心情。可是，复员军人已经回来了，他们又是人了。不，他们是为了“变成人”而回来的，也就是说，他们还没有完全地成为真正的人。正因为如此，可以说，那些诸如“什么呀，原来是复员军人哪”的话就又把他们逼到恶之花盛开的花园，让他们被迫崇敬夜光虫的光，而不向往太阳的光线。

“这里没有一样行李像是复员军人的。”行李员看了一圈架子上的行李，说道。

“可是，我确实是寄存在这里的呀……不可能没有啊。”小泽说。

“没有就是没有——肯定是谁来取过了。”

“来取过？谁呢？”

“那我就不知道了。毕竟是你丢了行李票。”

行李员哧溜一下走到里面，任凭小泽怎么叫也不再出来。

小泽垂头丧气地来到位于梅田黑市的一家饭馆，这里仍旧布满了大阪的忧郁。

小泽从早晨——不，从昨天晚上开始就什么都没吃过。

因为没有自带大米，所以旅馆也给他做不出什么吃的。

他把复员时领到的够吃三天的大米，包在了毛毯中寄存到大阪站了。

他本来想的是，领了行李，卖掉毛毯和长靴之类，给雪子买件和服，回到旅馆请店里的人做些米饭。

他从没想过要在外面吃饭。

因此，当他知道寄存的行李不知何时没了的时候，他首先想到的是：“今天也许什么都吃不到了。”他首先对吃饭一事断了念头。

在黑市上漫无目的地走了一圈，小泽发现，别说面包了，就连饭馆装饰在橱窗里的咖喱饭模型也没有。

小泽急匆匆地走了进去。

“有咖喱饭吗？”

“有。”

“是白米饭吗？”

“棉花。”

“棉花？”小泽反问道，然后马上明白了。“啊，原来是这样啊。是白米呀。”

问了下价格，十五元。

太贵了，他不禁想。但他很快活，因为能在外面吃到米饭这个意外发现。

小泽一时没有注意到，十五元是这个国家的劳动阶级一天的收入——不，是更多的钱。

这家饭馆怎么会有白米呢？为什么有每天能卖几百碗咖喱饭的白米呢？他顾不得考虑。

他只是因为这里有白米而感到安心。

“有人吓唬我说回到大阪就吃不到米饭了，什么呀，这不是有吗？”

他想，“粮食危机”这个词真是假话。他吃着端上来的咖喱饭，突然注意到一个十六七岁的脏兮兮的少女——她黝黑而全身浮肿，瘦得像脱了水似的，泥垢像苔藓一样长在光着的双脚上。她歪歪斜斜地走了进来。

然后，她一边颤抖着好像中了风似的手脚，一边呆呆地站在旁边。一看到小泽的脚下掉了两三粒米饭，就立刻蹲下，捡起放入嘴里。

小泽不由得把脸扭了过去。

“过去，就连乞丐也不会干这么寒碜的事。日本到底成了一个可悲的国家……”

居然能在外头吃到米饭这份一瞬间的安心感轻易地消失，他同情——不，他愤怒了：羞耻、外表和体面，这个国家的人都丢失了。

可是，因为那个少女实在太可怜了，小泽想给她吃点什么，正在这时，坐在角落里的一个男人突然两眼发亮，喂地叫了一声少女。

女孩默默地转过了头。

叫她的，是一位四十五六岁的平头男子。

随便穿着的和服上系着带子，光脚穿着皮拖鞋——这副打扮看上去好像游手好闲之人，但他的面相看上去却很规矩。

“肚子饿了吗？”问询之声像女人一样温柔。

女孩没有回答，只是睁大了眼睛，望着男人。

“想吃吗？”男人指了指寿司盘子。

“呜呜呜……”

女孩点了点头，从嗓子里发出鸟鸣一般的声音。

“呜呜呜……”好不容易才憋出几声。

“原来是哑巴呀。”

男人把像女人一样纤细而美丽的手指放到自己的耳朵上。

女孩知道，他是在问，耳朵能听见吗？

“呜呜呜……”女孩摇了摇头。她好像听不见。

“喂，有人吗……”男人叫来了饭馆的女侍应。

“——给这个女孩，来点饭团寿司。还有，再来一杯啤酒……”

饭团寿司端上来后，女孩狼吞虎咽，不一会儿就吃光了。她用舌尖儿吧嗒吧嗒地舔着盘子上的饭粒。

男人一边喝啤酒，一边盯着她的样子，然后用怪异的手势比画道：

“跟我——来的话，我让你吃——更多的饭，跟我来吗……”

也许是女孩立刻明白了手势的意思，她默默地点了点头。

那意思看上去好像——只要能吃上饭，让我去哪儿都去。

男人冷笑了一下，结了账。然后站着把杯子里剩下的啤酒一饮而尽。

这时，小泽看见男人袖口的青色手腕。

那青色让小泽吓了一大跳。青色的手腕，他看见的是——文身。

“好，走吧。”

放下杯子，男人催促着女孩，走了出去。女孩踩着摇摇晃晃的步子跟了出去。

就在这时，食堂角落里那台装着大喇叭的留声机响了起来。

它好像一直在等那位聋哑姑娘似的，她刚一出门，留声机就迫不及待地响了起来。某种难以言说的奇妙的感觉盘旋在小泽脑中。

是那个带着大喇叭的留声机出现得不合时宜吗？是那个落后于时代的文身让他久久不能平静吗？抑或是，白天待在大火遗址上临时搭建的食堂里，听着过去——那时，霓虹灯把大阪繁华街市的夜空染成了红蓝紫色——那些甜美而低俗的流行歌曲，这一行为本身就很奇怪呢？

刚刚从这里出去的男人的行为，让人觉得奇怪不已。

他把那个姑娘带到哪儿去呢？要是吃饭的话，在这儿就行了，真是热心之人……

不，难道仅仅是热心吗？

“真奇怪！”小泽自言自语道。

小泽叫来了饭馆的女佣，问道：

“那个人，总来吗？”

“不，第一次来。”

那个女佣妆化得很浓，大概是为了遮盖疙瘩，才厚厚地涂了好几层，看上去有些可笑。廉价的香粉散发出刺鼻的味道，她走到小泽身旁，说：

“帮您拿一瓶啤酒来吧？”

虽然她说的是大阪话，但声调不对。大概是从什么地方流浪到大阪来的女人吧。

“不，不要。”

小泽心想，原以为这里是饭馆，看来夜里摇身一变就成了酒吧；不，这地方一清早就俨然酒吧了。

“——那么，来份饭团吧。”

一盘十五元的咖喱饭，根本吃不饱。

“饭团一份！”

“不，来两份。”小泽匆忙说道，“——我要送人，请帮我包起来。”

他突然想起在阿倍野桥的旅馆里等待自己的雪子。

雪子从昨晚开始就什么都没有吃。他不想只是自己一个人吃，他想快点拿给雪子吃。

饭的问题倒是解决了，可和服怎么办呢？

本来卖掉后能换钱买和服的行李，也在车站丢了。

“这可麻烦了。”小泽黯然伤神地自语道。

如果空手回去，雪子今天也没法离开旅馆，必须像昨天晚上那样在同一间房间里共度一夜。

就算能熬过这一晚，但能否付得出给旅馆的钱，他心里没底。

“昨天晚上一直走到细工谷町，我还真受累了。”

小泽想起了突然在深夜的雨中碰到一丝不挂的雪子的事，苦笑着，又忽然想起了细工谷町的朋友。

那个朋友当时单身，现在说不定娶了妻子呢。就算是独身，他应该还有个妹妹。

“对了。我只能拜托那家伙，跟他借女人穿的和服了。”

小泽拿起装饭团寿司的包袱，付了钱，出了食堂，可因为是头一次来，他完全不知道怎样才能走到站前的公共汽车站。他在迷宫似的黑市上转了好几圈，才终于绕出来，来到梅田新道大街。

小泽苦笑着朝阪急方向走着，终于坐上了开往金里的市营电车。

里面拥挤不堪。

在北浜二丁目有十多个人下车，小泽不停地朝多少有些空隙的出口方向移动。正在此时，他啊地叫了一声。

他看见出口附近吊在拉环上的手腕，青色文身的手腕。旁边站着刚才的哑巴姑娘。

电车终于开到上本町六丁目，小泽正要下车，发现文身男子和女孩也一起在那儿下了车。

作者想在这里稍微做些解释。

——偶然与幽默都是人生中不可或缺的要素。

恐怕再没有比毫无幽默的人生更无聊的东西了。与此同时，如果从人生中除去偶然这个要素，人生也将会变得索然无味。

而且，偶然的有趣之处在于，它一旦出现，就没完没了。

打个不大雅观的比方，偶然这个东西就像金鱼的粪便一样拖得很长。

比如……

小泽在偶然来到的梅田黑市的饭馆里，看到一个文身男子和一个哑巴流浪少女一同出去——如果这个偶然仅止于此，也没有什么大不了的，可是他又在乘坐的市营电车里，与那两人偶然遇上了。这些偶然一再重复，说明非同小可。

至少，小泽感到一种莫名其妙的未知之感，他不由得一惊。

文身男子与哑巴姑娘从上本町街朝北走去，又在八丁目的外语学校前面突然向东一拐，然后走过上之宫中学的前面，朝细工谷町方向走去了。

这路线就是昨天夜里小泽在暴雨中走过的路线。

而且，现在小泽走的也是同样路线。

当然，形式上看小泽在尾随二人，可他并非是在尾随。

小泽不过是为了拜访住在细工谷町的朋友，才走在这条路上的。

然而，文身男子与哑巴姑娘走到昨天夜里小泽碰见雪子的十字路口后，突然向北拐去。

“哎呀。”小泽突然改变了去朋友家的路线，尾随在二人后面。

文身男子走了半町左右的路程，在一幢旧式房子前停住了。

然后，他比画着手势催促哑巴姑娘，走了进去。

小泽悄悄地尾随其后，若无其事地从那幢房子前走了过去，他往上瞟了门牌一眼。

“横井喜久造……”

他记住了这个名字，返回到了十字路口。

然后向东走了两町左右的路程，来到了朋友家。

看到“伊部恭助”这个稍稍向左偏的、个性却笔力十足的门牌，小泽想：“伊部这家伙的字与在高等学校的时候一样啊！”

他胸中涌起一股怀念之情——马上就要见到久违的老朋友了，还是他复员以后见到的第一个熟人。

“这里没被烧毁真是太好了。”小泽高兴地推开了玄关的门，看到那里扔着三双男人的鞋。

他扫了一眼，喊了一句，从里面出来一个年轻姑娘。

“啊，是小泽先生啊。”

她看到小泽，脸一下子红到了脖子根。

虽然三年没见，可他还记得这个姑娘的模样。

额头宽阔、眼睛深陷、鼻子高耸，与哥哥伊部恭助长得一模一样。他一下子想起她的名字，这是他的妹妹道子。

“呀，真是好久……”

小泽的声调与以前来这家拜访的时候一样，可是他罕见地脸红了。

三年前见面的时候她还在女校上学，现在已经长成大姑娘了。小泽看到道子从短裙裙摆处露出的圆鼓鼓的膝盖，不由得脸红了。

见道子的表情突然变得明快，小泽反倒害臊起来，他的脸一下子红了。

“伊部君在吗？”他问。

道子说：“那个，现在……”

她说伊部不在，可表情不知为何哭丧着。

“啊，是在医院吗？”

小泽想起，伊部在阪大医院的外科工作。

“哈，可是……”

她暧昧地说着，然后笑了一笑，露出酒窝。

“是吗？”小泽又泄气了，“那，我下次再来吧。”

“啊？”

“嗯？”

“那个……别回去，请进来坐坐吧。”道子扭扭捏捏地终于说了出来。

“可是……有客人在吧？”小泽扫了男人的鞋一眼。

道子见状说：“啊，没关系的。”然后兴高采烈地说，“请进！”

“是吗？那么……”被带到客厅后，小泽马上说，“其实，我今天来，是想向您借和服一用……”

“和服？”

“嗯，女人的和服。”

小泽虽不至于挠头，却也万分不好意思地说道。

“女人的？”道子不由得皱起了眉头。

“要是伊部的话，我能跟他讲明实情。可是……”

“您的意思是不能跟我说吗？”道子的声音很尖锐，竟让小泽颇感意外。

“嗯，稍微……”这次，他真的挠着头，“你就当是帮我，能借给我吗？”

道子突然站了起来，走出客厅。然后，里面的房间传来一阵窸窸窣窣的声音。

她回来说：

“您特地而来……我却无法借给您。”

她露出悲伤的表情，紧紧咬着嘴唇。

小泽望了道子一眼，仿佛在说：

“为什么……不行呢？”

道子紧紧地咬了一会儿嘴唇，看着远处。

“穿的东西都被扣押了。”

她的声音没有丝毫表情，好像念书一样。然后她笑了起来，露出了酒窝。可是，酒窝里藏着寂寞的阴影。

“嗯？被扣押了……”

小泽一时不知此话何意。

“法警现在在我家。”

“啊，原来……”

他终于明白了。刚才在玄关看到的三双男人的鞋，是来执行扣押的呀。

“可是，为什么……”他仍旧留有疑问。

“哥哥向高利贷借了钱。”

“嗯？伊部君？”

向高利贷借钱一事让小泽深感意外。

伊部是个天才，他二十五岁就获得了医学博士学位，烟酒不沾，是所谓品行端正的男人。他在阪大医院工作，能领到不菲的薪水，根本想不出来他的生活需要向高利贷借钱。

可是——

“……战败之后，他突然喝起了酒。”

而且一天还要抽八十根香烟，医院的工作也不干了，每天无所事事地过着如豉虫一样碌碌无为的空虚生活——道子一边攥着裙角，一边说。

“为什么……变成这样？”小泽很吃惊，想问却说不出口。

“因为……”道子一下没了精神，“我也不知道。”

“嗯。”小泽当然也不明白，“他辞掉医院的工作了吗？”

“医院一直让他去上班，可他无论如何也……他说战争结束后，就不大想去了。他的性格完全变了。”

说到后面，她的声音哽咽了。

“嗯。”小泽也只能叹气。

“小泽先生，拜托了。”道子说到小泽的名字的时候，突然脸红了。“——请您劝劝哥哥！”

“可是，你哥哥现在在哪儿呢？”

“可能在渡边桥一带。”

“去干什么……”

“因为他没有什么可干的，就每天一大早到那里钓鱼去。”

道子可怜兮兮地说。

“钓鱼？”

伊部可不是个钓鱼的人。他除了研究和工作之外，没有任何兴趣爱好，他全身心地扑在医学上，连打个哈欠的工夫都没有。

“是。”道子答道，“天还没亮就起床，然后出去，在渡边桥附近坐一整天。”

“能钓上来吗？”

小泽问了个愚蠢的问题。他不知道，除了这个还能说些什么。他真的是吃惊到了极点。

“谁知道呢？从没拿一条回来过。钓到的鱼他都放回河里了。”

那悲伤的声调让小泽感到心痛。

“伊部这个家伙。”小泽咬紧嘴唇，抬头看见墙壁上挂着的野口英世[①]的照片。“我现在就去，去劝劝他。”

“拜托了。”

“那，再见……”

他正要起身，道子说：“啊——我现在去倒杯茶吧……”

她没想到小泽这就打算离开，好像很是寂寞。

可是，她为何如此寂寞呢？

“也是。那么就来杯茶……”

小泽重新坐了下来。道子明明有很多事情需要做，却挽留住自己，是为什么呢？小泽慌慌张张地把目光从道子的脸上划过。

在同一时间，小泽头脑里浮现出雪子的模样。等待自己回去的雪子的脸……和服、和服带、木屐……

道子想要拿茶杯，刚要打开碗柜的门。

这时，一个男人突然进来。

“喂……那个不能打开。”他说着，推开了道子的手。

“为什么不能开呢？”小泽怒喝道，连道子的火也一并帮着发

---

① 野口英世（1876—1928），日本细菌学家。

了出来。

“刚被查封了。”男人冷笑着。

“伊部君究竟借了多少钱？”

“一千元。”道子说完。

男人紧接着说：“两万三千元……本利一起。哈哈哈……”

“一千元成了两万三千？如此夸张……”

“你们问问伊部吧。他什么都清楚。”男人又一次冷笑道。

“好吧，我去问问。”小泽气呼呼地站起身来。

背后传来啊的一声。

小泽奔出家门，旋即来到渡边桥。道子说他一天到晚都在那儿，可那里没有发现伊部的影子。

读者还记得吧，被豹吉推到河里的那个男人。

可是，小泽当然不知道此事。

小泽再一次忧郁起来。

“我碰到的事儿，都不凑巧。”

去车站取行李，行李票不知何时丢了；去伊部那里借雪子穿的和服，他家的家什都被扣押了；而且，来渡边桥找伊部，却偏偏找不到他。

如果非要说的话，找到那个奇怪的文身男子的住处，与碰到伊部的妹妹道子，是仅有的收获。

找到那个文身男子的住处，也并非什么天大的事。也许只是被所谓的好奇心驱使罢了。

至少，昨天夜里捡到雪子的地方，在那个男人家附近。

可是，虽然一时说不出任何理由，他总觉得……

“莫非……什么……”

他稍稍有些预感，觉得两件事也许有关联。

“总之，先回旅馆再说吧。”

没拿到和服就回去不大好，不过总归还有寿司作礼物。

反正也找不到借和服的地方，再这么磨蹭下去的话，只是在浪费时间，还会让雪子倍感饥饿。小泽从淀屋桥乘上地铁。

作者想在这里再做一些解释——偶然这东西，一旦出现，就没完没了。

龟吉乘上了同一辆车。

可是，小泽不认识龟吉，即便看到龟吉的脸，也不会想到他就是冒领了自己行李的男人。

龟吉也没有留意到小泽。

车内一片混乱。

可是，当电车从大国町站出发后不一会儿……

“小偷。”车内传来一阵叫声。

声音马上传到了人群的每一个角落。

“小偷，小偷！”

苍白的嘴唇、不安的嘴唇和好奇的嘴唇，朝左右扭动着。

现在的世道，不管看到什么，听到什么，每天都是让人震惊之事。要是对每一件事都大惊小怪的话，神经不好的人会疯掉的。因此，大阪的人对一般之事已不大吃惊。

可人们听到“小偷”二字，仍旧动摇了。在动摇的人群中，最为动摇的——是龟吉！

“小偷！小偷！”

龟吉表情茫然，他比其他人更大声地喊叫着。

其实，这不是龟吉干的。

“不是我的话，是谁呢？”

他环视一周，电车在动物园前面停住了。

这时，一个男人鬼鬼祟祟地下了车。接着，一个刚复员回来模样的男人也跟着下了车。

看到他的脸，龟吉啊地睁大了双眼。

“啊，是那个男人。”

原来是小泽。龟吉匆忙追了出去。

从动物园前面缓缓地朝阿倍野桥方向走去，来到一条宽阔的水泥马路。

小泽紧赶慢赶地跟在男人身后，苦笑道：

“今天是尾随之日呀。”

本应在阿倍野桥下车，却特意在动物园前下车，这是因为那个男人在此下车。

小泽觉得他可疑。

小泽并没有目击那个男人在地铁中偷东西的一幕，只是隐约觉得他的态度和表情有些奇怪才想到的。那个人行迹很可疑。

可是走着走着，小泽却不自信起来——他真的偷东西了吗？这是一次不负责任的尾随，不，说不定是一次让人毛骨悚然的跟踪。

可是，男人扭了一下头。

他们的目光唰地对上了。

男人顿时吓了一跳，然后飞奔起来。

“啊，果然……”

我的感觉是对的——小泽立刻自语道，也急急忙忙地追了出去。

距离越来越近。

“喂，等一下。”小泽说道。

这时，有人同时跟他打招呼。

“能稍等一下吗？那个……”

小泽不由得扭过了头，然后手一下子被握紧了。

原来是龟吉——可是，小泽根本不认识他。

“你是谁？”

龟吉微微缩着黑乎乎的脖子，吞吞吐吐。最后他终于开口，“我吗？我是……小偷。”

“嗯？”

小泽感觉好像摔了个屁股蹲儿一样惊住了。

自己打算追小偷，却又被小偷追，这到底是怎么一回事呢？

“前面那个人才是小偷。”小泽火冒三丈地厌烦地说道。

“你真傻。”龟吉噘起嘴巴，显得很不满，“我才是正宗的小偷。”

他自大的口气很可笑。

“正宗……”

“嗯。我是大阪第一小偷，人称五寸钉的龟吉。”

小泽差点喷笑出来。自称五寸钉的龟吉的脸，看上去傻乎乎的。

“证据就是，”龟吉事不关己地说道，“我昨天偷走了你的东西。”

“嗯？”

小泽吃惊了，等缓过劲来，他才恢复了原来的表情。不，他甚至泛起一丝冷笑。小泽向龟吉说道：

“说什么鬼话，我怎么会被你偷呢？我可不知道被你偷过……”

“不行吗？哈哈哈。”龟吉露出奇怪的笑容，“这可是真的。”

他盯着小泽的眼睛，眼神充满不屑。

小泽顿时不安起来。

“那么，我被偷的东西，你还拿着吗？”他冷淡地说道。

龟吉毫不畏惧，接着说：

“那个，嗯，哈……哎……”他笑了，黑乎乎的脸上满是皱纹，“你的票还在吗？”

“票？”

“寄存行李的……”

“啊，那么，是你小子……”

“你”变成了“你小子”。

“啊，哈哈哈……”

“你这个家伙！”

小泽抬手正要打他，龟吉却说：

“啊，稍等一下，稍等一下。听我说。”

“好吧，你说。”

“其实，我偷是偷了，可觉得偷复员军人的东西很对不起，就想还回去……”龟吉挠了挠头，“我想找到你还回去，可是找了个遍哪儿……现在我就还，还请你饶了我。”

“哼。”小泽微笑着盯着龟吉的脸，心想，这脸可真黑呀。“可是，你现在没有拿着吧。”

“嗯，哎哎……我已经卖掉了。我想去买回来，可是一看，也已经被卖掉了。”

“……”

“你的脸别那么恐怖好不好。那么，我把卖掉的钱还给你。”

他说着，把手伸进了上衣口袋。

“啊。”龟吉的脸变得苍白。

不知是掉落了还是被偷了，两千块钱不知何时没有了。

“糟糕。丢了。”龟吉叫道，“不，是被偷了，被那个男人。”

小泽想起了自己刚才追赶的男子的脸。

“小偷被偷，真没出息。”

龟吉也不回应，只是一个劲儿地翻着口袋找，这时掉出来一张纸。

上面用铅笔龙飞凤舞地写着几个字。

致豹吉

今天晚上十点在中之岛公园的图书馆前面等着。

隼

另：龟吉的两千块被我们偷走了。

不好意思啦！

夜晚的姿势

当夕阳的最后一道光芒消失在筑港的海面上，夜晚终于降临到了大阪。

热爱太阳那炫目之光的人们已消失得无影无踪，喜欢夜光虫的蓝白色光线的人们一同迎来了到大阪的闹市区蠢蠢欲动的时刻。

在难波的黑市一隅——

次郎和三郎两兄弟一如既往地坐在擦鞋的工具后面，茫然而寂寥，仿佛铅一样。

一旦入夜，就变得漆黑一片，根本做不成生意。

他们换到了饭馆的灯光能隐约露出来的地方，可是毕竟到了晚上，一个客人也没有。

他们还是一动不动地坐着，因为家里唯一的亲人——母亲正卧病在床。他们很担心母亲，想哪怕早一分钟回家，可他们更先想到的是："哪怕多挣一块钱。"

从饭馆里漏出来的，不仅是灯光。

可能正在烤肉，那香味扑鼻而来。

“啊，好香啊！”三郎抽动着小鼻子。“哥哥，花屋的猪排饭真好吃呀！”

“嗯，蛋包饭也好吃。”次郎吞了口唾沫。

“喜果邦治也好吃。”三郎说。

“傻瓜。那是水果宾治，不是喜果邦治。”次郎骂道，然后叹了口气，“咖啡也好喝啊！”

“那东西太苦了，我还是喜欢炸虾球——啊，肚子饿死了。”

中午刚被豹吉请客撑得差点吐出来，三郎又饿得前心贴后心了。

“嗯，我也饿死了——有钱就好了，再去花屋大吃一顿。”

次郎说罢，三郎接着说道：“就是，就是，吃完了再给妈妈打包回去。”

“真想要钱哪——老板，要擦鞋吗？”

“老板，要擦鞋吗？”

一个男人刚好经过。

他径直走了过来。

“O——K——”

次郎的这句话，有“多谢”和“好的”两层意思。他拿起刷子，冷不防抬起头，原来是白天在花尾见到的龟吉。

“喂，你们知道大哥在哪儿吗？”

龟吉是来打听豹吉的消息的。

“大哥？啊……那个小偷先生吗？”

次郎和三郎不禁想起白天龟吉在花屋称豹吉为大哥的事。

“啊，别那么大声！”在街上听到小偷二字，会让龟吉感到害怕。“你知道，他之后去了哪儿吗？”

“嗯，不知道呀。有什么事儿吗？”次郎老成地问道。

“还什么事儿呢。出大事儿了。”龟吉压低了声音，“真愁人。他到底去哪儿了呢？别人这么急着找他。”

他自言自语地嘟囔。

“去花屋打听一下不就知道了？”

“嗯。我现在刚从花屋回来。”

龟吉一边说，一边东张西望地四下搜寻。

“老板，不如顺便擦个鞋吧。老板的鞋可到处是泥呀。”

三郎拿起刷子。

龟吉说：“笨蛋！哪里还顾得上擦鞋。我现在忙着找大哥呢。别发呆！”

他急急忙忙地走远了，然后突然折回身来。

“你们俩，要是看到大哥，就说我在找他，让他马上到花屋或者中之岛的图书馆去……不，不能去中之岛。让他赶快去花屋。就告诉他，是我说的。”

“OK！”

龟吉的身影消失在黑暗之中。

次郎一边看着他的背影，一边呆呆地说。

“喂，三郎公，小偷真有钱哪。”

“嗯。”三郎随声附和道，“他们随时能吃到好吃的东西，喜果邦治什么的……”

“傻瓜！那是水果宾治，不是喜果邦治。”

次郎与刚才一样，才骂了弟弟一句，又感叹起来：

“——可是，三郎公，小偷这活儿还很轻松呀。咱们把人家鞋子上的泥擦下来才一块钱，对比起来，小偷简直就是白捡钱哪！”

“不如当小偷吧？”

“……”

“哥哥，你要是当上小偷，让我给你擦鞋，你给我两份工钱，请我在花屋吃一顿，怎么样？哥哥，你就当小偷吧。”

“嗯——”次郎不过是个孩子，却煞有介事地抱着胳膊想了一会儿。“不，还是算了。小偷不是好事儿。不跟强盗一样吗？”

说这话时，次郎的目光炯炯有神。

他看到一个男人正在眼前仿佛被追赶似的忘我奔跑。

是豹吉。

“啊，小偷先生！”次郎不由得叫道。他顿时想起龟吉嘱咐他的事。

他和三郎一起拼命地呼喊道：

“小偷先生，小偷先生。大哥，大哥！”

就算没有龟吉的吩咐，他们也一定会叫住他的。

好令人怀念哪。他们无法忘记花屋的事。

然而，豹吉却不停下脚步。

他正被警察追赶。

次郎和三郎放下做生意的工具不管，跟在后面追了起来。

豹吉拼命地逃，他们跟在后面拼命地追着。

可是，就在他们离开的时候……

工作单位——这个词过去曾被我们说烂了，给人一种好像肮脏的债权般的讨厌之感，但是在没有比这更合适的词语了——那里对次郎和三郎来说就是工作单位，所以还是用工作单位这个词吧……

一个少女默默地走近两人的工作单位。

之所以说默默地——实际上，是因为那个少女是个哑巴。

读者应该已经明白了吧——就是在梅田黑市的饭馆，被一个可疑的文身男子带走的那个哑巴姑娘。

她赶紧看了一下四周，迅速把手伸进罐子里。

她一把抓住次郎和三郎今天一整天挣到的钱，一瞬间又像吃惊似的跳了起来，然后用颤抖的手把钱放回了罐子。

她颤抖着站立了一会儿，然后又下定决心似的把手再一次伸了进去。

手仍旧在抖。可是，这次少女抓住钞票，头也不回地马上逃走了。

她的牙齿嗒嗒作响，不停地抖。

她逃到雁治郎胡同的时候，突然被人抓住了肩头。

“喂，等等！”

“……”她吃惊地转过了头。

抓住她的是加代，人称“兵古带加代”。

她像平常一样垂着前刘海儿，与从前一样的紫色兵古带在昏暗中看上去像是黑的。

“呜呜呜……”

哑巴姑娘从瘦弱的喉咙里勉强发出呻吟似的恐怖声音。

“把手里的东西拿出来！”

加代目光锐利地盯着姑娘那握着钞票的瘦骨嶙峋的手。

“呜呜呜……”

“我说，让你拿出来。”

“……”

“你不说话可不好办啊。”

“呜呜呜……”

“真是着急。你再不拿出来，我可要抢了呀。”

加代一下子握住了对方的手。

正在此时，一个影子飘进了雁治郎胡同。

“呜呜呜……啊啊啊……”

哑巴姑娘的手被加代拧着，她发出鸟叫般的怪声。

“这怪叫……”

说着，加代从姑娘手里抢过钞票，借着微弱的光线一看，十块的钞票只有一张，剩下尽是些五毛钱或一块的钞票，加起来也超不过三十块。

“只有这么点儿啊！”

加代呸地吐了口唾沫。

“啊，这是豹吉的习惯来着。”她顿时想到了豹吉，“豹吉现在在哪儿呢？龟公正找他呢。”

不，找他的不只是龟吉一人。加代也在悄悄地寻找豹吉的所在之处——她想见他。

与豹吉白天刚在花屋分开，现在就非常想见到他。

他根本不看自己，只顾迷恋着那个娼妇，自己却如此想见到豹吉，这究竟是怎么了……她很恼火，觉得自己甚是可怜。

我还是加代吗？

她越发焦躁地说道：“你，只有这点吗？”她死瞪着姑娘。

“……”

“至少也答句话呀。”

加代不由分说地朝姑娘脸颊打去。

姑娘的眼神茫然若失，也不去摸被打的脸，而是抬头看了看加代。

“什么呀，一副无所谓的样子……”

她正要再打她，突然传来一个声音。

“喂，加代！”

“请原谅，她是个哑巴。”

说着跑过来的，是那个文身男子。

“嗯？是哑巴？真的吗，针助先生？”

有的读者应该还记着“针助”这个名字。

不，记性好的读者，还应该记得“文身的针助”这个名字。

恐怕，还有些读者应该记得，白天加代在花屋告诉豹吉的那件让豹吉狼狈不堪的事——昨天夜里捡了雪子的男人，就是“文身的针助”。

所谓“忍耐”，在大阪话里是文身的意思。因此，写作“文身的针助”也可以。

“真的吗？你可真够迟钝的。她要不是哑巴的话，至少应该说两句吧。”针助对加代说，“把钱还给她。”

“你是说，不该从哑巴那里抢钱吗？”

“不是。其实，她从今天开始就是我们的自己人了。”

“自己人……这个哑巴？”加代不由得问道。

“是的，从今天开始她就是青蛇团的一员啦。我会训练她的，你也教教她。”

文身的针助一边盯着呆呆地站着的哑巴姑娘，一边对兵古带加代说道。

“嗯？真没想到。这样的哑巴顶用吗？”加代冒出这么一句，“青蛇团的行情竟跌到这个份儿上了。”

“别这么说。她可是……”针助好像指着什么东西似的指着哑巴姑娘，“哑巴也有哑巴的长处。而且，这家伙倒也机灵。我今天只教了她一下，她就偷了这么一手。”

“啊，就这点儿钱……”

加代把从哑巴姑娘那里抢来的钱干脆地交给针助。

针助默默地把它放到哑巴姑娘的手上，姑娘冷冷地微笑了一下，数了好几次。

也许，她已经好久没有接触过钱这种东西了。

加代一下子背过脸去，一种讨厌自己的感觉顿时袭来。

针助也冷笑着，用一种阴森森的、女人般絮叨而温柔的声音说：

“现在虽说只有这么一点儿，再教教她的话，就能让她后背上的文身起作用的。”

“这么说，你，给这个女孩子也……”加代的脸色大变，“你也给她文身了？”

“是。”

“你究竟是在哪儿捡到她的？”

“梅田的黑市上。我请她吃了点东西，她就高高兴兴地跟我走了。”

针助哈哈哈地发出下流而猥琐的笑声。

“用饭引她上钩的，对这种话也不会说的女孩儿……”加代咬紧了嘴唇，“不管人家愿不愿意，强迫给别人文身，你可真是坏啊——”

加代盯着针助看了一会儿，针助露出些许狼狈之色，然后突然笑了起来。

“哈哈哈……我已经很久没有文身了。要是不偶尔在这种老老实实的姑娘身上尽情地扎针，我就觉得很寂寞。我今天大展身手了。哈哈……”然后，他转向哑巴姑娘说道，“我给很多身体都扎过针，可没有比在你后背上文的更得意的针了。那文身让谁看都不掉价。你的后背，可是出几万块也买不到的后背呀。你虽然嘴上不会说话，可我会让你的后背说话的。我要把你培养成名副其实的大姐大。”

他像是说给哑巴姑娘听似的没完没了地讲着。

“呜呜呜……”

姑娘只是发着怪叫。

“啊哈哈……对了，讲了她也听不见呀。”针助苦笑了一下，然后对加代说，“喂，她就交给你了。”

“不。”

加代说话的时候，针助已经丢下姑娘飞快地走开了。

“喂喂，真麻烦。我……”

兵古带加代啪嗒啪嗒地追着针助跑了出去。

“你把她交给我，可怎么办呀。真愁人——喂，针助先生！”

她想叫住他，可针助头也不回地消失在了雁治郎胡同。

加代只得作罢，返回到哑巴姑娘身旁。

“……”

哑巴姑娘仿佛已经决定好了，只能跟着加代似的，她呆呆地站在黑暗当中，等着加代返回到自己这里。

看着这孤独的可怜样儿，就连加代也一下子感到胸口温暖起来。

加代马上把手搭到姑娘的肩上……

“对不起啦。刚才还打了你……”她道歉地说。

虽然对方肯定听不见，可仿佛心心相通似的，哑巴姑娘点了点她那瘦瘦的头。

“呜呜呜……”

姑娘一边怪叫着，一边微笑。

“你，肚子饿了吧。吃点什么吧。”

加代的手搭在姑娘的肩上，朝花屋方向并排走去。

“你真是遭罪了。那个叫针助的，他叫文身的针助，在文身界属于大阪西部的第一名人。可偏偏名人大多有怪癖。他只要看到人，就想给人家文身。也就是说，他是个文身的狂热分子。”

“……”

“别人不愿意，他就强迫地威胁、哄骗，或者卖弄花言巧语，把人带到家里，然后让别人闻麻药，给别人文身。被那个家伙文过身的人不知有多少呢。我，也是其中一人——你，在听吗？”

“……”

哑巴姑娘仍旧战战兢兢地仰视着垂着刘海儿的加代。

“对了，你听不见呀。”加代苦笑了，然后突然想到似的接着说，“是啊，你要是耳朵听得见的话，我也不会说这些了。正因为你听不见，我才说的。”

“……”

姑娘抬头看了看加代的脸，看到加代的眼睛湿润了，她露出吃惊的表情。

“我，如果不被那个针助文身的话，也不会变成现在这样的女人。我在东京的时候，也是老老实实的姑娘呀。我可是个不会搞什么同性恋之类的深闺小姐。东京被烧之后，我独自一人流浪到了大阪……”

她忽然抬头仰望天空，好像想起了那时的事情。星空低得要落下来了。

“好漂亮的星星啊！”

她自言自语的时候，星星唰地划过，蓝色的光芒拖着摇摇摆摆的尾巴斜斜地一下消失了。

加代真情流露地目送着远去的星星。

“据说在流星划过之际许愿的话就能实现……”

她自语道，一股突如其来的无法排遣的情绪让她感觉胸口好像被勒紧了一般憋闷。

“愿望，究竟是什么呀？”

加代凝视着胸口，终于回过神来。她看见了星星，星星窥见了她的内心。

“算了，反正都被它看了。”

她想着，又说：“豹吉——”她轻轻地发出声音，“豹吉！”

这句话，哑巴姑娘当然是听不见的，可加代还是觉得害羞，在哑巴姑娘面前羞得脸红到了脖子根。

加代搭在姑娘肩头的手加了力，就像拉拢豹吉注意自己一样，她用力把姑娘的肩头拉到自己身旁。

“东京被烧之后，我独自一人流浪到了大阪……”她接着刚才的话说道，“我来到陌生的大阪，正在不知所措之时，有个人过来亲切地同我搭话，你猜是谁……”

“……”

哑巴姑娘当然答不上。

“就是那个针助！”

加代愤怒地说着。

“他说借他家二楼给我住，我觉得很幸运，就跟了他过去。虽说他家没有女人，他一个人住，多少有些害怕，可现在还有哪个能借给自己住处的人呢？我刚在二楼住下来，一天夜里……不，针助不是一个对女人感兴趣的男人。他什么也没对我做，却在我身上文了身……”

“……”

“我在被迫文身以前，一直是一个规规矩矩的打字员。在公司被人看到胳膊上的蓝色图案就完蛋了，哪儿也不会用我。背着文身这个包袱，我的一生都被毁了，很难过。也就是说，我只能靠着文身生活了。”

兵古带加代的眼睛又湿润了，声音也有些哽咽，她慌忙发出自嘲式的笑声。

“啊，我说得好多呀。你在听，听不见吧，真可怜……不过，正因为你听不见，我才说了这些。”

“……”

“哦，终于到了。”

四周一下子亮堂起来，她们来到花屋的门前。

“豹吉中午的时候还带擦鞋的孩子来过……”她一边回忆，一边要进去的时候，忽然愣住了。

入口处掉落了一张画着蛇形图案的纸片。

如果看到蛇形图案的纸片——就要通知青蛇团的成员。

这是“危险”的信号。

此时——

更准确点说，就是文身的针助与兵古带加代分别从雁治郎胡同出来的时候——

次郎和三郎追累了，不，是他们跟丢了豹吉后，就回到了位于难波的黑市的饭馆房檐下，那是他们工作的地方。

“他为什么不等等我们呀？”

“他不逃也好哇。”

“他为什么逃跑呢？”

“他肯定觉得要是被我们追上的话，又得在花屋请我们吃饭吧。”

“瞎说什么。”声音忽然低了下来，“该不是在被刑警追吧？”

“嗯？抓住了，可是要进监狱的呀。”

“还不知道会不会被抓住呢。”

“要是能逃走，就好了。”

“嗯。”

“可是，哥哥，小偷虽然很轻松，也让人害怕呀。可不能进监狱啊。哥哥，你还想当小偷吗？”

“……”

次郎默默地考虑了一会儿，然后看了一下脚底，他嘴唇都变白了。

“三郎公，坏了，钱没了。”

“嗯……真的吗？”

三郎探头看了看放钱的罐子。

空荡荡的。

“被偷了。”

次郎紧紧地咬着嘴唇，站起身来，然后恨恨地盯着前方。

“畜生！谁偷的呀？真是干尽坏事。”

“哥哥，我们去警察署报案，不行吗？”

三郎的声音听上去要哭了。

“笨蛋！报了案能要回来吗？现在连小偷还没抓住……”

“我们该怎么办？”

次郎不再作答。

“我们一分钱都没了，就这么回去吗？”

“……”

“不。还是到花屋吃点好吃的东西吧，这比被人偷东西强多了。”

“……”

次郎像根棍子一样呆呆地站着，眼里突然放起亮光。

“三郎公，我要当小偷。”他怒吼道。

“嗯？”

“老老老实实地擦鞋，伺候妈妈，钱也都被坏人给偷走了。还有比这更吃亏的吗？踏踏实实工作，只能吃老实亏。好，既已如此，我也就豁出去了，我要当小偷！”

次郎说话的同时，眼睛死死地盯着前方，这时路过一个衣着随便的男子。

是从雁治郎胡同出来的文身的针助。

“好吧！我就去偷偷那个男的。”

次郎根本不知文身的针助是何等人物，他盯着针助的袖口。

文身的针助的袖子里，因为放的东西很重，袖子耷拉地下垂着。

“那里面装着钱包吧。”

次郎还是个孩子，却也能猜到一二。

“喂，三郎公，跟上！”

他压低声音，边说边跟在针助后面。

三郎也不回答，紧张得连嘴唇都发青了。他颤颤巍巍地跟在了次郎后面。

针助不紧不慢地沿着戎桥街径直向北走去，然后来到电车大街，拐到了去往上本町六丁目方向的站点。那里微微有些亮光——地铁入口的灯像夜光虫似的，在夜幕中闪烁。

公车站排着十几个客人，他们正在等电车。

针助排在最后一个。

偷偷跟在后面的次郎一副若无其事的样子站到针助身后。三郎恨恨地咬着牙，不安地跟到次郎身旁。

然后，三郎轻轻拉住次郎的袖子说：

“哥哥，你还是别当小偷了。”他还使眼色给次郎看。

“……”次郎什么也没说。

他默默地摇了摇头，仍旧盯着针助的袖口。

可是，他终究没有下手。是因为针助防得太过严密，还是次郎没有勇气呢？另外，他也没有把手伸进人家袖口的时机。

“现在，就是现在。要想伸手，就趁现在。”

他在脑中拼命地叫着。可是，无论他怎么想当小偷，无论他怎么做好了破罐子破摔的准备，这对他来说毕竟是第一次，随便把手伸进别人袖子里之类的事，若不是一时鬼迷心窍，是绝对做不出来的。

恶之魔——他还没有降临到次郎身上。

电车终于来了，排队的人动起来，针助也往前走了两三步。就在此时，次郎慌慌张张地好像推他似的把自己紧紧贴在针助的后背。

次郎的手碰到了针助的袖子。

“就是现在……”

次郎眼前模糊了。他沉浸在忘我之中，突然传来针助的叫喊声。

“你！”

次郎的手被针助抓住了。

“啊！”次郎反而比三郎大吃一惊。

三郎正想一句话不说逃走，针助的手一下子伸过来，抓住了他的脖子。

“你也是？”

“……”

“你也过来！”

针助两只手拖着次郎和三郎，乘上了电车。

——这不过是刹那间发生的事。

没想到电车人不太多。

针助发现空着的座位，让次郎和三郎坐到自己两侧，用胳膊夹着他们。

次郎和三郎分别被针助的两只手拽着，他们像死了一般瘫软了，就连电车驶过日本桥筋一丁目也不知道。

他们也不知道车开过下町寺。

电车顺着下町寺那烧得漆黑的斜坡，终于来到上本町六丁目。

“就是这儿。”

针助催促着次郎和三郎，走到出口，他想要伸出抓着次郎的右手付票钱。

“要逃只有现在。”

次郎好不容易回过神来，他小声说道。可是丢下三郎独自逃走的话，三郎也太可怜了。他呆住不动。

针助付完钱，想要重新握住次郎的手腕，次郎乖乖地伸出手来，看来他已经放弃逃跑的念头了。

针助下了电车后，朝上本町八丁目方向走去。在七丁目原来是公车站的地方，能够看到警察署的灯光。

“他是要把我们带到那儿去吧？”

次郎和三郎互相看了看对方发青的惨不忍睹的脸。针助默默地走了过去。站在警察署里的年轻巡警漠然地看了他一眼，可也没打算要做什么。

次郎和三郎放下心来。

“他这是要把我们带到哪儿去呀？”

他们被拖着在外语学校前面向东拐去，走到十字路口的时候又向南拐了。

大概走了半町距离，他们来到一座门灯的灯光微微露着的房子前面。针助站住了。

“就是这儿。”

针助从袖口里拿出钥匙，开了玄关的门。

“进去！”

家里面静悄悄的，好像没人。看起来只有针助一人生活。

这反倒更让人心里发毛。

次郎和三郎被逮到了二楼。

他们被带进一间六铺席大的房间后，针助咣当一声锁上门，出去了。

听到针助下楼的脚步声，三郎偷偷摸摸地说：

“哥哥，怎么办？”

“这个……”

“我们是不是要去监狱，还得穿上红色的衣服呢？”

“这个……”

“妈妈现在怎么样了？”

“这还不知道吗？肯定在等着我们回去呢。”

“妈妈肯定在担心我们呢。”

“嗯。”

次郎的声音听上去好像哭了。

这时，他们听到上楼的脚步声，针助进来了。

针助一屁股坐到了抖个不停的次郎和三郎面前。

“怎么样，你们肚子饿了吧。”

他一边用女人似的软绵绵的语调说，一边嘻嘻地笑着。

次郎和三郎没想到他会这么体贴，终于放下心来。

“嗯。”他们点了点头。

针助从怀里拿出面包。

“吃面包吧。”

次郎和三郎面面相觑。

“怎么办？”

“吃吧。”

“嗯。”

他们用眼神交流着，然后同时伸出手，一下子就塞进嘴里。

也许是肚子饿得前胸贴后背的缘故，面包无比美味，好吃得让人落泪。

他们一下子忘记了可能会被带进监狱去的恐怖，尽情地吃着。就在他们发愣的当口，针助又拿出了面包。

次郎想：要是把这个面包给妈妈带回去的话……她该多高兴啊。

可是，他们能平安地回到家吗？

三郎毕竟年龄还小，他什么也没考虑，把面包一下子塞到嘴里。没想到哽在喉咙里，他难受得直翻白眼。

针助冷笑地看着两人的模样，说道：

“你们，还是小偷的新手吧？”

“……”

“可真差劲，你们的偷法……”

“今晚是第一次。”次郎发出蚊子叫一样的声音，“饶了我们吧，老板。”

他把头压得很低。

“第一次？”针助冷笑着，“说得也是，要不是新手的话，偷法不会那么糟糕的。怎么样，大叔我教你们一招吧。”

“嗯？”

“跟大叔来，我随时教你们。想要当个有作为的小偷，听大叔我说的准没错。首先得要文身，这样才能当个出色的小偷。”

“……”

“怎么样，还吃吗？”针助又拿出了面包，“要是跟大叔走的话，让你们随时吃到面包。”

“好嘞。”

“还有……”针助坏笑一声，“文身——”

“嗯？”

次郎和三郎听到文身两个字，吓蔫了。

“就不用给我们文身了。”次郎慌忙说道。

“为什么？”文身的针助说道。

“什么为什么……要是文了身的话，会被妈妈骂的。”

“为什么会被骂呢？”

“什么为什么，文身，可不是正经人干的事儿。”

次郎的口气听上去很老成，可他毕竟还是个孩子，声音吓得不断发抖。

“你想错了。”针助的声音仍旧软绵绵的，他劝说道，“文身，可是个好东西呀。总之，你们想要当小偷，如果不文身的话，就没有气势。文身的小偷与没有文身的小偷，面子可不一样呢。你要想当大哥级的人物的话，最好的方法就是让文身说话。”

“不行不行。”

“我也不想文身。”

次郎和三郎异口同声地说道。

“不行？真的不行？”针助的声音突然变得粗暴，然后一下子又变回原来温柔的女人似的声音，“啊哈哈……那么，再吃个面包吧。”

他又从怀里掏了出来。

“……”

次郎和三郎却没有再向面包伸手。

针助的眼睛火辣辣地燃烧着，他责备似的盯着两人。

两人的身体好像少女一样瘦弱，虽然脖子上满是泥垢，下面的皮肤却像少女一般白皙，那弱不禁风的样子让人看上去不免有些心疼。

这不禁令针助想到：“要是让他们脱掉衣服，在后背哧溜一下扎针文身的话……”

针助因为自己这个残忍的期待而全身针扎般疼痛。

“把针哧溜一下——”

针助看了一眼放在房间角落里的针。针尖在灯光的照耀下，冷冷地发出白色的光芒。

针助那熊熊燃烧着的眼睛突然眯缝起来，他盯着针尖。

“我说什么也不行吗？”

次郎点点头，不由得靠近三郎。

三郎也不说话，紧紧地挨着次郎。

“要是再不愿意的话——不愿意也行——那么我就把你们送进监狱。”

“监狱？”次郎和三郎跳了起来。

“没错，你们偷了东西，就得去监狱。”

“你先饶了我们吧。别把我们送去监狱，别去监狱……”

“那么，文身吗？”针助的声音突然严厉起来，“去监狱好呢，还是文身好呢？”

青蛇团

加代——别名兵古带加代，在雁治郎胡同附近看到大阪南部上空划过流星。

“豹吉！”

就在她喊叫的时候——

豹吉仰望着大阪北部的星空，看着同一颗流星滑落。

他喊了一声：“雪子！”

然后吐了一口唾沫。豹吉在大阪南部的闹市做了坏事而被警察追赶，终于摆脱了被捕的命运，总算成功地甩掉警察逃走了，现在出现在大阪的北部。

这一险情让他感到自尊心多少得到了满足。然而，他唯一的遗憾，就是擦鞋的兄弟俩喊叫着追逐的时候，他没能停下来。

他当时被人追赶，也是迫不得已。可是，他自己也觉得意外，没想到自己是那么害怕被警察抓住。

以前的豹吉，不应该如此狼狈。他不应该这么害怕警察。

“话说，我今天是怎么了……”豹吉对自己今天的丑态无语了，“我为什么这么害怕呢？”

豹吉想着，顿时没了精神。因为他杀了人。

早晨，他把在渡边桥边钓鱼的男子（读者应该已经明白了吧，其实就是伊部恭助）一下子推到了河里。

说是动机，也谈不上有多大的目的，不过是出于“想干点让人大吃一惊的、常人想不到的、出格的事”这一单纯的想法。

这种蛮横的、他人绝对无法模仿的恶作剧，给他带来快感。可一旦恶作剧最终变成杀人行为，就算是豹吉，也留下一丝心里没底的后怕之感。

他嘲笑现在的自己。

“什么呀，害怕什么呀。我可是人称贝贝吉的青蛇团团员啊……”他自语道，突然有了一个奇妙的想法，“对了，我再去渡边桥走一趟吧。”

豹吉悠然地朝渡边桥方向走去。

想去犯罪现场，需要不同寻常的胆量——豹吉想。不过，他没注意到，这其实是一种罪犯共同的恐怖观念。

已经将近夜里十一点了，桥的四周同早晨一样少有人来。豹吉伫立着，紧紧盯着河面。

“那个男人到底死没死在那条河的河底呀？”

他想着，突然双手颤抖起来。

“什么呀，我居然发抖。”

他自嘲道，真是没出息。突然，他那天生的想吓人的毛病又爬上心头，惹得他直发痒。

“让人吃惊而自己不惊，才是时尚之人的第一条件。”豹吉一直遵守着这个信条。

因此，他一旦想干点让人大吃一惊的事，内心就痒痒得坐立不安。

“什么事才能让人大吃一惊？”

豹吉紧盯着河面，然后一下子抬起头，他的眼睛像豹子似的发亮，他一扭身，啪地吐了一口唾沫。

就在这时，豹吉愣住了。

他看见警察带着一个女人正走在渡边桥上。

他不是看见警察才愣住的，而是看见被警察带着的年轻姑娘才吃惊的。

也许是戴着手铐被警察拉着的缘故吧，她有气无力地耷拉着脑袋，一半的脸低得都看不见了。可是，豹吉记得她那魅力而端正的脸庞。

那是他忘也忘不掉的——不，根本不可能忘记的——雪子。

雪子本应在阿倍野桥的旅馆里等着小泽回去。小泽并没有拿着和服回去，可她是何时、怎样来到旅馆外面的呢？

而且，她又是什么时候在哪儿干了什么坏事，才被警察抓住的呢？

雪子原本一直在等小泽回去，可等来等去，最后实在等得不耐烦了。

当然，她也想再见小泽一面。

可是，小泽的归来让她感到同样的害怕。

小泽回来的话，一定会像昨天一样问她不穿衣服的原因。

她觉得，昨晚死撑着没有回答，今天就不可能一直不说话了。

因此，她害怕小泽回来再问此事。

她想尽早离开旅馆。

可是，没有和服就不能出门。

她实在是没了办法，走到楼梯一看，发现旁边的房间开着门，挂在衣架上的女式和服映入眼帘。

她朝房间里面看了看，谁都不在。一定是和服的主人穿着别的衣服出门了。

她一下子走火入魔了。

雪子蹑手蹑脚地走进房间，偷偷拿走衣服，回到自己的房间脱掉睡衣，利索地换上那件衣服。

然后，她若无其事地出了旅馆。不一会儿，旅馆方面发现东西丢了，就报告了警察。

警察马上布置了警力，雪子因为衣服上的图案成了目标，才被抓住……

雪子因为在阿倍野桥的旅馆里偷东西被抓——这件事豹吉当然不知道。

因此，豹吉一时间根本想不出她被逮捕的原因。

不，他根本来不及思考。也许，雪子是被举报做娼妇才被抓的——他就连猜测的工夫也没有。

浮现在豹吉脑中的只是：真可怜，被警察带走了。总之，我得帮帮她……除此之外，他什么也顾不上想。

他的脑海里，唯一来得及思考的就是刹那间的一个想法：把雪子从警察手里抢回来。这种狂妄的举动与刚刚才在他心里闪过的想法不谋而合——我想做点什么让人大吃一惊的、出乎人意料的、石破天惊的大事。

不，正因为这个想法，“帮帮她”的念头才越来越强。

豹吉的性格是，一旦想做什么事，无论发生什么都绝不退缩。

豹吉屏气凝神地跟在雪子和警察后面。

警察过了桥后，笔直地朝樱桥方向走去。

雪子白净的手上可怜地被铐上手铐。豹吉的目光片刻不离地看着那双手。

“首先，得把手铐弄下来。”他悄悄地对自己说，然后跟了上去，“可是，把手铐切断，可比剪开袖子难哪。”

虽然心里这么想，但对豹吉来说，再没有比“困难”这类更能挑动他下手的东西了。

“王八蛋。”

豹吉憋足了劲儿，平日就苍白的额头更白了。

警察带着雪子从樱桥向右拐，然后朝梅田新道方向走去。

黑市就在附近。

“把雪子抢回来，混到黑市的人群当中。”豹吉小声自言自语。

两人走过了黑市。

“就趁现在。”豹吉叫喊，双手插进裤子里。

然后，他突然加快了脚步，就在他打算靠近警察后背的时候，一个男人从黑市跑到他的跟前。

“大哥。”是龟吉。

“大哥，真的太狠了。”龟吉噘着嘴，“你去哪儿逛了？我为了找你，可累死了。”

“有事快说！”

豹吉一直注意着被警察带走的雪子的背影，焦急地说道。

“大哥，我们约好，你给我一千块的。”

“嗯。你要是能吓我一跳的话。”

“大哥，你可不要吃惊。”

龟吉从口袋里拿出一张纸片让豹吉看。

致豹吉

今天晚上十点在中之岛公园的图书馆前面等着。

隼

另：龟吉的两千块被我们偷走了。

不好意思啦！

豹吉飞快地扫了一眼，脸色不变地说：

“这是什么呀……”

“这可不是说句什么呀就能完的事。大哥，你读了不吃惊吗？”

“我还不想给你一千块钱。”

豹吉笑了。

“你还真悠闲，大哥，这是隼团下的战书。”

“我知道。可是，你为什么……有这个东西呢？”

听豹吉一问，龟吉答道：

“不知何时就塞到我口袋的。对了，我打算要还给那个复员军人的两千块钱也被偷了。”

“傻蛋！”豹吉怒吼着，然后微笑地说，“对了，加代白天不是在花屋说了嘛，要你小心别被别人偷了……”

“是啊，确实。”

龟吉抱住了头，像乌龟一样缩了缩脑袋。

豹吉看了看表。十点过三分。

“糟了。”豹吉说道，“是救雪子呢，还是去中之岛公园呢？”他茫然了。

如果可能的话，他想救雪子。可是，就算再怎么喜欢雪子，身为青蛇团头目的豹吉，也不能让人想成是因为害怕战书才假借救女人逃走了。这点最让他痛苦。

“我不想被人想成胆小鬼。而且，我已经知道雪子在警察那里。想要救她的话，随时都能救出来。”

豹吉在心里下定决心，要去中之岛。

“龟公，那么，我过去看看。”豹吉说着就要走。

“大哥，等等我。”

“什么事？”

“大哥你要一个人去吗？”

“当然，别担心。”

刚说完，豹吉就急匆匆地跑开了。

俗话说，大高个儿也有好处。豹吉大步流星地从梅田新道赶到中之岛公园，只花了不到五分钟时间。

豹吉那个家伙，肯定是害怕才不敢来的。——对方的这种想法对豹吉来说极为痛苦，就好像自己少了十年的寿命似的，因此他一分钟也不能让对方这么想。

他的自尊心就是这么强。不，应该这么说，除了自尊心之外，这个男人还剩下了什么呢?

他拼命地穿行在中之岛公园的黑暗当中，赶到图书馆前面的时候，发现等着自己的并非在千日前的咖啡馆门前想要偷自己东西的那个笨蛋小偷，而是十几名集团的成员，这时他内心涌动着兴奋。

他就是所谓的不考虑后果的人。

“豹吉，你终于来了。事情不用我说，你也知道吧。”

“嗯。”

豹吉刚说完，就被围成一圈。他逐个看了看他们，突然笑出声来。

“有什么好笑的？”

“我真佩服你们，这么一群乌七八糟的男人围在一起，好像黑市上卖的沙丁鱼烤串。”

“什么……少废话。你别以为你脸长得像理发店的招牌一样标致就自恋。要知道，同常人一样稍微有点瑕疵，才更像人。你要是自己不想把脸弄歪的话，就让我们帮你弄成你喜欢的脸型吧。你要是不喜欢脸被弄歪的话，我们就帮你在把那颗不通风的脑袋上开个洞吧。”

对方手握着枪，突然将枪口顶到豹吉的头上。

豹吉默默地注视着那支枪。

“或者，你还是伏地求饶呢？”

“……”

“我数十下，你回答。”

“……”

“一！”

“……”

“二！”

手枪慢慢地伸近了。

“三！”

“……”

“四！五！六！”

节奏越来越快。

“七！八！”

“……”

“九！”

听到隼团的龙太喊“九”的时候，雪子的身影又如流星般闪现在豹吉的脑海里，然后又消失了。

不如就想着雪子，死去吧。他一瞬间如此想道。

他不害怕死亡。比起跪着求饶，他更希望被龙太的手枪射死。

我，今天早上，杀了人。我就死了吧，算是偿命。——霎时，这一想法像在高速运动时被拍下的照片一样，在豹吉头脑里一闪而过。

豹吉盯着手枪说：“开枪吧。”

不，他刚说一半，传来女人的声音——

“等等！”

“十！”与此同时，最后的数字颤颤地梗在龙太的喉咙里。

也就是说，当时在场的所有人同时听到了三个声音：“开枪吧”“十”和“等等”。

豹吉愣了一下，朝发声的地方看去。

“啊，是加代！”

龙太也扭过头去，啊地叫了一声。

加代的右手上拿着枪……

那支枪顶在龙太的后背。

加代左手搂着哑巴姑娘的肩膀，右手用力扳着手枪的扳机。

“你要是敢朝豹吉开枪就开吧，你的后背也得开个洞。”她朝龙太说道。

“坏了！”龙太一下子咬住了嘴唇。

隼团的人想要趁机向加代扑去。

“别乱动。”加代冷笑了一声，“想要活命的人，最好不要乱动。谁要是敢动一下，我兵古带加代的枪子儿就会飞出去，连十下也不等！”

这时，又传来一个声音。

“大哥！放心吧！我们来了。”

一看，原来龟吉带着青蛇团的人急忙赶来了。

以加代为首的青蛇团成员看到花屋门前画着青蛇团的纸条，于是赶了过来。

那张纸的背面写着龟吉潦草的字迹——“十点，中之岛。”现在说这些，有些画蛇添足。

天空有很多星星……银河横亘在仿佛要坠落的星空中，静静地俯视着发生在大阪一隅的这个故事。

青蛇团和隼团在中之岛公园对峙，银河从上空注视着那里的紧张气氛。作者决定借机赶快往回说说这个故事。

那之后小泽怎么样了呢？

那之后……也就是说，小泽拿着给雪子的礼物——寿司，在返回阿倍野桥的旅馆途中，碰到了龟吉。龟吉本打算还给小泽的两千块钱被偷，口袋里还被塞进隼团写给青蛇团豹吉的战书——就是这以后的事。

再然后，小泽与龟吉分别，回到了旅馆。

可是，雪子已经不在了。

没有衣服，根本不可能去外面。她究竟是怎么弄到衣服的？小泽不可思议地想着。

不过，他还是先生气了：我三番五次地叮嘱她，要她等我回来，她为什么也不告诉我一声地就走了呢？

不，他是寂寞。

“我为了衣服的事，如此奔走……”

这种寂寞之情，并不是白忙一场所致，而是没能见到还以为在等自己的雪子的脸才产生的。

不过是共度了一晚，就变得如此亲密。那么，这种令人怀念的感觉，究竟是什么呢？

那天晚上，自己明明连一个手指都没有碰雪子的身体……不，也许正是因为如此，自己才倍感亲切吧。

这是一种不可能重现的感觉。

这并不是因那种下流的留恋而致——既然如此，昨晚自己为什么没对雪子强行出手呢？

也许，正是飘荡在雪子这个姑娘身体四周的一种令人心痛、阴暗、寂寞，某种类似乡愁的感觉，“才让他再也见不到这个姑娘的吧”。

这种不可能再有的感情，让小泽一时手足无措。

女佣说话了：

“昨天晚上跟您一起来的女人，她不是真正的夫人吧——那个女人，是这个吧。”她说着，把小拇指弯成了钩状。

手脚不干净——小偷的意思。

小泽慌忙一问，才知道她偷了隔壁女房客的衣服逃走的事。

可是，小泽却没有对雪子失望或者突然讨厌什么的。

莫如说，他越发可怜起了雪子。

小泽飞奔出旅馆，寻找着雪子的行踪。

夜晚降临，他也没有找到雪子的身影，就在漫无边际寻找的时候，已经过了晚上十点。

小泽忽然想起了亀吉口袋里塞着的战书，就赶忙向中之岛公园奔去。

小泽赶到中之岛公园的图书馆前面的时候——

以兵古带加代为首的青蛇团成员包围了围着豹吉的隼团成员，龙太和加代的手枪真真假假地比试着，眼看着就要火光四射。

“诸位！”小泽冲他们喊。

“谁呀，你是？你是哪儿的人？”隼团的一位成员说。

“我只是一介复员军人。”小泽说，“我不像你们，什么龙呀豹呀虎呀的，我只有父母起的平凡的名字。而且，我也没有加入青蛇呀隼呀什么的简直就像动物园一样的任何组织。”

“什么……这不是你说话的地方。退下去！”一人叫道。

小泽面不改色地以极快的语速大声说道：

“啊，原来是我搞错了出场顺序，不小心来到了别的演员出场的舞台，我真是一个傻瓜演员。可不管怎么说，我来到了舞台。如果不说些什么台词再走，该多难堪，所以现在怎么能走呢？”

“那你是来说什么的？”

“我就先从结论说起吧。”小泽以锐利的目光扫视了一圈，“我想要让你们知道，打架这种事，是多么无聊之事。”

“真是多管闲事。你快走吧。”

“听好了。日本人过去就是喜欢暴力和打架的民族。因此才掀起了战争，现在落得如此下场。可是，你们——在日本今后的重建中担当最重要角色的你们，现在还崇尚暴力和打架，试图以武力一决胜负。”

小泽的语气不知何时好像在演讲似的。

“你们这样，究竟要干什么？你们当中，有的人还拿着被禁止携带的手枪。你们是想要让处于濒死状态的日本，更加陷入窘境吗？”

“……”

谁也没有回答。

小泽继续说道：

“世界上根本不存在只有通过武力才能解决的问题。不打就解决不了，这是以前的日本人的观念。今天的日本人，已经被捆上了打、杀、伤的野蛮之手，只被允许用嘴获得自由。嘴是吃饭的东西。可是，我们现在吃不饱。但这并不意味着我们没有充分发挥嘴的用途。不，我说的不是接吻。”

有人扑哧一声笑了起来。

“我说的，是言论的自由。你们打架，肯定双方都有理由吧。谁的辩词是正确的呢？我就当第三者帮你们评判评判吧，请你们畅所欲言。”

小泽脸颊上泛着微笑，他继续说道：

“你们可能在想，是我多管闲事吧？确实是多管闲事。可是，我却不得不多管闲事，因为我担忧着日本的未来。不错，也许他人之事，不管也行。日本人在岛国劣根性的驱使下，总是狭隘地对别人之事说三道四。小言幸兵卫[①]这种人太多了。况且，我刚刚复员，是个连明天吃饭的米，不，连今天的米都不知该去哪儿找的人。我根本没有闲工夫管别人的事。”

小泽又看了那些人一眼。

“可是，当我看到暴力现在就要发生，我就不能不管。所以，我是主动管闲事的。如果，诸位能理解我所说的哪怕十分之一的话……总之，你们先说说各自的理由吧——谁先说都行。怎么样，诸位——你们肯定有要说的吧，说说看！”

小泽指着隼团的龙太。

龙太一时不知该如何作答，他呆呆地苦笑。

“你怎么样……”小泽指了指豹吉。

“理由？那种东西，真是可笑至极，我怎么会说呢？”豹吉呸地吐了口唾沫。

“你呢……”

“……”

“你呢……”

“……”

“你呢……”

“我，没什么说的。”龟吉挠了挠头。

“你呢……”

“……”

最后，他指着哑巴姑娘问：

“你呢……理由是……”

---

① 落语中的人物。有人来租房，他总是找各种理由长篇大论一番后拒绝。也用来形容话多嘴碎的人。

“……”

她当然沉默着。

加代从旁说道：“就算有，她也说不出来。这姑娘是个哑巴。”她气呼呼地。

小泽吃了一惊，在薄暮中看了看哑巴姑娘的脸。

“啊！”他有印象。

她就是那个被文身男子从梅田的饭馆带走的姑娘。

小泽死死地盯着她，然后把头扭向其他人。

“这么说，你们是没什么要说的了。没什么说的，也就是没有打架的理由，那打架不就很无聊吗？简直是浪费，简直是浪费精力。你们要是聪明的话，就应该立刻收手。停手！”

他不容置疑地说道。

龙太微笑着说：

“喂，豹吉，我可不认识这家伙。这个捣乱的人突然蹦出来，我已经没什么心情了。怎么样，今天就到此为止吧？”

听到隼团的龙太说不要再吵下去了，豹吉的脸上终于浮现出了酒窝，他呸地吐了口唾沫。

“说得也是。我就向这位演说家的长篇大论致以敬意吧。我这人只喜欢吓别人，却不喜欢被别人指手画脚。”

这时，他忽然想起了在渡边桥钓鱼的男人说的话。

“你不吃，钓鱼是为了卖吗？”

“……

“别一副吃惊的样子，要打架吗？”

豹吉突然小声言语道。

“……那个男人死了，我却没死成。”

“我们撤吧。”龙太把手枪放回口袋，然后带着隼团的成员撤走了。

“等一下。”小泽叫住了他。

“你还有什么事？”

“嗯——那把枪，请交给我。”

“什么……”

“你们，不，我们所有的日本人除警察之外都不允许带枪。你们带枪，不仅会对自己，更会给所有日本人找麻烦的——交给我再走！”

“……”

“我不能眼睁睁地看着你们拿枪，我身为日本人才看不下去的。交给我再走！你们要敢说不想交枪的话，我就在你们面前再来一次……可别嫌烦。”

小泽看了豹吉的脸一眼。

“我就必须重新说一遍演说家的长篇大论。”

龙太不说话。

这时，兵古带加代突然把自己的枪交到小泽手上。

“我不是交给你，是交给你的那句话——会给所有日本人找麻烦的。”

然后她对龙太说：“你不如也交了吧。”

“嗯……”

龙太吞吞吐吐地回答，然后一副留恋的样子把枪交给小泽。

“谢谢。你们这才是……”

“你是要说日本人，是吧？就别给我们戴高帽子了。”

隼团的人嗖地一下撤走了，青蛇团的人也撤了。

小泽叫住加代，语气温柔地问道：

“那个哑巴姑娘，是什么时候加入青蛇团的？

“今天开始。”

加代说完，忽然感慨地说道：

“看，你看看。”

她举起了哑巴姑娘的胳膊。

“可怜吧，文身的墨迹还没干呢！”

“文身……”

小泽愣住了，他想到一件事。

哑巴姑娘两条胳膊上的文身……

当他看到那生动的蓝色图案时，小泽的头脑里……

在梅田的黑市见到的文身男子……在市营电车上抓着吊环的蓝色胳膊……细工谷町的十字路口……把哑巴姑娘带入的、门牌上写着“横井喜久造”的住宅……伊部家附近……十字路口……裸体……姑娘。

这些片段同时闪过。

“对了，确实是这样，就是那个男人，那所房子！”

小泽一边叫着，一边等不及他们撤走就飞奔而去。

如果按照电影手法，这时场景理应切换到针助家。作者决定试着把这一画面按照剧本——也就是电影脚本的形式写出来。

针助的家中

针助，挽着胳膊，露出文身。

脱光了衣服的次郎和三郎哆哆嗦嗦地看着放在榻榻米上的文身针。

针在灯光的沐浴下发出冷冷的光芒。

针助那异样燃烧的眼睛逼近了。

十字路口

小泽赶来，拐过十字路口，看到了门牌。

门灯的光亮之下，“横井喜久造”几个字在门牌上若隐若现。

小泽停住脚步，手搭在玄关的门上。

针助的家中

小泽进来了。

针助大吃一惊。

针助：“谁，你是……”

小泽：“既不是豹，也不是龙，更不是龟。”

这台词听上去有些刺耳，他却打算把这作为在中之岛公园的演讲的继续。

针助：“干、干什么来了？”

小泽一眼就看到挂在房间角落里的女人衣服。

小泽：“我来拿衣服。”

针助：“衣服……”

小泽：“是的，就是挂在那里的衣服。昨天晚上，从这里光着身子跑出去的姑娘的衣服。那个姑娘，因为没有衣服穿，偷了旅馆的衣服，被警察抓了。为了救那个姑娘，就必须得有这件衣服做证据。”

针助：“这件事，我不知道啊。”

小泽：“少装傻了。今天给哑巴姑娘文身的是谁？这两个孩子为什么光着身子？昨天晚上那姑娘为什么光着身子跑出这里？”

针助：“哼！”

他突然拿起榻榻米上的文身针，接连不断地朝小泽扎去。

小泽躲闪着身体。

针助猛扑过去。

小泽轻易地把针助甩开，然后按住他，朝次郎和三郎使使眼色，一起把针助绑了起来。

绳子紧紧地嵌进针助后背上的文身。

如果是剧本的话，这里的场景应该就此消失。

冰之阶梯

从中之岛撤走的豹吉、龟吉、兵古带加代、哑巴姑娘和其他青蛇团成员，来到堂大楼的旁边，然后向东拐去。

正好是堂大楼的后面，那一带是烧毁的遗迹，阴暗而幽静，只有一处微微闪耀着灯光。豹吉看到，指了指。

“啊，就是那儿，就是那儿。”

原来那里是一家叫青空的乡村别墅风格的咖啡店兼餐馆。战后在大阪各处的咖啡店大多是临时的简易棚，给人粗制滥造的感觉，别无趣味，索然无味。青空虽说也是临时搭的简易棚，却是乡村风格，店里的装潢也采用了美国式的明快样式和法国风情的色彩，甚至比战前的豪华咖啡馆都洋气。

深夜的废墟上隐约闪耀的灯光，给人一种山上的茅草屋似的感觉，豹吉的心里也突然亮了起来。

他本来担心这家店不知还是否开着，看到灯亮着，他放了心——他很高兴。

他是想请挽救了自己生命的青蛇团成员大吃一顿，而且也隐约感觉，在青空吃的这顿小小盛宴，说不定是豹吉的最后一次盛宴。

为什么这么说？是因为他就要去救雪子了，觉得可能再也回不来了。

因此，废墟中青空的灯光，甜蜜而亲切地温暖了豹吉的心，仿佛让他陶醉在重返人间的感觉中。

"有咖啡吗？"

推开门，豹吉问道。

"有的。咖啡，然后还要什么？比如三明治？"

"啤酒呢？"

"对了……"

豹吉稍微想了想。

他想在这顿可能是最后一次的盛宴上喝啤酒。可是，豹吉的原则是，无论什么时候都要冷淡而清醒。不管出于什么原因，陶醉、忘我的兴奋、吃惊等，都违反了豹吉的原则。

"算了，别管它了。"

咖啡和三明治端上来以后，豹吉只吃了一小口，然后突然站起身。

"各位，在这里稍等一下，我去去就来。"

"去哪儿？"加代问。

豹吉一下子说不上来。毕竟，在加代面前，他怎么也无法开口说是要去救雪子。

豹吉装出一副要去附近的黑市买烟的样子，推开门，朝黑暗走去。

豹吉想了想雪子被带走的路径，猜想雪子现在一定被拘留在S署。

S署——因为冒犯不得，所以故意只写首字母，S署是位于大阪最中心位置的警察署。也就是说，它是大阪最具代表性的警察署。

独自潜入那个警察署救出雪子——这个计划，不，这种想法是不计后果的。

从二十岁的单纯头脑里冒出来的想法，莽撞得让人吃惊。

毕竟，就连豹吉自己也知道独自前往是不行的。

哪怕带着青蛇团的所有人去……他也曾这样想过。

可是，还得考虑加代的心情。他白天刚在加代面前说过自己就是爱上了雪子——正因为这层关系，他才说不出口，为了救雪子让别人帮忙。

他还害羞。而且独自一人做，让豹吉感觉更像自己。

何况，豹吉虽说莽撞，却并不傻。

当他来到S署前面的时候，并没有傻到突然闯进去。

“怎么样才能最有效果地救出来呢？”

他至少还知道停住想想。

S署的玄关处，警察来来往往。

他们穿的不是制服。凭着他们走上玄关石阶的步伐，豹吉立刻明白，他们是便衣。

两个衬衫破烂、脸上全是血迹的男人情绪兴奋地被警察带走了，不看也知道他们是打架了。

那些脸色苍白、急急忙忙地往石阶上跑的，是因为被小偷偷了东西去报案，还是在车站被偷了行李呢?

“真的，打架真是不成体统。”豹吉自语。

有五六个拿着棍棒的年轻警察出来，朝车站方向跑去。

什么事儿呢?

一个年轻女子哭着上了石阶。

她是来申诉什么的呢?

这里看上去很像深夜的警察署应有的模样。豹吉仿佛新闻记者似的观察了一会儿，然后不安地说道：

“这样下去，也不行啊。”

发生什么大事，警察署的人全部出动，可以借着这时机救出雪子。豹吉心里想，也许只能靠这个办法了。

豹吉呸地吐了一口唾沫，同时扔下一句：

“随它怎么去吧。”

他姿势僵硬地向玄关的楼梯走去。

“可是，你不是没拿着吗？”

“哈哈……”

豹吉身体僵硬地登上了S署玄关处的石阶——作者写道。确实，除了警署职员、御用商人、新闻记者，对与警察署不相关的人来说，走进警察署的玄关，确实多少让人心里发毛。

就算没做什么坏事，心情也不会好过。

与打仗的时候相比，警察这种角色所持有的感觉，已经变得相当圆滑。况且，就比如对黑市的管理方法来说，大阪的警察要比东京的老实多了。可即便如此，警察署给人的那种不由得打个寒战的冷峻之感，仍旧没有消失。

何况，豹吉心里有鬼。再说，一想到即将要在S署中做的事，玄关的石阶就好像冰做的楼梯一样。他身体不由自主地僵硬起来。

他僵硬着登上石阶，正要开门。这时，传来呀的一声。

“呀，在这种地方碰上了呀！”豹吉说道。

一般人早就大吃一惊了，可豹吉的信条是：我绝不吃惊。他尽量脸上装得镇定——不，应该是说是微笑着，显露出可爱的酒窝。

打招呼的是——小泽。

刚好是小泽推开S署的大门，想要出来的时候。

小泽为什么从S署出来。为什么事来S署的呢？——请读者暂且听凭个人的想象吧。

“嗯，真是奇遇啊。”小泽脸上浮现出微笑，“刚才多谢了。”

“不，彼此彼此……”

豹吉想起了中之岛公园的事，微笑着说道：

“真没想到能在这种地方碰到。”

“不，我倒想没准儿能碰到。”小泽冷笑道。

“啊？”

小泽没有回应，而是说道：“话说，你一个人……”

“……”

豹吉一时没有明白小泽问的事，终于，他啊了一声，按照豹吉独有的方式解释。

“当然是一个人。”

他昂首挺胸地答着。

“是吗？不过，一个人也可以吧。”

“一个人就够了。”

“当然，一个人也不是不可以……总之，进去吧！”小泽突然小声说道，“你，是来自首的吧……”

“自首？”豹吉不由得反问了一句。

“对呀。你终于下决心自首了。真了不起。”小泽自以为是地说道。

豹吉惊呆了。他很恼火，但更要笑喷出来。

“你少瞎猜。这里可跟中之岛公园不同。”豹吉照例朝S署玄关处的石阶上吐了口唾沫，跟小泽说道，“谁会自首啊！”

“那么，你是来……”

“……”

豹吉一时答不上话来，他不能说是来救雪子的。

“你诚实点说，怎么样？是自首吧……”

“……”

“俗话说，天网恢恢，疏而不漏。你能注意到这一点，还不算傻。文身的针助已经被抓了。”

小泽以平常的口吻说道。

读者已经能想象到了吧。小泽为何来S署一事。

正如大家所猜的一样，小泽在细工谷町的针助家把针助绑上以后，送到了S署。

之所以专门送到S署，是因为在漫无目的地寻找雪子的行踪的时候不知不觉到了十点，正要赶到中之岛公园的时候，碰巧从S署前面路过，正巧看到雪子被警察带着走进S署的玄关。

小泽把针助送进去以后，向警员出示了针助家放的雪子的和服。

“正是因为没有这件和服，那个姑娘才一时冲动偷了旅馆的和服。”

小泽替雪子解释道，还请求放人。可是偏巧当天不是负责雪子的刑警值班，那位刑警拘留了雪子就直接回家去了。

小泽决定等那位刑警明早上班以后再与他交涉，就先行离开了S署。他走出玄关的时候，碰到了豹吉。

“啊，针助被……”

抓住了吗？豹吉差一点就要打破自己的规矩而吃惊了。

“是的。针助全都交代了。听说你们青蛇团的所有人都被针助的针动过，背后刺着蛇的文身。”

“……”豹吉哼哼唧唧地含混道。

“终归会一网打尽的。你不如趁现在自首吧。不，你肯定是打算自首才来的。”

“真是多管闲事。”

“不，我就是想管管你呀。一想到你们这种年轻人，刺着文身干一辈子坏事，我就不能坐视不管。”

“嗯。因为不能坐视不管才举报的吧。真是伟大呀。”

豹吉突然瞪了小泽一眼。

“举报？怎么可能。要是举报的话，谁还去什么中之岛啊！只要当时乘上警察的卡车不就好了。我就是因为不想那样，才专门一人前往的。我现在不也还在劝你自首吗？”

“为什么要让我自首呢？”

豹吉的声音突然没了力气。

“总之，不管发生什么，我都想让你自首。”

与豹吉不知为何突然弱了下去的声音不同，小泽的声音突然带有某种毅然决然的声调。

“你们是在战败所带来的混乱与颓废的花园里盛开的恶之花。但是，日本应该从混乱和颓废中振作起来了。首先，需要消灭恶之花。可是，我不认为应该突然除掉，而是希望你们这些恶之花能够变得像向日葵一样。恶之花向往的是夜光虫的光。然而，向日葵却朝着太阳光伸展而去。夜光虫的光与太阳光，你们选择哪一个呢？当然应该是太阳光。你们这些向往夜光虫的光的人，才更应该向往太阳光。不，你们应该私下在内心当中向往着太阳光……我如此认为，还是你们仍旧要选择夜光虫……”

“知道了。”

豹吉猛地打断了小泽的话。

“知道了。我会去自首的。”

“唉……”

“真是麻烦。自首就好了，对吧？我会自首的。我不想让人认为我没有自首的勇气。”

豹吉呸地吐了一口唾沫。

“反正，我肯定会因营救雪子失败而被关进监狱的。”他悄悄地说道。

豹吉独自一人来S署救雪子，其实并不清楚地确定及肯定能救出来，只是想离雪子被拘留的地方更近一些才来的。

这么看来，被人劝说自首，反倒说不定是意外的好运。不，他反倒觉得心情清爽起来。

“原来还有自首这个办法呀。”

自首后被拘留的话，能离雪子更近呢，豹吉想道。

“省去了麻烦，真干脆呀。”

豹吉小声嘟囔着，可他还是显得有些落寞。

“是吗？你真去自首吗？谢谢。”

小泽的声音不由得雀跃起来。

“你不要那么高兴地道什么谢。真他妈的讨厌。”

豹吉又吐了口唾沫，打算进门。

正在这时，小泽慌慌张张地说：

“啊，稍等一会儿。我不想让你一个人去。”

“那么，跟谁……”

“我想让你和你的同伴一起去自首。”

“你是让我说服同伴吗？”

豹吉马上想起在青空咖啡馆等待自己的青蛇团成员的面孔。

“对，对。虽然这要求有些自私，你能帮我办到吗？”

豹吉注视着石阶。他的睫毛覆盖在眼睑上，好像睡着了一样。终于，他抬起头来。

“你演的倒是好人。虽然都是劝人自首，轮到我演的却是坏人。”

豹吉说道。他的声音有些无精打采，脸上却忽然露出酒窝，溢满了微笑。

小泽急忙皱紧眉头。

豹吉说的“你演的倒是好人”这句话听上去好像讽刺，又好像在责怪小泽。

其实，想一想也能知道。小泽靠着他擅长的雄辩，成功地让豹吉下定自首的决心，他应该已经很满意了。

然而，小泽又要求了很多。说服在青空等待的青蛇团的人一起自首，是个难题。

对豹吉来说，再没有比这更痛苦的事了。

“残忍”这个词最恰当了。确实，这太过残忍。

就连小泽也说：“我现在可能变成了一块无血无泪的无情之石了。”他甚至不敢正视豹吉的脸，“可是，有句话叫铁石心肠。”

小泽慌忙地劝说自己：为了大阪市民，甚至是为了这个国家的社会秩序——不，为了让以豹吉为首的青蛇团成员能像向日葵一样变身为太阳之子，我必须要硬着心肠变成无情之石，硬是这么要求。

“……”

他的目光突然冷峻起来，注视着豹吉那少女般美丽但多少有些苍白的脸。

“……”

豹吉暂时沉默了地看了小泽一会儿，终于，脸上露出泛泛的微笑。

“真是没办法呀。虽说我很生气，还是按你说的办吧。真是输给你了——你在这儿等我三十分钟。我带大家过来。”

他边说边要走下石阶。

“啊，你。”

小泽叫住他。

豹吉霍地扭过头来，说：

“放心吧，我不会逃跑的。”

下了石阶，豹吉的身影消失在梅田新道的方向。

半个小时过去了。

夜幕降临了，小泽的心情也随之沉重起来。

五月的风好像冬天的风一样飒飒地在他沉重的心底到处刮着，小泽伫立在S署的玄关，心情有些凉飕飕的。突然他仰起头来，大吃一惊。

豹吉、加代、龟吉、哑巴姑娘——在中之岛公园所见的青蛇团成员一个不落地在大风的吹拂下风一般出现在小泽的眼前。

虽说跟自己预想的一样，但豹吉这么快就说服大家，把他们带过来，这让小泽吃了一惊。

如风一般出现的一群人，走上冰块一般的石阶，身影又像风一样消失在S署中。

小泽一直目送着他们的身影，并没有跟过去，他也没有想过要一起去。不，他不能跟过去。小泽的眼睛不知何时湿润了。

S 署的刑警室——

自首了的青蛇团成员的表情上，没有任何暗影。

豹吉态度尤其昂然，他脸上没有一丝落寞的表情，反倒有一种“我们可是堂堂正正地自首”的自虐一般的快感。

而且，对豹吉来说，更加愉快的是，刑警对青蛇团自首一事完全吃惊了。

根据小泽五花大绑送来的文身的针助的招供，青蛇团的情况已经查明了。S 署正打算明天早上一举把他们一网打尽呢。

正在这时候，青蛇团却突然来自首了。

他们是知道了针助被捕一事才来的，还是不知道而来——总之，让人深感意外。谁也没想到他们会来自首。退一步说，就算想到他们会来自首，可也太早了吧。

因此，刑警才会吃惊。看到他们的表情，豹吉觉得手里的烟抽得更有滋味了。

“让人吃惊，自己却……”

也就是说，豹吉总是想做些什么“让人吃惊的、出人意料的事”，而自首这件事，正好与豹吉的想法不谋而合。

换句话说，效果相当明显。

这样想着，豹吉愈发想让刑警吃惊了。

终于，调查结束后，豹吉开口了。

“……我还干了一件坏事。”

“嗯。什、什么事？”

“杀人了。”

“嗯？”

刑警吃惊了。效果果然立竿见影。

“何时、何地？”

豹吉因为那少年常有的虚荣而挺起胸膛。

“今天早上六点左右，我把在渡边桥边钓鱼的男人推到了河里杀死了。”

“嗯？”

更为吃惊的反而是青蛇团的成员。

“原来如此，是那个钓鱼的男人吗？哈哈哈……”

刑警仅仅露出让人不愉快的笑容。他们没有吃惊。

豹吉泄了气，有一种被放空的感觉。他又大声说道：

“可是杀人罪呀。赶快把我关进监狱。我已经做好准备了。”

“那件事随后再查——总之，先进来。喂，把烟扔掉。”

警察冷笑着把他们带到了拘留所。

加代和哑女去了拘留所关女犯的地方。

豹吉与龟吉等人一起钻进拘留所的小小的入口——不，应该说是洞。

环视了里面一圈之后，豹吉不由得呆住了，就好像吞了木棍一样说不出话来。

豹吉吃惊，不是因为看到针助坐在那儿。

针助被抓一事，他已经从小泽那里听说了。豹吉不会因为这件事而吃惊的。

豹吉看见了——在拘留所的一角里无精打采地坐着的伊部的身影。

伊部——今天早晨，在渡边桥边垂钓的那个身份不明的奇怪男子。

豹吉刚刚才对警察招供说杀了那个男人。

有的时候，因为杀人之罪而被自责的念头折磨；有的时候，却又主动提起这件事来满足少年特有的虚荣心——总之，今天一天控制着豹吉内心的那个男人，本应该死了的那个男人，在豹吉眼前坐着。

就连豹吉也不得不大吃一惊。

他惊呆了，吓得与平时赫然两样。他破了规矩。龟吉毫无遮掩地说道：

“大哥，你怎么了？脸色变了……”

“没怎么。如此吃惊，有生以来还是第一次。”

“啊，给我一千块。”

“……”

“我们不是约好，要是看到大哥吃惊，就给我一千块吗？”

龟吉伸出了手。

“傻瓜。这里可是局子呀。我一分钱都没带。”

豹吉说着朝伊部的方向走去。

“喂，是你吗？竟在这里碰到。”

伊部冷冷地笑着。

“你还活着吗？”豹吉变得满口大阪话。

“嗯，会游泳的话，一时半会儿还死不了。”

“啊。”

豹吉释然了，他为担心伊部死了的傻气而苦笑。可他不明白，为何伊部也被送进了拘留所。

“我不是在河里游了个够嘛，借着那股劲儿，我又拼命灌酒。喝醉了，就光着身子走起来。”

“真不知道你还会游泳。”

“游泳吗？倒也谈不上，就像乌龟一样。哈哈哈……”

听到“龟”字，龟吉误以为在说他，便说道：

“我可是旱鸭子。”他黑起了脸。

“什么，你是？”

“青蛇团的。”

龟吉啪地脱去上衣，露出了后背。

青蛇的文身。

“你知道一个名叫雪子的女人吗？”伊部猛然问道。

豹吉呆住了。他没想到伊部知道雪子。但是，他究竟为何突然提起了雪子的名字呢？

早晨的构图

“偶然这东西，一旦连续出现，就没完没了。”作者曾经写道。

“再没有比没有偶然的人生更无聊的东西了。”他还写道。

比如，小泽十吉。

换做其他人的话，刚刚复员会一直持续着无力的虚脱状态，变成丢了根底和魂魄之人，过着恍惚的日子。然而，小泽则在一个下雨的深夜，在一个十字路口捡到一个裸体的姑娘。这个偶然不断召唤着偶然，让他度过了眼花缭乱的繁忙的一昼夜，简直连打哈欠的工夫都没有。

可以说，小泽过去从未经历过从捡到雪子之夜到让青蛇团一伙自首的夜晚的整整一昼夜这么充实的时间。

而且，正因为偶然缠着小泽不放，人生才更有意思。

就像“雨男”的所到之处必定会下雨一样，这位“偶然一代男”的所到之处，必定降临偶然。

比如——

小泽在S署的玄关目送豹吉等人的青蛇团进去后，接着去了伊部的家。伊部（当然）不在，他妹妹道子有气无力地守在家里。

“哥哥被拘留在S署了。我不知道他干了什么坏事，但是S署说让我明天到警察局去。小泽先生，拜托了。您能和我一起到S署去吗？”

“S署？”

小泽听后，吃了一惊。实际上，小泽……

“我明天也要去S署。不，我必须得去。”

除了释放雪子一事，他还很担心自首了的豹吉一伙。

“那么，今晚就请留宿在这里吧。”

一个年轻姑娘的话，很危险，而且寂寞。道子面红耳赤地吞吞吐吐地说道。

“啊，可是……”

小泽踌躇了一下，可是，他想到自己是无家可归之身。

夜深了。而且，也不能再到阿倍野桥的旅馆去。

“说得也是。”他考虑了一下，接着说道，“那我就不客气了。”

“啊，请。”

道子的眼睛突然闪起了亮光。

然后，两人无言相视了一会儿。

道子的脸上竟有些发烧，变得通红。小泽意识到自己脸上的肌肉变得僵硬，心底的防线也正在崩塌，他不由得一惊。

然而，作者没有时间描写对这两人来说至关重要的一夜。先赶紧往前写吧。

因为，小泽和道子第二天早上去S署的时候，等待两人的偶然更让作者感到饶有兴趣。

小泽和道子来到S署时，等待两人的偶然是——

首先，小泽见了负责雪子的刑警，要求释放雪子。

刑警把雪子从拘留室叫出来，听了听情况。

雪子开始根本不说她为何光着身子跑出来的理由。

小泽在旁边说："你，想说什么就说吧。我们都知道了。文身的针助已经被抓住了，他什么都招供了。"

她听了之后，安下心来，说了光着身子从针助家里出来的理由。

做皮肉生意的雪子，在不知道针助来历的情况下拉住了他，然后被带到了针助家，差点被文了身。

因此，虽说是逃了出来，可她担心要是对小泽说了此事，青蛇团的秘密就会暴露。

雪子虽然和青蛇团没有关系，但对青蛇团的豹吉，却有着姐弟般的感情。

她是想庇护青蛇团。

虽说偷了阿倍野桥旅馆的和服逃出来是偶然冲动所为，可她其实也曾想过，要是小泽回来以后被他问个不休，可能会露馅的。另外，她也不想再让小泽担心了。

听了雪子的话，最高兴的是谁呢？当然是道子。

"是吗？小泽先生说过想要一件女人的和服，原来是这个原因啊。"

道子因曾怀疑小泽而感到不好意思。

雪子见道子这般，立即敏感地嗅出了小泽和道子的关系。因此，她没有忘记补充说明，在阿倍野桥的旅馆里，小泽和自己没有发生任何下流的事。

可是，说这话的时候，雪子突然倍感寂寞。

“可是，我是做皮肉生意的脏女人。”雪子偷偷地说给自己听，让自己断念。

刑警听了情况介绍，放心了。他想，为了回报抓住文身的针助的功劳，听取小泽的愿望才是最好的办法。

虽然做皮肉生意一事就足以立罪，可雪子发誓会洗心革面、脚踏实地地生活，因此刑警只教育了一番，让她写了一份悔过书就放人了。

雪子换上小泽从针助家取回的和服，正要走出刑警室时，她啊地叫了起来。

她看到了从拘留室被带到刑警室去的伊部的身影。

“啊，是你吗？”

伊部一看到雪子，也冷冷地笑了。

原来伊部和雪子认识。

然而，偶然还不止如此。

雪子看到伊部，就跟在伊部的后面返回了刑警室。

“拜托了，请帮青蛇团的人去掉文身。”她突然说道。

（作者必须要在这里讲述最后一个偶然。）

雪子某晚曾与伊部共度偶然的一夜。

那时，她知道伊部是一名外科医生，迄今为止做过好多去除文身的手术。

雪子想起了豹吉他们。雪子知道，豹吉之所以堕落到坏路上，是因为后背上的文身这个沉重的包袱。

当晚，雪子恳求伊部，请他给豹吉等人去掉刺青。

然而，伊部却说："真是麻烦。"他并不答应。

可是，雪子很执着。伊部没了办法，说：

"那么，我想做的时候就做。"

"可是，我不知何时才能再见到您。"

"那么，这么办吧。你就上午十点去你经常去的千日前那家名叫花屋的咖啡店，等大概三十分钟。我心情好了会去的。"

因此，雪子才每天去花屋等伊部。然而，伊部觉得麻烦而没去。

"我每天都等您。拜托了，请帮他们去掉文身。"

"可是，他们现在被关在拘留室呀。不可能给关在拘留室的人做手术吧。"

伊部拒绝了，然而，刑警和小泽，不，就连道子都异口同声地试图说服他。

刑警说：

"伊部先生，请帮他们去掉吧。我不会强迫您在拘留室为他们做手术的。反正他们会先被送到少年监狱的。可是，出来以后又会因为文身而走上邪路。只要有文身，他们就不会想认真干活。我也会尽可能配合您的，请帮帮他们吧。"

小泽也说：

"你最近什么事都不做，只是游手好闲地乱逛，不是吗？道子每天担心得哭呢。伊部君，就请以这次去除文身的手术为契机，重返医院工作吧。我并不是不知道你颓废的原因。然而，你也是时候走到阳光下了吧。"

道子也拼命地劝说：

"哥哥，拜托了。请工作吧。人家今天好不容易才放了你，你如果回家还像以前一样的话，那也没什么改变呀。"

伊部稍稍考虑了一下，说道：

“好的，就做吧。那文身可都是在我家附近阴暗的灯台下被弄上去的，也算是一种缘分吧。而且，我与那帮青蛇团的成员在拘留室已经交上了朋友。他们的心情，我最了解。手术量多且难，可是把他们后背弄干净，不仅能去除他们心底的污垢，还能洗刷我的颓废。这么想来，也许还真有做的价值呢。哈哈哈……”

从伊部嘴里传来久违的、清爽的、早晨的笑声。

作者决定在这里给这个故事画上句号。豹吉、加代和亀吉重新做人的经过，豹吉和加代以及雪子的关系，小泽和道子的未来，伊部的重新振作……虽然应该讲述的还有很多，那些应该构成一个与本部《夜光虫》小说不一样的另一个故事吧。[①]

---

① 初次发表于1947年。

图书在版编目（CIP）数据

夫妇善哉 /（日）织田作之助著；于婧译.—北京：现代出版社，2020.1
ISBN 978-7-5143-7603-6

Ⅰ.①夫… Ⅱ.①织… ②于… Ⅲ.①小说集—日本—现代 Ⅳ.①I313.45

中国版本图书馆CIP数据核字（2019）第237812号

夫妇善哉

作　　者：［日］织田作之助
译　　者：于　婧
责任编辑：曾雪梅
出版发行：现代出版社
通信地址：北京市安定门外安华里504号
邮政编码：100011
电　　话：010-64267325　64245264（传真）
网　　址：www.1980xd.com
电子邮箱：xiandai@vip.sina.com
印　　刷：三河市宏盛印务有限公司

开　　本：880mm×1230mm　1/32
印　　张：9.5
版　　次：2020年1月第1版
印　　次：2020年1月第1次印刷
字　　数：221千字
书　　号：ISBN 978-7-5143-7603-6
定　　价：49.80元

怎么样，
好吃的，去吃吧？

——织田作之助

夫妇善哉

［日］织田作之助 | 著　只读文化工作室 | 出品

织田作之助・夫妇善哉

おださくのすけ　めおとぜんざい

只读

时间宝贵，我们只读好书。

—和风译丛—

001 太宰治《人间失格》（平装）
002 太宰治《惜别》（平装）
003 织田作之助《夫妇善哉》（平装）
004 宫泽贤治《银河铁道之夜》（平装）
005 坂口安吾《都会中的孤岛》（平装）
006 上村松园《青眉抄》
007 太宰治《关于爱与美》
008 谷崎润一郎《黑白》
009 梶井基次郎《柠檬》
010 幸田露伴《五重塔》
011 宫泽贤治《银河铁道之夜》（精装）
012 太宰治《人间失格》（精装）
013 太宰治《惜别》（精装）
014 芥川龙之介《罗生门》
015 泉镜花《汤岛之恋》
016 夏目漱石《我是猫》
017 樋口一叶《十三夜》
018 尾崎红叶《金色夜叉》
019 坂口安吾《都会中的孤岛》（精装）
020 樋口一叶《青梅竹马》
021 织田作之助《夫妇善哉》（精装）

时间宝贵，我们只读好书。

—和风译丛—

谷崎润一郎《细雪》

谷崎润一郎《春琴抄》

太宰治《虚构的彷徨》

永井荷风《梅雨前后》

永井荷风《隅田川》

……